# 中华古典诗词读本

主　编

石高峰

副主编

程　然　陆锦平

编　者

蒋长兰　谢　东　张建明　郑雅匀
陈玉红　汪晓静　高　燕　倪丽霞
臧守刚　卢春苗

南京师范大学出版社

图书在版编目（CIP）数据

中华古典诗词读本/石高峰主编．—南京：南京师范大学出版社，2016.1
ISBN 978-7-5651-2294-1

Ⅰ.①中… Ⅱ.①石… Ⅲ.①古典诗歌－诗歌欣赏－中国 Ⅳ.①I207.2

中国版本图书馆 CIP 数据核字(2015)第 201061 号

| | |
|---|---|
| 书　　名 | 中华古典诗词读本 |
| 主　　编 | 石高峰 |
| 责任编辑 | 张岳全 |
| 出版发行 | 南京师范大学出版社 |
| 地　　址 | 江苏省南京市宁海路122号(邮编：210097) |
| 电　　话 | (025)83598919(总编办)　83598412(营销部)　83598297(邮购部) |
| 网　　址 | http://www.njnup.com |
| 电子信箱 | nspzbb@163.com |
| 印　　刷 | 启东市人民印刷有限公司 |
| 开　　本 | 787 毫米×960 毫米　1/16 |
| 印　　张 | 19.75 |
| 字　　数 | 313 千 |
| 版　　次 | 2016 年 1 月第 1 版　2016 年 10 月第 2 次印刷 |
| 书　　号 | ISBN 978-7-5651-2294-1 |
| 定　　价 | 39.80 元 |
| 出 版 人 | 彭志斌 |

南京师大版图书若有印装问题请与销售商调换
版权所有　侵犯必究

# 前　言

中华民族自古有诗教的传统，人生应该是诗意的栖居。青年学生既处在意气峥嵘的年龄，又是传统文化的接受者和传承者，而师范院校的学生更应具有浓郁的诗意审美情怀，积淀更丰厚的古典诗词学养，拓宽视野，诗化人生，进而更好地走进诗意中国，厚植文化基因，创造优雅职业，享受醇美人生。

为此，我们编写了《中华古典诗词读本》，作为师范生经典阅读、情感熏陶、素质提升的辅助教材。

本教材共选作品240首，按主题分为二十四个单元。之所以按主题分类，并非有意标新立异，而是在众多选本以朝代、作者编排的背景下，我们按主题分类，更便于学生系统地积累与感悟。我们希望学生在语文老师的指导下，与中华古典诗词相伴而行，熟读成诵，潜心体悟，用三四年的课余时间，完成本书所选作品的阅读、理解、背诵。

本书与普通读本相比较有一定的特殊性，加之按主题编排，所以在篇目上存在某些传统名篇未能入选之现象，且从广泛涉猎的角度出发，我们也有意选入了一些对学生来说确有必要掌握的篇目。何况遴选名篇的标准从来见仁见智。此也算是我们的一孔之见。

严格地讲，以主题来给诗歌分类并不是一个很科学的做法，一来因为诗歌本身往往就是多义的，二来所谓的主题也不可能完全彼此独立，因而同样一首诗放在哪一类之中，只有相对，没有绝对，故我们的分类自当可以商榷。

　　诗虽然大多是文人创作，但诗意既不是故作深沉，也不是故弄风雅。好的诗作，应该既没有应试的功利，也不是生硬的说教，而是诗人日常生活的淬炼与升华，是诗人生命的深情吟唱。所以我们在分类及选目时，尽可能引导学生从生活和生命的角度准确认识真正的诗人、体悟真正的诗意。

　　为便于学生自主研读，我们在每首诗后设立了"注释""导读""名家点评""鉴赏链接"四个栏目，"注释"力求精当，"导读"力求精要，"名家点评"侧重于辑录前人评述之精要，"鉴赏链接"侧重于列出今人鉴赏文章之选粹，供学生拓展阅读，深化领悟。为方便学生携带，我们尽可能控制各部分内容的字数。我们希望这样的栏目设置，既方便学生手持书卷的即时阅读，又方便善于探究者的延伸阅读。

　　在编选过程中，我们参阅了大量资料，吸收了诸多专家、学者的研究成果，在此，谨致以衷心的谢意，并对在本书的编写与出版过程中给予鼎力支持的各位朋友特别是南京师范大学出版社的张岳全先生致以谢忱。由于学识与水平有限，本书疏漏错讹在所难免，且由于编者各人观念、学识、风格不尽一致，因而难免有不够统一的缺陷。诚望读者不吝赐教，以便我们进一步修订完善。

# 目录

建功立业……〇〇一

忧国忧民……〇一五

伤时感世……〇二九

边塞情思……〇四三

叹己惜身……〇五五

思乡念亲……〇六九

生死爱恋……〇八一

离愁别绪……〇九五

山水田园……一〇七

天光云影……一一九

托物寄怀……一三一

咏史追昔……一四三

哲理思考……一五七

| 治学成才 | 一六九 |
| 述志明德 | 一八一 |
| 讽喻劝诫 | 一九五 |
| 修身养性 | 二〇七 |
| 隐逸游仙 | 二二一 |
| 名胜古迹 | 二三三 |
| 时令节气 | 二四五 |
| 知己唱和 | 二五九 |
| 琴棋书画 | 二七三 |
| 文人谐趣 | 二八七 |
| 南通风物 | 二九九 |

# 建功立业

　　安邦定国、匡济苍生是中国古代文人的宏远追求,这个传统的源头来自于"修身、齐家、治国、平天下"的儒家古训。为了践行这一古训,孔子奔走于列国,游说于诸侯,虽屡遭挫败却矢志不渝,终至设坛讲学,化育弟子三千,奠基儒家学派,成为万世师表;诸葛亮在卧龙岗躬耕苦读,谋划天下,一朝出山,则运筹帷幄,决胜千里,而"鞠躬尽瘁,死而后已"的品格,成就了他千古良相的美名;王安石为了富国强兵,励精图治锐意改革,而一改北宋"积贫积弱"的局面,尽管遭受巨大阻力,却不改初衷。历史上,虽然很多人一辈子都毫无建功立业的可能,可是一辈子都怀揣着这样的理想,都在做着这样的准备。

# 白 马 篇

三国·曹 植

　　白马饰金羁[1],连翩[2]西北驰。借问谁家子,幽并游侠儿[3]。少小去乡邑,扬声沙漠垂[4]。宿昔秉良弓,楛矢何参差[5]。控弦破左的,右发摧月支[6]。仰手接飞猱[7],俯身散马蹄。狡捷过猴猿,勇剽若豹螭[8]。边城多警急,虏[9]骑数迁移。羽檄从北来,厉马登高堤[10]。长驱蹈[11]匈奴,左顾陵[12]鲜卑。弃身锋刃端,性命安可怀[13]?父母且不顾,何言子与妻!名编壮士籍,不得中顾[14]私。捐躯赴国难,视死忽如归!

**【注释】**

　　[1]羁:马络头。[2]连翩:飞跑不停的样子。[3]幽并:幽州和并州。游侠儿:重义轻生的青年男子。[4]扬:扬名。垂:边疆。[5]楛(hù)矢:用楛木做箭杆的箭。"宿昔"二句:昔日良弓不离手,箭出尽楛矢。[6]控:引,拉开。左的:左方的射击目标。摧:毁坏。与下文的"散"(破裂),都有穿透之意。月支:与下文"马蹄"都是箭靶的名称。[7]接:射击迎面飞来的东西。猱(náo):猿类,善攀缘。[8]剽:行动轻捷。螭(chī):传说中的猛兽。[9]虏:胡虏,古时对北方少数民族的蔑称。[10]羽檄:檄是军事方面用于征召的文书,插上羽毛表示军情紧急,所以叫羽檄。厉马:策马。[11]蹈:奔赴。[12]陵:陵蹈,以武临之。[13]怀:顾惜。[14]中:心中。顾:念。

**【导读】**

　　诗歌描绘了一位武艺高超、渴望建功立业,甚至不惜牺牲生命的游侠少年形象。开头主要描绘了白马少年的豪迈气概,借以抒发强烈的报国激情,结尾"视死忽如归"体现了游侠儿弃身报国、视死如归的崇高思想境界。

**【名家点评】**

子建《名都》《白马》《美女》诸篇,辞极瞻丽,然句颇尚工,语多致饰,视东、西京乐府天然古质,殊自不同。(明·胡应麟《诗薮》)

此即所谓"闲居非吾志,甘心赴国忧"者也。(清·何焯《义门读书记》)

此寓意于幽并游侠,实自况也。……篇中所云"捐躯赴难,视死如归",亦子建素志,非泛述矣。(清·朱乾《乐府正义》)

**【鉴赏链接】**

顾农:《建安时代英雄主义的赞歌——略谈曹植〈白马篇〉》,《名作欣赏》2005年第7期。

贾立国:《曹植〈白马篇〉的侠文化解读》,《广西社会科学》2008年第1期。

于海峰:《曹植游侠诗论——以〈白马篇〉为中心》,《齐鲁师范学院学报》2011年第6期。

# 读山海经(其十)

晋·陶渊明

精卫衔微木[1],将以填沧海。刑天[2]舞干戚,猛志故常在。同物[3]既无虑,化去[4]不复悔。徒设在昔心[5],良辰讵可待[6]。

**【注释】**

[1]微木:细木。[2]刑天:神话人物。[3]同物:同为有生命之物,指精卫、刑天之原形。[4]化去:物化,指精卫、刑天死而化为异物。意即精卫、刑天生前既无所惧,死后亦无所悔也。[5]徒:徒然、白白地。昔心:过去的壮志雄心。[6]良辰:实现壮志的好日子。讵:岂。这两句是说精卫和刑天徒然存在昔日的猛志,但实现他们理想的好日子岂能等待得到?

**【导读】**

《读山海经》诗共十三首,本首原列第十。此诗借精卫、刑天之事,取其虽死无悔、猛志常在之精神,在精卫与刑天身上,诗人看到他们百折不挠、积极进取的坚强意志,从而加以赞颂讴歌。猛志常在,但时机不遇,亦使人悲惜,结尾诗情由豪情万丈转为悲慨深沉。

**【名家点评】**

陶渊明意不在诗,诗以寄其意耳。(宋·晁补之《鸡肋集》引苏轼语)

余谓渊明《读山海经》,言在八荒之表,而情甚亲切,尤诗之深致也。(清·刘熙载《艺概》)

**【鉴赏链接】**

杜景洁:《摇撼诗魂——从〈读山海经〉看神话悲剧英雄对陶渊明的感召》,《辽宁师专学报(社会科学版)》1999年第3期。

张瑞芳:《"馀迹寄邓林,功竟在身后"——从〈读山海经〉组诗看陶渊明"猛志常在"的隐逸心态》,《名作欣赏》2009年第16期。

# 行路难[1](其一)

唐·李 白

金樽[2]清酒斗十千[3],玉盘珍羞直万钱[4]。停杯投箸[5]不能食,拔剑四顾心茫然。欲渡黄河冰塞川,将登太行雪满山。闲来垂钓碧溪上,忽复乘舟梦日边[6]。行路难!行路难!多歧路,今安在[7]?长风破浪[8]会有时,直挂云帆济[9]沧海。

**【注释】**

[1]行路难:乐府《杂曲歌辞》调名,内容多写世路艰难和离别悲伤之意。[2]金樽:古代盛酒的器具,以金为饰。[3]斗十千:即万钱,形容酒美价高。[4]玉盘:精美的食具。珍羞:珍贵的菜肴。羞,通"馐"。直,通"值"。[5]投箸:丢下筷子。[6]闲来垂钓碧溪上,忽复乘舟梦日边:姜太公吕尚曾

在渭水的磻溪上钓鱼,得遇周文王,助周灭商;伊尹曾梦见自己乘船从日月旁边经过,后被商汤聘请,助商灭夏。诗人借此表明自己对从政仍有所期待。忽复,忽然又。[7]多歧路,今安在:岔道这么多,如今身在何处?[8]长风破浪:比喻实现政治理想。据《宋书·宗悫传》载:宗悫少年时,叔父宗炳问他的志向,他说:"愿乘长风破万里浪。"[9]济:渡。

【导读】

《行路难》诗共三首,本诗是其中的第一首。这首诗感情激荡起伏,复杂多变。诗人心理上失望与希望、抑郁与追求,急遽变化交替。结尾经过前面反复回旋以后,境界开阔,高昂乐观,坚信理想抱负总有实现的一天,表现了积极入世的执着追求和强大的精神力量。

【名家点评】

世路难行如此,惟当乘长风挂云帆以济沧海,将悠然远去,永与世违。(明·朱谏《李诗选注》)

《行路难》,叹世路艰难及贫贱离索之感。古辞亡,后鲍照拟作为多。白诗似全效照。(明·胡震亨《李杜诗通》)

冰寒雪满,道路之难甚矣。而日边有梦,破浪济海,尚未决志于去也。后有二篇,则畏其难而决去矣。此盖被放之初述怀如此,真写得"难"字意出。(清·弘历《唐宋诗醇》)

【鉴赏链接】

刘崇:《乘风破浪中的精神之旅——李白〈行路难〉三首意蕴探析》,《希望月报》(上半月)2008年第1期。

张弢:《品李白〈行路难(其一)〉》,《新疆职业大学学报》2010年第4期。

王冠颖:《感受诗人复杂的心理矛盾 品读诗歌跌宕的情感变化——李白〈行路难〉(其一)赏析》,《北方文学(下半月)》2012年第6期。

# 前出塞（其九）

唐·杜 甫

从军十年余，能无[1]分寸功[2]。众人贵苟得[3]，欲语羞雷同[4]。中原有斗争，况在狄与戎[5]。丈夫四方志，安可辞固穷[6]。

## 【注释】

[1]能无：岂无，含有估计的意味。[2]分寸功：谦言功小。[3]苟得：指争功贪赏。[4]"欲语"句：想说说自己的功，又不屑跟他们同调，干脆不说也罢。[5]狄与戎：指边疆地区。[6]这两句意思是：大丈夫志在四方，又哪能怕吃苦？《论语》中有"君子固穷"一句。

## 【导读】

这首诗是《前出塞》系列（共九首）中的最后一首，带有总结性质。前两联阐述了从军作战十余年，对待功赏的正确态度，后两联直抒胸臆，家国有难，匹夫有责，大丈夫应立四方志，不畏艰苦，表达了积极进取、建功立业的精神气象。

## 【名家点评】

"众人贵苟得，欲语羞雷同"，是自占身分语。（清·施补华《岘佣说诗》）

"从军十年余，能无分寸功？"隐见得不偿失。借军士口中逗出，总是绵里裹针之法。（清·杨伦《杜诗镜铨》）

## 【鉴赏链接】

王崇、王晓秋：《杜甫〈前出塞〉新解》，《沈阳师范学院学报（社会科学版）》1997年第3期。

李晓华：《"丈夫四方志，安可辞固穷"——杜甫〈前出塞（其九）〉赏析》，《政工学刊》2002年第8期。

# 南园（其五）[1]

唐·李 贺

男儿何不带吴钩[2]？收取关山五十州[3]。请君暂上凌烟阁[4]，若个[5]书生万户侯[6]？

【注释】

[1]南园：是李贺在家中读书的地方。[2]吴钩：刀名，刃稍弯。[3]关山五十州：泛指当时藩镇割据地区。[4]凌烟阁：楼阁名，贞观十七年，唐太宗命阎立本在该阁画了24位开国功臣的像。[5]若个：哪个。[6]万户侯：食邑万户的侯，指很高的爵位。

【导读】

《南园》是一组写景和咏怀的诗，共十三首，这是其中的第五首。这首诗由两个设问句组成，第一个设问是泛问，也是自问，含有"国家兴亡，匹夫有责"的豪情。第二个设问是从反面进一步衬托投笔从戎的必要性，一正一反，把男儿应在战场上建功立业的豪情表达得淋漓尽致。

【名家点评】

裴度伐吴元济，蔡、郓、淮西数十州至是尽归朝廷。贺盖美诸将之功，而复羡其荣宠，故不觉壮志勃生。（清·姚文燮《昌谷集注》）

观凌烟阁上之像，未有以书生而封侯者，不得不弃笔墨而带吴钩矣。（清·王琦《李长吉歌诗汇解》）

【鉴赏链接】

胡淑娟：《胸有万卷拿云志　家山独对寂寞心——论李贺〈南园十三首〉诗主题与创作心态》，《辽东学院学报》2004年第3期。

吉新宏、孙宗胜：《从诗歌的审美特质看诗人李贺的隐秘文心——以〈南园十三首〉为个案》，《江西社会科学》2007年第7期。

# 江城子[1]·密州出猎

宋·苏 轼

老夫聊[2]发少年狂[3],左牵黄,右擎苍[4]。锦帽貂裘[5],千骑卷平冈。欲报倾[6]城随太守[7],亲射虎,看孙郎[8]。 酒酣胸胆尚开张[9],鬓微霜,又何妨!持节[10]云中,何日遣冯唐[11]?会[12]挽雕弓如满月,西北望,射天狼[13]。

【注释】

[1]江城子:词牌名。[2]聊:姑且。[3]狂:豪情。[4]黄:黄犬。苍:苍鹰。[5]锦帽貂裘:名词作动词,头戴着华美鲜艳的帽子,身穿貂鼠皮衣。[6]倾:全部。[7]太守:指作者自己。[8]孙郎:孙权,这里作者自喻。[9]酒酣胸胆尚开张:极兴畅饮,胸怀开阔,胆气横生。[10]持节:奉有朝廷重大使命。[11]冯唐:汉文帝时,为中郎署长,年已老。曾在文帝前为云中太守魏尚辩解,指出"赏轻罚重"之失。[12]会:会当,将要。[13]天狼:星名,这里指西夏。

【导读】

这是苏轼豪放词的代表作之一,通过描写一次出猎的壮观场面,借历史典故抒发了作者杀敌为国、渴望建功立业的雄心壮志,也委婉表达了渴望得到朝廷重用的愿望。全词上片出猎,下片请战,感情纵横奔放,充满阳刚之美。

【名家点评】

及眉山苏氏,一洗绮罗香泽之态,摆脱绸缪宛转之度,使人登高望远举首高歌,而逸怀浩气,超然乎尘垢之外。(宋·胡寅《酒边词序》)

试取东坡诸词歌之,曲终觉天风海雨逼人。(宋·陆游《老学庵笔记》)

【鉴赏链接】

钟振振:《苏轼〈江城子·密州出猎〉新解》,《名作欣赏》2003年第4期。

孙永义:《东坡词〈江城子·密州出猎〉二议》,《延边大学学报(哲学社会科学版)》1995年第1期。

# 满 江 红

宋·岳 飞

怒发冲冠,凭栏处、潇潇[1]雨歇。抬望眼、仰天长啸,壮怀激烈。三十功名尘与土[2],八千里路云和月[3]。莫等闲[4]、白了少年头,空悲切。 靖康耻[5],犹未雪;臣子恨,何时灭?驾长车踏破、贺兰山缺。壮志饥餐胡虏肉,笑谈渴饮匈奴血。待从头、收拾旧山河,朝天阙[6]。

## 【注释】

[1]潇潇:形容雨势急骤。[2]三十功名尘与土:三十年来,建立了一些功名,如同尘土。[3]八千里路云和月:形容南征北战路途遥远,披星戴月。[4]等闲:轻易,随便。[5]靖康耻:宋钦宗靖康二年(1127年),金兵攻陷汴京,虏走徽、钦二帝。[6]朝天阙:朝见皇帝。天阙,本指宫殿前的楼观,此指皇帝生活的地方。

## 【导读】

抗金英雄岳飞的这首词激励着中华民族爱国心。"莫等闲、白了少年头,空悲切",这既是岳飞的自勉之辞,也是对抗金将士的鼓励和鞭策。全词情调激昂,慷慨壮烈,表现了中华民族奋发图强、雪耻若渴的强烈愿望。

## 【名家点评】

何等气概!何等志向!千载下读之,凛凛有生气焉。"莫等闲"二语,当为千古箴铭。(清·陈廷焯《白雨斋词话》)

词有与古诗同义者,"潇潇雨歇",《易水》之歌也。(清·刘体仁《七颂堂诗绎》)

## 【鉴赏链接】

周桂峰:《时代之子与时代之声——也谈岳飞的〈满江红〉》,《集美大学学报(哲学社会科学版)》,2004年第2期。

李青唐:《岳飞〈满江红〉爱国情结的当代审视》,《浙江工业大学学报(社会科学版)》,2005年第2期。

## 十一月四日风雨大作

宋·陆 游

僵卧[1]孤村不自哀,尚思为国戍轮台[2]。夜阑[3]卧听风吹雨,铁马[4]冰河[5]入梦来。

【注释】

[1]僵卧:直挺挺躺着,此指无所作为。[2]戍轮台:在新疆一带防守。[3]夜阑:夜深。阑,尽,晚。[4]铁马:披着铁甲的战马。[5]冰河:冰封的河流,指北方地区的河流。

【导读】

这是年近七旬的陆游写下的一首热血沸腾的诗篇。诗人晚境凄苦,但并没有磨灭建功报国之志,而是将忧国忧民之情化入为梦,使得整首诗洋溢着一种豪迈而悲壮的风格和积极向上的人生态度。

【名家点评】

即如记梦诗,核计全集,共九十九首。人生安得有如许梦!此必有诗无题,遂托之于梦耳。(清·赵翼《瓯北诗话》)

放翁兴会飙举,词气踔厉,使人读之,发扬矜奋,起痿兴痹矣。(清·姚范《援鹑堂笔记》)

辜负胸中十万兵,百无聊赖以诗鸣。谁怜爱国千行泪,说到胡尘意不平。(梁启超《读陆放翁集》)

【鉴赏链接】

黄训德:《生命的意义在于奉献——读宋·陆游〈十一月四日风雨大作〉有感》,《南宁职业技术学院学报》1995年第2期。

张文宪:《苍凉悲壮报国心——读〈十一月四日风雨大作〉》,《陕西教育(教学版)》2004年第11期。

# 永遇乐·京口[1]北固亭怀古

宋·辛弃疾

千古江山,英雄无觅、孙仲谋[2]处。舞榭歌台,风流总被、雨打风吹去。斜阳草树,寻常巷陌,人道寄奴[3]曾住。想当年、金戈铁马,气吞万里如虎[4]。 元嘉草草[5],封狼居胥[6],赢得[7]仓皇北顾。四十三年[8],望中犹记,烽火扬州路[9]。可堪回首,佛狸祠[10]下,一片神鸦社鼓[11]!凭谁问:廉颇老矣,尚能饭否[12]?

## 【注释】

[1]京口:今江苏镇江。因临京岘山、长江口而得名。[2]孙仲谋:三国时的孙权,字仲谋,曾建都京口。[3]寄奴:南朝宋武帝刘裕小名,刘裕是南北朝时期宋朝的建立者,史称宋武帝,曾迁居京口。[4]"想当年"三句:刘裕曾两次领兵北伐,收复洛阳、长安等地。[5]元嘉草草:元嘉是刘裕之子刘义隆年号。草草,轻率。刘义隆好大喜功,仓促北伐,却反而让北魏主拓跋焘抓住机会,遭到重创。[6]封狼居胥:公元前119年霍去病远征匈奴,歼敌七万余,封狼居胥山而还。[7]赢得:剩得,落得。[8]四十三年:作者于1162年南归,到写该词时正好为四十三年。[9]烽火扬州路:指当年扬州路上,到处是金兵南侵的战火烽烟。[10]佛(bì)狸祠:北魏太武帝拓跋焘小名佛狸,公元450年,他曾反击刘宋,在长江北岸瓜步山建立行宫,即后来的佛狸祠。[11]神鸦:指在庙里吃祭品的乌鸦。社鼓:祭祀时的鼓声。整句话的意思是,到了南宋时期,当地老百姓只把佛狸祠当作一位神祇来奉祀供奉,而不知道它过去曾是一个皇帝的行宫。[12]廉颇:战国时赵国名将。《史记·廉颇蔺相如列传》记载,廉颇被免职后,投奔到魏国,赵王想再用他,派使者去察看他的身体情况,廉颇之仇人郭开贿赂使者,使者看到廉颇,廉颇为之米

饭一斗,肉十斤,被甲上马,以示尚可用。使者回来报告赵王说:"廉颇将军虽老,尚善饭,然与臣坐,顷之三遗矢(通假字,即屎)矣。"赵王以为廉颇已老,遂不用。

**【导读】**

这首词是辛弃疾于66岁任镇江知府时,登上京口北固亭后抚时感事而作。全词用典多而精当,对收复失地的愿望,对当朝苟安者的谴责,对韩侂胄的忠告,对宋室不能进用人才的慨叹,被巧妙组织在词中的历史人物和事件中,意境深宏博大。

**【名家点评】**

微觉用事多耳。(宋·岳珂《桯史》)

辛词当以京口北固亭怀古《永遇乐》为第一。(明·杨慎《词品》)

**【鉴赏链接】**

牛维鼎:《"四十三年"辨——读辛弃疾〈永遇乐——京口北固亭怀古〉》,《学术月刊》1981年第7期。

张清河:《壮爱国情怀　开一代词风——读辛弃疾〈永遇乐·京口北固亭怀古〉》,《名作欣赏》2011年第8期。

# 过零丁洋

宋·文天祥

辛苦遭逢[1]起一经[2],干戈[3]寥落[4]四周星[5]。山河破碎风飘絮,身世浮沉雨打萍。惶恐滩头说惶恐,零丁洋里叹零丁[6]。人生自古谁无死?留取丹心[7]照汗青[8]。

**【注释】**

[1] 遭逢:遭朝廷选拔。[2] 起一经:因为精通一种经书,通过科举考试而被朝廷起用做官。文天祥二十岁考中状元。[3] 干戈:指抗元战争。[4] 寥(liáo)落:荒凉冷落。[5] 四周星:四周年。[6] 零丁:孤苦无依的样

子。[7]丹心:红心,比喻忠心。[8]汗青:史册。

**【导读】**

　　这首诗是文天祥被俘后为誓死明志而作。全诗以回顾身世起笔,接着将个人命运的凄苦与国家前途的衰微紧密结合在一起。语言浅近,属对工巧,自然流传,一气呵成。"人生自古谁无死,留取丹心照汗青"气贯长虹、垂训千古。

**【名家点评】**

　　其诗、辞、序、记等作,或论理叙事,或写怀咏物,或吊古伤今,大篇短章,宏衍巨丽,严峻剀切,皆惓惓焉。(明·韩雍《文山先生文集序》)

　　天祥生平大节,照耀今古,而著作亦极雄瞻,如长江大河,浩瀚无际。(清·永瑢、纪昀《四库全书总目提要》)

　　文文山词,风骨甚高,亦有境界。远在圣与、叔夏、公谨诸人之上。(王国维《人间词话》)

**【鉴赏链接】**

　　胡效祥:《文天祥和他的"过零丁洋"一诗》,《读书》1959 年第 6 期。

　　刘华民:《文天祥诗学观初探》,《西北师大学报(社会科学版)》2000 年第 2 期。

# 忧国忧民

  在中国,由于儒家"乐以天下,忧以天下"文化传统的影响,造就了中国文化人"进亦忧,退亦忧"的精神品格。表现在行为上有屈原报国无门的忧愤,有文天祥视死如归的激昂,有谭嗣同为民请命的决绝;而表现在言辞上则有杜甫的"穷年忧黎元,叹息肠内热",有陆游的"死去原知万事空,但悲不见九州同",有林则徐的"苟利国家生死以,岂因祸福避趋之"。抚今追昔,立大志者,无不将国家之安危与人民之苦乐置于首位,并为此孜孜以求,委实令人崇敬不已。

# 塞 下 曲

唐·李 白

五月天山雪,无花只有寒。笛中闻折柳[1],春色未曾看。晓战随金鼓[2],宵眠抱玉鞍。愿将腰下剑,直为斩楼兰[3]。

**【注释】**

[1]"折柳"即《折杨柳》曲的省称。"笛中闻折柳",意谓眼前无柳可折,只能从笛声听到。[2]金鼓:即金钲,古代军中打击乐器,用以代发号令。[3]楼兰:西域国名。

**【导读】**

此诗叙述汉武帝平定匈奴侵扰的史实,通过雪、折柳等意象,视觉、听觉、感觉的结合,描绘出一幅边塞苦寒图,表现戍边将士慷慨从戎、奋勇杀敌的英雄气概。尾联一"愿"字,写出甘愿之意,而"直为",亦窥见迫切之情。写法与"黄沙百战穿金甲,不破楼兰终不还"二语有异曲同工之妙。有论者认为此诗所记之事与唐开元年间平定胡乱颇为吻合,而且李白参与了此次战事。据此可感作者由忧国至报国豪杰胸怀。写来慷慨激昂,当为忧国之作中别出一格的名篇。

**【名家点评】**

四语直下,从前未具此格。(清·沈德潜《说诗晬语》)

一气直下,不就羁缚。(清·沈德潜《说诗晬语》)

于律体中以飞动票姚之势,运旷远奇逸之思。(清·姚鼐《五七言今体诗钞序目》)

古乐之不可复久矣。后之人不能汉魏,犹汉魏之不能风雅,势使然也。……后世文士如李太白,则沿其目而革其词,杜子美、白乐天之伦,则创其意而不袭其目,皆卓然作者,后世有述焉。(清·王士禛《池北偶谈》)

**【鉴赏链接】**

何树瀛:《千秋谜案万代诗史——李白从军远征及其〈塞下曲〉〈从军行〉〈关山月〉等诗考》,《济宁师专学报》2001年第5期。

刘艳超:《浅论唐代乐府诗〈塞上曲〉与〈塞下曲〉》,《辽宁教育行政学院学报》2011年第3期。

# 闻官军收河南河北

唐·杜 甫

剑外[1]忽传收蓟北,初闻涕泪满衣裳。却看[2]妻子愁何在?漫卷[3]诗书喜欲狂。白日放歌须纵酒,青春[4]作伴好还乡。即从巴峡穿巫峡,便下襄阳向洛阳。

**【注释】**

[1]剑外:剑门关以南,这里指四川。[2]却看:回头看。[3]漫卷:胡乱地卷起。[4]青春:指明丽的春天的景色。

**【导读】**

本诗的主题是抒写忽闻叛乱已平的捷报,急于奔回老家的喜悦。"即从巴峡穿巫峡,便下襄阳向洛阳"以疾速飞驰的画面,既展示想象,又描绘实境。舟行如梭,所以用"穿";出"巫峡"到"襄阳",顺流急驶,所以用"下";从"襄阳"到"洛阳",已换陆路,所以用"向",用字高度准确。全诗感情奔放,痛快淋漓,万斛泉源,出自胸臆,奔涌直泻。

**【名家点评】**

此诗句句有喜跃意,一气流注,而曲折尽情,绝无妆点,愈朴愈真,他人决不能道。(明·王嗣奭《杜臆》)

生平第一首快诗也。(清·浦起龙《读杜心解》)

老杜好句中迭用字，惟"落花游丝"妙极。此外，如……"便下襄阳向洛阳"之类，颇令人厌。（明·胡应麟《诗薮》）

写出意外惊喜之况，有如长江放流，骏马注坡，直是一往奔腾，不可收拾。（清·黄周星《唐诗快》）

**【鉴赏链接】**

张左军：《谈杜甫〈闻官军收河南河北〉的艺术特色》，《社会科学》1981年第2期。

顾金光：《小议〈闻官军收河南河北〉的诗眼》，《连云港教育学院学报》1999年第1期。

## 茅屋为秋风所破歌

唐·杜 甫

八月秋高[1]风怒号，卷我屋上三重茅。茅飞渡江洒江郊，高者挂罥[2]长林梢，下者飘转沉塘坳。南村群童欺我老无力，忍能对面为盗贼。公然抱茅入竹去，唇焦口燥呼不得。归来倚杖自叹息。俄顷风定云墨色，秋天漠漠向昏黑。布衾多年冷似铁，娇儿恶卧[3]踏里裂。床头屋漏无干处，雨脚如麻未断绝。自经丧乱[4]少睡眠，长夜沾湿何由彻？安得广厦千万间，大庇天下寒士[5]俱欢颜，风雨不动安如山！呜呼！何时眼前突兀见此屋，吾庐独破受冻死亦足！

**【注释】**

[1]秋高：秋深。[2]挂罥（juàn）：挂着，挂住。[3]恶卧：睡相不好。[4]丧（sāng）乱：战乱，指"安史之乱"。[5]寒士："士"原指士人，即文化人，但此处是泛指贫寒的士人们。

**【导读】**

本诗作于"安史之乱"时期，虽写己事，表现的却是忧国忧民之情。"安得广厦千万间"之下三句构成了铿锵有力的节奏和气势,恰切地表现了诗人痛苦生活体验中迸发出来的奔放的激情和希望。此情感经由结尾的"呜呼!何时眼前突兀见此屋,吾庐独破受冻死亦足!"舍小我而心忧天下寒士,大有民胞物与之意。

【名家点评】

极无聊事,以直写见笔力,入后大波轩然而起,叠笔作收,如龙掉尾,非仅见此老胸怀,若无此意,诗亦不可作。(清·弘历《唐宋诗醇》)

雨卷风掀地欲沉,浣花溪路似难寻。数间茅屋苦饶舌,说杀少陵忧国心。(宋·郑思肖《杜子美茅屋为秋风所破歌图》)

《茅屋为秋风所破》,亦为宋人滥觞,皆变体也。(明·许学夷《诗源辩体》)

"广厦万间""大庇寒士",创见故奇,袭之便觉可厌。……"呜呼"一转,固是曲终余意,亦是通篇大结。(明·王嗣奭《杜臆》)

【鉴赏链接】

鲁克兵:《〈茅屋为秋风所破歌〉与杜甫的誓言》,《玉溪师范学院学报》2009年第5期。

汤江浩:《〈茅屋为秋风所破歌〉异说集解》,《阜阳师范学院学报(社会科学版)》2001年第3期。

# 咏　田　家

唐·聂夷中

二月卖新丝,五月粜[1]新谷。医得眼前疮[2],剜却心头肉[3]。我愿君王心,化作光明烛。不照绮罗筵,只照逃亡屋[4]。

【注释】

[1]粜(tiào):出卖谷物。[2]眼前疮:指眼前的困难,眼前的痛苦。[3]心头肉:身体的关键部位,这里喻指赖以生存的劳动果实。[4]逃亡屋:贫苦农民无法生活,逃亡在外留下的空屋。

【导读】

此诗为聂夷中的代表作,诗中运用形象生动的比喻和对比的表现手法,愤怒地控诉了形形色色的高利贷给唐末农民所带来的深重苦难,表达了诗人对广大农民的深厚同情。"挖肉补疮",自古未闻,但如此写来最能尽情,既深刻又典型,因而成为千古传诵的名句。

【名家点评】

言简意足,可匹柳文(指柳宗元《捕蛇者说》)。(清·沈德潜《唐诗别裁集》)

洗剥到极净极省,不觉自成一体。(明·胡震亨《唐音癸签》)

烂熟不可删去。(清·陆次云《五朝诗善鸣集》)

【鉴赏链接】

宋尔康:《聂夷中诗歌浅论》,《河南大学学报(社会科学版)》1996年第4期。

买鸿德:《针砭时痼　同情人民——晚唐诗人聂夷中及其诗歌》,《西北民族大学学报(哲学社会科学版)》1987年第2期。

# 扬　州　慢

宋·姜　夔[1]

淳熙丙申至日,予过维扬。夜雪初霁,荠麦弥望。入其城则四顾萧条,寒水自碧,暮色渐起,戍角悲吟。余怀怆然,感慨今昔,因自度此曲。千岩老人以为有《黍离》之悲也。

淮左名都[2],竹西佳处,解鞍少驻初程[3]。过春风十里[4],尽荠麦青青。自胡马窥江[5]去后,废池乔木[6],犹厌言兵。渐[7]黄昏,清角[8]吹寒,都在空城。　杜郎俊赏[9],算而今、重到须惊。纵豆蔻[10]词工,青楼梦好[11],难赋深情。二十四桥[12]仍在,波心荡、冷月无声。念桥边红药[13],年年知为谁生。

【注释】

[1] 姜夔(kuí)：南宋词人。[2] 淮左名都：指扬州。宋朝的行政区设有淮南东路和淮南西路，扬州是淮南东路的首府，故称淮左名都。[3] 解(xiè)鞍少驻初程：少驻，稍作停留；初程，初段行程。[4] 春风十里：杜牧有《赠别》诗"春风十里扬州路，卷上珠帘总不如"，这里用以借指扬州。[5] 胡马窥江：指金兵侵略长江流域，洗劫扬州。[6] 废池：废毁的池台。乔木：残存的古树。[7] 渐：向，到。[8] 清角：凄清的号角声。[9] 杜郎：即杜牧。俊赏：俊逸清赏。[10] 豆蔻：形容少女美艳。杜牧《赠别》诗云"娉娉袅袅十三余，豆蔻梢头二月初"。[11] 青楼梦好：杜牧有《遣怀》诗"十年一觉扬州梦，赢得青楼薄幸名"。[12] 二十四桥：扬州城内古桥，即吴家砖桥，也叫红药桥。[13] 红药：红芍药花，是扬州繁华时期的名花。

【导读】

扬州，曾是古代各种繁荣美好富庶的代名词，风景绝佳，丽人云集，名士风流，连月亮都偏爱它几分。但再好的时光，再美的城池，又怎经得起战火无情殃及？荒了城，废了景，散了人。四顾扬州，心里的哀叹已然盛放不下。桥边灼灼的红芍药依然绽放，开得天真，又催人泪下。

【名家点评】

白石词疏影、暗香、扬州慢、一萼红、琵琶仙、探春、八归、淡黄柳等曲，不惟清空，又且骚雅，读之使人神观飞越。（宋·张炎《词源》）

"犹厌言兵"四字，包括无数伤乱语，他人累千百言，亦无此韵味。（清·陈廷焯《白雨斋词话》）

白石道人，中兴诗家名流，词极精妙，不减清真乐府，其间高处，有美成所不能及。（宋·黄升《中兴以来绝妙词选》）

【鉴赏链接】

徐旭平：《从显隐说看〈扬州慢〉的抒情艺术》，《文学教育（上）》2007年第9期。

高恒文：《姜夔〈扬州慢〉的现代阐释》，《天津师大学报（社会科学版）》1998年第1期。

# 金陵驿（其一）

宋·文天祥

草合离宫[1]转夕晖[2]，孤云[3]飘泊复何依？山河风景元无异，城郭人民半已非[4]。满地芦花[5]和我老，旧家[6]燕子傍谁飞？从今别却江南路，化作啼鹃带血归[7]。

【注释】

[1] 离宫：皇宫之外供帝王出巡时居住的宫室。《史记·刘敬叔孙通列传》："孝惠帝曾春出游离宫。"[2] 夕晖：日暮前余晖映照；夕阳的光辉。韦应物《送别河南李功曹》诗："云霞未改色，山川犹夕晖。"[3] 孤云：比喻贫寒或客居的人。如陶潜《咏贫士》："万族各有托，孤云独无依。"李善注："孤云，喻贫士也。"[4] 三四句暗用《世说新语》中"新亭对泣"典故，原典云："风景不殊，正自有山河之异。"[5] 芦花：芦絮。芦苇花轴上密生的白毛。"满地芦花"暗用刘禹锡《西塞山怀古》中"故垒萧萧芦荻秋"。[6] 旧家：犹从前。"旧家燕子"暗用刘禹锡诗《乌衣巷》"旧时王谢堂前燕，飞入寻常百姓家"。[7] 七句化用《楚辞·招魂》中"魂兮归来哀江南"，八句化用"望帝杜鹃"典故。

【导读】

此诗作于祥兴二年（1279年），南宋灭亡已经四年，抗元兵败被俘的文天祥被押解北上燕京，途经金陵（今江苏南京）时，诗人触景伤情，写下了两首七律，均题为"金陵驿"，此为其一。首联写景，夕照离宫，孤云无依，皆为冷景。颔联以今昔为比，凸显物是人非之感，故国已亡，内心满是亡国之痛。末两句句句用典，含蓄表达爱国之情。密集用典为此诗一大特色。景冷情切。首句"转"字极妙，须细品。

【名家点评】

这两句（最后两句）沉挚的诗感动了许多人，明代灭亡时的烈士何腾蛟有首《自悼》诗就受了它的启示。（钱钟书《宋诗选注》）

谁欲扶之两腕绝，英泪浪浪满襟血。（宋·林景熙《读文山集》）

**【鉴赏链接】**

黄惠运：《论文天祥诗歌的爱国主义精神》，《井冈山师范学院学报》2002年第6期。

# 赴戍登程口占示家人（其二）[1]

清·林则徐

力微任重久神疲，再竭衰庸[2]定不支。苟利国家生死以，岂因祸福避趋之[3]？谪居正是君恩厚[4]，养拙刚于戍卒宜[5]。戏与山妻谈故事，试吟断送老头皮[6]。

**【注释】**

[1]此诗作于道光二十二年（1842年）。是年夏历七月，林则徐自西安启程赴伊犁，作诗留别家人。[2]衰庸：意近"衰朽"，衰老而无能，自谦之词。[3]"苟利"二句：郑国大夫子产改革军赋，受到时人的诽谤，子产曰："何害！苟利社稷，死生以之。"（见《左传·昭公四年》）诗语本此。以，用，去做。[4]"谪居"句：自我宽慰语。谪居，因有罪被遣戍远方。[5]养拙：犹言藏拙，有守本分、不显露自己的意思。刚：正好。戍卒宜：做一名戍卒为适当。这句诗谦恭中含有愤激与不平。[6]"戏与"二句：自注，"宋真宗闻隐者杨朴能诗，召对，问：'此来有人作诗送卿否？'对曰：'臣妻有一首云：更休落魄耽杯酒，且莫猖狂爱咏诗。今日捉将官里去，这回断送老头皮。'上大笑，放还山。东坡赴诏狱，妻子送出门，皆哭，坡顾谓曰：'子独不能如杨处士妻作一首诗送我乎？'妻子失笑，坡乃去。"这两句诗用此典故，表达林则徐的旷达胸襟。山妻，对自己妻子的谦辞。故事，旧事，典故。

**【导读】**

林则徐抗英有功，却遭投降派诬陷，被道光帝革职，"从重发往伊犁，效力赎罪"。可谓英雄失路，其悲愤之情自可想见。诗人满腔愤怒下写了"苟利国家生死以，岂因祸福避趋之"的激励诗句，是他爱国情感的抒发，也是他性情、人格的写照，表现了作者以国事为重、不顾个人安危的高贵品质和他面临遣戍时的旷达胸怀。诗句对仗工稳而灵活,显示了驾驭文字的深厚功力。

**【名家点评】**

盖文忠公矢志公忠,乃心王室,故二句诗常不去口。(清·林昌彝《射鹰楼诗话》)

**【鉴赏链接】**

丁辛百:《"生死以"是理解〈赴戍登程口占示家人〉这首诗的关键》,《长春教育学院学报》2005年第3期。

余音绕:《恫瘝在抱　泽被百代——林则徐〈赴戍登程口占示家人〉(二首选一)试析》,《名作欣赏》2001年第1期。

# 己亥[1]杂诗(其二百二十)

清·龚自珍

九州生气恃风雷[2],万马齐喑究可哀[3]。我劝天公重抖擞[4],不拘一格降人才[5]。

**【注释】**

[1]己亥:道光十九年(1839)。这一年,作者因不满官场黑暗,辞官去京返杭,途中作七言绝句三百一十五首,统名"己亥杂诗"。[2]九州:据《尚书·禹贡》记载,大禹将天下分九州,分别是冀州、兖州、青州、徐州、扬州、荆州、梁州、雍州和豫州。后世以九州代指中国。生气:生气勃勃的局面。恃:依靠。风雷:本指风神、雷神,诗中比喻疾风迅雷般的社会变革。[3]喑:哑,沉默,不说话。语出苏轼《三马图赞序》云:"振鬣(马鬃)长鸣,万马皆喑。"诗人用此语比喻在高压政治下,社会政局毫无生气。究:毕竟。[4]天公:天帝,造物主。重:重新。抖擞:振作,奋发。[5]不拘一格:不拘守一定的规格。降:降生,降临。

**【导读】**

此为一首政治抒情诗,构思巧妙,由眼前赛神等形象,联系到"风雷""天公",以祈祷天神的口吻,抒发了变革社会、解放人才、振兴国家的愿望。诗歌意象奇伟,大气磅礴,富有批判精神和启蒙意义。

**【名家点评】**

行间璀璨,吐属瑰丽,……声情沉烈,悱恻遒上,如万玉哀鸣。(清·程金凤《题〈己亥杂诗〉》)

晚清思想之解放,自珍确与有功焉。光绪间所谓新学家者,大率人人皆经过崇拜龚氏之一时期。初读《定庵文集》,若受电然……(梁启超《清代学术概论》)。

**【鉴赏链接】**

钟振振:《读〈龚自珍己亥杂诗注〉札记》,《清华大学学报(哲学社会科学版)》2002年第4期。

张晨怡、张宏:《个性解放与社会发展——谈龚自珍的〈己亥杂诗〉和〈病梅馆记〉》,《语文建设》2005年第12期。

# 赠梁任父同年[1]

清·黄遵宪

寸寸山河寸寸金,侉离[2]分裂力谁任?杜鹃再拜忧天泪[3],精卫无穷填海心。

**【注释】**

[1]梁任父:即梁启超,中国近代思想家、政治家、教育家、史学家、文学家。同年:旧时科举制度中,同一榜考中的人叫"同年"。[2]侉(kuǎ)离:这里是分割的意思,意指当时中国被列强瓜分的现实。[3]杜鹃:传说中古代蜀国的国王望帝所化,这里是作者自比,表达了深切的忧国之情。再拜:古代的一种礼节,先后拜两次,表示隆重。

**【导读】**

这首诗是1896年黄遵宪邀请梁启超到上海办《时务报》时写给梁的一首诗,表现了作者为国献身、变法图存的坚强决心和对梁启超的热切希望。起笔饱含深情地赞美祖国的大好河山,蕴涵着对大好河山的珍爱之情。次句面对山河破碎、风雨飘摇的国势,作者不禁仰天长问:什么人才能担当起救国于危难之中的重任?一片爱国激情溢于言表。末尾两句连续用典,表达甘愿为挽救国家民族的危亡而鞠躬尽瘁、死而后已的决心。全诗字字含情,句句蕴泪,作者的一腔忧国报国之情跃然纸上,其殷殷之心,皇天可鉴。国务院前总理温家宝多次在中外记者招待会上引用过该诗。

【名家点评】

要之公度(黄遵宪字公度)之诗,独辟境界,卓然自立于二十世纪诗界中,群推为大家,公论不容诬也。(梁启超《饮冰室诗话》)

阳开阴阖,千变万化,不可端倪,于古诗人中独具境界。(梁启超《嘉应黄先生墓志铭》)

【鉴赏链接】

邵建新:《借典明志　哭吐精诚——黄遵宪〈赠梁任父同年〉(其四)赏析》,《语文知识》2007年第3期。

# 狱中题壁

清·谭嗣同

望门投止思张俭[1],忍死须臾待杜根[2]。我自横刀向天笑[3],去留肝胆两昆仑[4]。

【注释】

[1] 望门投止:意为在窘迫之中,见有人家,就去投宿,以求隐存。语出《后汉书·张俭传》:"俭得亡命,困迫遁走,望门投止。"张俭,初为东部督邮,因上疏弹劾宦官侯览图谋不轨,反被侯诬为结党营私,被迫逃亡。人们尊重他的正义行为,都冒死接纳他。诗人借此想到康梁出逃,一定也会受到人们的欢迎。投止,投宿。思,思慕。[2] 忍死须臾待杜根:杜根,东汉末年人,上书要求专权的邓太后还政于皇帝,邓太后大怒,命人将他装入口袋,在大殿上摔死。行刑者敬其所为,施刑不加力,得不死。邓太后命人查看,他装死三天,目中生蛆。后

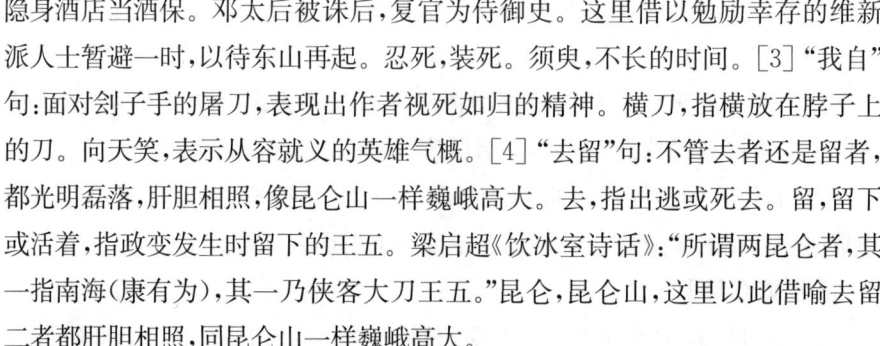

隐身酒店当酒保。邓太后被诛后,复官为侍御史。这里借以勉励幸存的维新派人士暂避一时,以待东山再起。忍死,装死。须臾,不长的时间。[3]"我自"句:面对刽子手的屠刀,表现出作者视死如归的精神。横刀,指横放在脖子上的刀。向天笑,表示从容就义的英雄气概。[4]"去留"句:不管去者还是留者,都光明磊落,肝胆相照,像昆仑山一样巍峨高大。去,指出逃或死去。留,留下或活着,指政变发生时留下的王五。梁启超《饮冰室诗话》:"所谓两昆仑者,其一指南海(康有为),其一乃侠客大刀王五。"昆仑,昆仑山,这里以此借喻去留二者都肝胆相照,同昆仑山一样巍峨高大。

**【导读】**

1895年,《马关条约》的消息传到北京,康有为发动举人联名上书,史称"公车上书",揭开了维新变法的序幕。1898年6月11日,光绪皇帝宣布变法,一直到9月21日慈禧太后发动政变下令捕杀在逃的康有为、梁启超,逮捕谭嗣同、杨深秀、林旭、杨锐、刘光第、康广仁、徐致靖、张荫桓等人为止,历时103天,史称"百日维新"。这首诗作于光绪二十四年(1898年),戊戌变法后,作者写于狱中。

**【名家点评】**

晚清思想界的彗星。(梁启超《谭嗣同传》)

挟高士之才,负万夫之勇,学奥博而文雄奇,思深远而仁质厚,以天下为己任,以救中国为事,气猛志锐。(清·康有为《唐烈士才常墓志铭》)

**【鉴赏链接】**

李喜所:《百年谭嗣同研究的回顾与展望》,《广东社会科学》2000年第1期。

樊修章:《谭嗣同〈狱中题壁〉新解》,《文史知识》1994年第5期。

邓玉冰:《谭嗣同〈狱中题壁〉诗新解》,《湖南科技大学学报(社会科学版)》1988年第4期。

# 【伤时感世】

　　白居易有言："文章合为时而著,歌诗合为事而作。"这里的"时"是指时代社会,这里的"事"是指世事民情。人的生命之根在社会,情感之根在生活,所以大凡有抱负、有理想的人,他的呼吸总合着时代而起伏,他的脉搏必关着世事而跳动。这样的人心胸是宽广的,见识是远大的,他伤感的不是一己之小事,也不是一时之琐事,而大多是与国家之形势、百姓之命运相关的大事。这样的人情感是厚重的,思虑是深邃的,他的悲悯总是向着因战乱而埋骨他乡的饿殍,因贫穷而饥寒交迫的难民,因盘剥而一无所有的农人。

# 渡 汉 江[1]

唐·宋之问

岭外[2]音书[3]断,经冬复历春。近乡情更怯[4],不敢问来人[5]。

【注释】

[1]汉江:汉水。宋之问因张易之事而被贬岭南,于神龙二年(706年)逃归洛阳。此诗作于途经汉水时。[2]岭外:指岭南,大庾岭之外,就是广东。[3]书:信。[4]怯:紧张。[5]来人:指从家乡来的人。

【导读】

诗中描写离开家乡的游子,能踏上归途,自当心情欢悦,而且这种欣喜之情,也会随着家乡的越来越近而越来越强烈,从而表达了诗人强烈抑制的思乡之情和由此造成的精神痛苦。此诗抒情艺术巧妙,体会深刻。高度简洁的抒情手法,使作品用最简略的语言,获取了极为深远的艺术效果。

【名家点评】

实历苦境,皆以反说,意又深一层。(明·钟惺《唐诗归》)

即老杜"反畏消息来,寸心亦何有"意。(清·沈德潜《唐诗别裁集》)

五绝中能言情,与嘉州"马上相逢无纸笔"同妙。(清·施补华《岘佣说诗》)

【鉴赏链接】

查良圭:《永恒的艺术生命——〈渡汉江〉、〈行宫〉赏析》,《名作欣赏》1991年第2期。

赵彩芬:《由〈渡汉江〉看宋之问诗格与人格的背离》,《邢台学院学报》2005年第1期。

# 春 望

唐·杜 甫

国破山河在[1],城春草木深[2]。感时花溅泪[3],恨别[4]鸟惊心。烽火连三月[5],家书抵[6]万金。白头搔[7]更短,浑欲不胜簪[8]。

**【注释】**

[1]国:国都,指长安(今陕西西安)。破:陷落。山河在:旧日的山河仍然存在。[2]城:长安城。草木深:指人烟稀少。[3]感时:为国家的时局而感伤。溅泪:流泪。[4]恨别:怅恨离别。[5]烽火:古时边防报警的烟火,这里指"安史之乱"的战火。三月:正月、二月、三月。[6]抵:值,相当。[7]白头:这里指白头发。搔:用手指轻轻地抓。[8]浑:简直。欲:想,要,就要。胜:受不住,不能。簪:一种束发的首饰。古代男子蓄长发,成年后束发于头顶,用簪子横插住,以免散开。

**【导读】**

至德二年(757年)春,身处沦陷区的杜甫目睹了长安城一片萧条零落的景象,百感交集,便写下了这首传诵千古的名作。这首诗结构紧凑,围绕"望"字展开,在感情和景色的交叉转换中含蓄地传达出诗人的感叹忧愤。全篇情景交融,感情深沉,而又含蓄凝练,言简意赅,充分体现了"沉郁顿挫"的艺术风格。

**【名家点评】**

古人为诗,贵于意在言外,使人思而得之,故言之者无罪,闻之者足戒也。近世诗人,惟杜子美最得诗人之体,如"国破山河在,城春草木深。感时花溅泪,恨别鸟惊心"。山河在,明无余物矣;草木深,明无人矣;花鸟,平时可娱之物,见之而泣,闻之而悲,则时可知矣。他皆类此,不可遍举。(宋·司马光《温公续诗话》)

此第一等好诗。想天宝、至德以至大历之乱,不忍读也。(宋·方回《瀛

奎律髓》)

所谓愁思,看春不当春也。(明·钟惺《唐诗归》)

对偶未尝不精,而纵横变幻,尽越陈规,浓淡浅深,动夺天巧,百代而下,当无复继。(明·胡震亨《唐音癸签》)

**【鉴赏链接】**

刘广辉:《感时恨别、忧国思家——杜甫〈春望〉思想内容解读》,《河南理工大学学报(社会科学版)》2006年第1期。

陈海燕:《含混与直白——细读〈春望〉》,《名作欣赏》2010年第26期。

魏玉莲:《笔底波澜谱写爱国华篇——比较杜甫〈春望〉和艾青〈我爱这土地〉》,《名作欣赏》2012年第8期。

# 题都[1]城南庄

#### 唐·崔护

去年今日此门中,人面[2]桃花相映红。人面不知何处去,桃花依旧笑[3]春风。

**【注释】**

[1]都:国都,指唐朝京城长安(今陕西西安)。[2]人面:指一个姑娘的脸。第三句中"人面"指代姑娘。[3]笑:形容桃花盛开的样子。

**【导读】**

此诗有情节性,或起于一段颇具传奇色彩的本事。用"人面""桃花"作为贯串线索,通过"去年"和"今日"同时同地同景而"人不同"的映照对比,把诗人因这两次不同的遇合而产生的感慨,回环往复、曲折尽致地表达了出来。"寻春遇艳"和"重寻不遇"切合了古代文人的生活体验,抒情性增强了其艺术生命力。

**【名家点评】**

诗人以诗主人物,故虽小诗,莫不挺蹂极工而后已。所谓"句锻月炼"

者,信非虚言。小说崔护《题城南》诗,其始曰:"去年今日此门中,人面桃花相映红。人面不知何处去,桃花依旧笑春风。"后以其意未全,语未工,改第三句曰"人面秖今何处在"。至今所传此两本,惟《本事诗》作"秖今何处在"。唐人工诗,大率多如此。虽有两"今"字,不恤也,取语意为主耳。后人以其有两"今"字,只多行前篇。(宋·沈括《梦溪笔谈》)

　　唐人作诗,意细法密,如崔护"人面不知何处去",后改为"人面秖今何处在",以有"今"字,则前后交付明白,重字不惜也。(清·吴乔《围炉诗话》)

【鉴赏链接】

　　牛景丽:《今昔对比,花面映衬——〈题都城南庄〉赏析兼议古典诗歌中的"人面桃花"》,《名作欣赏》2011年第14期。

　　蒋晓城:《旧欢如梦杳难寻——崔护〈题都城南庄〉审美解读》,《名作欣赏》2007年第13期。

# 泊　秦　淮

唐·杜　牧

　　烟[1]笼寒水月笼沙,夜泊[2]秦淮[3]近酒家。商女[4]不知亡国恨,隔江犹唱后庭花[5]。

【注释】

　　[1]烟:烟雾。[2]泊:停泊。[3]秦淮:秦淮河,发源于江苏句容大茅山与溧水东庐山两山间,经南京流入长江。相传为秦始皇南巡会稽时开凿的,用来疏通淮水,故称秦淮河。历代均为繁华的游赏之地。[4]商女:以卖唱为生的歌女。[5]后庭花:歌曲《玉树后庭花》的简称。南朝陈皇帝陈叔宝(即陈后主)溺于声色,作此曲与后宫美女寻欢作乐,终致亡国,所以后世把此曲作为亡国之音的代表。

【导读】

　　此诗是诗人夜泊秦淮时触景感怀之作。泊舟秦淮,见朦胧月色,听靡靡之音,由是诗人既吊古,又讽今;回望南朝统治者的醉生梦死,讽刺晚唐统治者的纸醉金迷。全诗寓情于景,意境悲凉,感情深沉含蓄,具有强烈的艺术感染力。

**【名家点评】**

首句写秦淮夜景,次句点明夜泊,而以"近酒家"三字引起后二句。"不知"二字,感慨最深,寄托甚微。通首音节神韵,无不入妙。(清·李锳《诗法易简录》)

商女止知唱曲,安知曲中有恨。杜牧隔江听去,知乃亡国之音。(清·王尧衢《古唐诗合解》)

"夜泊秦淮"而与"酒家"相"近","酒家"临河故也。"商女",是以唱曲作生涯者。唱《后庭花》曲……杜牧之"隔江"听去,有无限兴亡之感,故作是诗。(清·徐增《而庵说唐诗》)

**【鉴赏链接】**

杨绍玲:《情景交融,寄慨遥深——杜牧〈泊秦淮〉赏论》,《名作欣赏》2009 年第 9 期。

范新阳:《杜牧〈泊秦淮〉之"商女"新议——兼论唐诗中的"商女"意象》,《名作欣赏》2006 年第 2 期。

# 破 阵 子[1]

### 五代·李 煜

四十年[2]来家国,三千里地山河。凤阁龙楼连霄汉[3],玉树琼枝作烟萝[4],几曾识干戈[5]? 一旦归为臣虏,沈腰潘鬓[6]消磨。最是仓皇辞庙[7]日,教坊犹奏[8]别离歌,垂泪[9]对宫娥。

**【注释】**

[1] 破阵子:词牌名。[2] 四十年:南唐自建国至李煜作此词,为三十八年。此处四十年为概数。[3] 凤阁:别作"凤阙"。凤阁龙楼指帝王居所。霄

汉:天河。[4]玉树琼枝:别作"琼枝玉树",形容树的美好。烟萝:形容树枝叶繁茂,如同笼罩着雾气。[5]识干戈:经历战争。识,别作"惯"。干戈,武器,此处指代战争。[6]沈腰潘鬓:沈指沈约,指代人日渐消瘦;潘指潘岳,指代中年白发。[7]辞庙:辞,离开。庙,宗庙,古代帝王供奉祖先牌位的地方。[8]犹奏:别作"独奏"。[9]垂泪:别作"挥泪"。

【导读】

此词为南唐后主李煜降宋后所作。上片写南唐曾有的繁华,不曾经历过战乱的侵扰,是以写景来歌颂与礼赞作者心中的故国;下片以写实的笔法描写出这三千里山河的美丽国家顷刻覆亡,写出国破的惨状与凄情。全词由建国写到亡国,极盛转而极衰,极喜而后极悲,看似只是平平无奇的写实,却饱含了对故国的留恋与亡国的悔恨之意。

【名家点评】

此词或是追赋。……至若挥泪听歌,特词人偶然语。(毛先舒《南唐拾遗记》)

词至李后主而眼界始大,感慨遂深,遂变伶工之词为士大夫之词。(王国维《人间词话》)

后主之词,真所谓以血书者也。(王国维《人间词话》)

【鉴赏链接】

韩广:《悠悠岁月山河——李煜〈破阵子〉悲情帝王血泪伤怀》,《名作欣赏》2009年第16期。

## 武陵春·春晚

宋·李清照

风住尘香[1]花已尽,日晚倦梳头。物是人非[2]事事休,欲语泪先流。 闻说双溪[3]春尚好,也拟[4]泛轻舟。只恐双溪舴艋舟[5],载不动,许多愁。

【注释】

[1] 风住尘香:风停了,尘土中带有落花的香气。[2] 物是人非:景物依旧,人事已变。此暗指丈夫已死。[3] 双溪:浙江武义东阳两江水流至金华,并入婺江,两水合流处叫双溪。[4] 拟:打算。[5] 舴艋舟:一种形似舴艋的小船。

【导读】

这首词借暮春之景,写出了中年孀居后词人内心深处的苦闷和忧愁。全词一唱三叹,语言优美,所描写的意境有言尽而意不尽之美。采用类似后来戏曲中的代言体,以第一人称的口吻,用深沉忧郁的旋律,塑造了一个孤苦凄凉环境中流荡无依的才女形象,非一般的闺情闺怨之词所能比。

【名家点评】

悲深婉笃,犹令人感伉俪之重。(清·吴衡照《莲子居词话》)

"载不动许多愁"与"载取暮愁归去"、"只载一船离恨向两州",正可互观。"双桨别离船,驾起一天烦恼",不免径露矣。(清·王士禛《花草蒙拾》)

【鉴赏链接】

刘越峰:《一个在苦难中挣扎的灵魂——李清照〈武陵春〉词赏析》,《名作欣赏》2005 年第 3 期。

## 临江仙·夜登小阁忆洛中旧游

宋·陈与义

忆昔午桥[1]桥上饮,坐中多是豪英。长沟流月去无声[2]。杏花疏影里,吹笛到天明。 二十余年如一梦,此身虽在堪惊。闲登小阁看新晴[3]。古今多少事,渔唱[4]起三更[5]。

【注释】

[1] 午桥:桥名,在洛阳县南十里外。[2]"长沟"句:月光似乎也随着长沟的流水无声无息地消失了。长沟:大河。此句即杜甫《旅夜书怀》"月涌大

江流"之意,谓时间如流水般逝去。[3] 新晴:雨后初晴,这里说的是雨后初晴的月夜景色。[4] 渔唱:打鱼人的歌儿。这里作者叹惜前朝兴废的历史。[5] 三更:古代以漏计时,自黄昏至拂晓分为五刻,即五更,三更正是午夜。

【导读】

这首《临江仙》词是陈与义退居青墩镇僧舍时所作。陈与义是洛阳人,他追忆起二十多年前的洛中旧游,当时天下太平无事,可以有游赏之乐。汴京陷落后,历经颠沛流离,南宋朝廷仅能自立,回忆往事,百感交集。他的词清婉豪放,悲壮苍凉,素有东坡之风。

【名家点评】

敢信坡仙垒可摩,词名《无住》却无多。杏花影里人吹笛,竟到天明奈若何?(清·谭莹《论词绝句》)

(前半阕)数语奇丽。《简斋集》后载数词,惟此词最优。(宋·胡仔《苕溪渔隐丛话后集》)

"杏花疏影里,吹笛到天明"之句,真是自然而然。(宋·张炎《词源》)

意思超越,腕力排奡,可摩坡仙之垒。又云:流月无声,巧语也;吹笛天明,爽语也;渔唱三更,冷语也;功业则欠,文章自优。(明·沈际飞《草堂诗余正集》)

【鉴赏链接】

姚惠兰:《南渡视野下的叶梦得、陈与义词之比较》,《作家》2012年第6期。

吴中胜:《陈与义南渡期内在心理探析》,《固原师专学报》1994年第4期。

# 诉　衷　情

宋·陆　游

当年万里觅封侯[1],匹马戍梁州。关河梦断[2]何处,尘暗旧貂裘[3]。　胡[4]未灭,鬓先秋[5],泪空流。此生谁料,心在天山[6],身老沧洲[7]。

## 【注释】

[1] 万里觅封侯:奔赴万里之外的疆场,寻找建功立业的机会。[2] 关河:关塞河防,指山川险要处。梦断:梦醒。[3] 尘暗旧貂裘:貂皮裘上落满灰尘,颜色为之暗淡。这里借用苏秦典故,说自己不受重用,未能施展抱负。[4] 胡:本为古代对北方、西方少数民族的泛称,此指金兵。[5] 鬓先秋:鬓发早已斑白,如秋霜。[6] 天山:在今新疆境内,这里借指边塞。[7] 身老沧洲:陆游晚年退隐在故乡绍兴镜湖边的三山。沧洲,滨水之地,古时隐士所居之处。

## 【导读】

此词描写了作者一生中最值得怀念的一段岁月,通过今昔对比,反映了一位爱国志士的坎坷经历和不幸遭遇,表达了作者壮志未酬、报国无门的悲愤不平之情。上片开头追忆作者昔日戎马疆场的意气风发,接写当年宏愿只能在梦中实现的失望;下片抒写敌人尚未消灭而英雄却已迟暮的感叹。全词格调苍凉悲壮,语言明白晓畅,用典自然,不着痕迹,不加雕饰,如叹如诉,有较强的艺术感染力。

## 【名家点评】

放翁长短句,其激昂慷慨者,稼轩(辛弃疾)不能过。(宋·刘克庄《后村诗话续编》)

放翁词纤艳处似淮海(秦观)、雄快处似东坡(苏轼)。(明·杨慎《词品》)

辜负胸中十万兵,百无聊赖以诗鸣。谁怜爱国千行泪,说到胡尘意不平。(梁启超《读陆放翁集》)

## 【鉴赏链接】

陈晓龙:《男儿到死心如铁——陆游〈诉衷情〉赏析》,《语文知识》2004年第12期。

郭锦标:《衷情尽诉的〈诉衷情〉——陆游〈诉衷情〉赏析》,《语文月刊》2002年第12期。

# 丑奴儿[1]·书博山道中壁

宋·辛弃疾

少年不识[2]愁滋味,爱上层楼。爱上层楼,为赋新词强说愁[3]。而今识尽[4]愁滋味,欲说还休[5]。欲说还休,却道天凉好个秋。

【注释】

[1] 丑奴儿:词牌名。[2] 少年:指年轻的时候。不识:不懂,不知道是什么。[3] "为赋"句:为了写出新词,没有愁而硬要说有愁。强(qiǎng),勉强地,硬要。[4] 识尽:尝够,深深懂得。[5] 欲说还(huán)休:表达的意思可以分为两种,一是男女之间难于启齿的感情,二是内心有所顾虑而不敢表达。休,停止。

【导读】

此词通篇言愁,上片描绘出少年涉世未深却故作深沉的情态,下片写出满腹愁苦却无处倾诉的抑郁,通过"少年"时与"而今"的对比,表达了作者受压抑、遭排挤、报国无门的痛苦之情。全词突出地渲染了一个"愁"字,以此作为贯穿全篇的线索,构思精巧,感情真率而又委婉,言浅意深,令人回味无穷。

【名家点评】

辛稼轩当弱宋末造,负管乐之才,不能尽展其用,一腔忠愤,无处发泄,观其与陈同父抵掌谈论,是何等人物。故其悲歌慷慨,抑郁无聊之气,一寄于词。(清·徐仇《词苑丛谈》引周在浚语)

语淡而味终不薄。(清·沈德潜《唐诗别裁集》)

【鉴赏链接】

邹放:《不落俗套 独标一格——辛弃疾〈丑奴儿·少年不识愁滋味〉浅析》,《名作欣赏》1989年第4期。

杨小波:《人生经历的简括,家国破碎的哀歌——辛弃疾〈丑奴儿〉与蒋捷〈虞美人〉之比较鉴赏》,《语文月刊》2014年第10期。

# 淡 黄 柳

宋·姜　夔

客居合肥南城赤阑桥之西,巷陌凄凉,与江左异。惟柳色夹道,依依可怜。因度此阕,以纾[1]客怀。

空城[2]晓角,吹入垂杨陌[3]。马上单衣寒恻恻[4]。看尽鹅黄嫩绿,都是江南旧相识。　正岑寂[5],明朝又寒食[6]。强携酒,小桥宅。怕梨花、落尽成秋色。燕燕飞来,问春何在,唯有池塘自碧。

【注释】

[1]纾:解除,排除,宽解。[2]空城:合肥曾被金兵掠夺一空。[3]垂杨陌:杨柳飘拂的小巷。[4]恻恻:寒冷凄恻。[5]岑寂:寂静。[6]寒食:在清明节前一天,为寒食节。

【导读】

此词是作者客居合肥的心感。金人入侵,南宋偏安江南一隅,江淮一带已然成边区。符离之战后,百姓四散流离,一眼望去,满目荒凉。合肥的大街小巷,多植柳树。作者客居南城,其时已近寒食,春光明媚。但人去苍茫,只有绿柳夹道,仿佛在向作者呜呜倾诉,有感作《淡黄柳》。全词的情感绝非"客怀"二字可以说尽,其感叶伤春,实际反映出同时代人普遍的忧惧。

【名家点评】

不惟清空,且又骚雅,读之使人神现飞越。(宋·张炎《词源》)

南渡以后,国势日非,白石目击心伤,多于词中寄慨。(清·陈廷焯《白雨斋词话》)

姜白石词如野云孤飞,去留无迹。(宋·张炎《词源》)

白石道人,中兴诗家名流,词极精妙,不减清真乐府,其间高处,有美成所不能及。(宋·黄升《中兴以来绝妙词选》)

**【鉴赏链接】**

吴莺莺:《词人姜夔如是说:我家曾住赤阑桥——姜夔与合肥赤阑桥略考》,《合肥学院学报(社会科学版)》2009年第4期。

袁向彤:《姜白石的词乐与清雅之韵》,《山东师范大学学报(人文社会科学版)》2007年第4期。

# 边塞情思

　　边塞指的是守卫边疆的要塞，泛指边疆地区，它是一个与国土安全相关的概念。就像家园需要围墙，国家也必须要有边塞，以阻止外敌的入侵。所以，戍守边疆乃历朝之大事。当然，不是所有的人都能去边塞的，必须是军中将士；也不是所有的人都愿意去边塞的，那里不仅生活非常艰苦，而且经常爆发战事，随时会有生命危险。所以，坚守边塞的必是信念坚定、意志坚强的人。彼时彼境，在那遥远的边塞，耳听飒飒狂风，眼望满天寒星，身披坚硬铠甲，将士们的心中不期然会涌起对家乡、父母和妻儿的思念，这种思念是男儿的铁骨柔情，更是壮士家国一肩的担当。

# 从 军 行

唐·杨 炯

烽火[1]照西京[2],心中自不平。牙璋[3]辞凤阙[4],铁骑绕龙城[5]。雪暗凋[6]旗画,风多杂鼓声。宁为百夫长[7],胜作一书生。

**【注释】**

[1]烽火:古代边防告急的烟火。[2]西京:长安。[3]牙璋:古代发兵所用之兵符,分为两块,相合处呈牙状,朝廷和主帅各执其半。指代奉命出征的将帅。[4]凤阙:阙名。汉建章宫的圆阙上有金凤,故以凤阙指代皇宫。[5]龙城:又称龙庭,汉时匈奴的要地。这里指塞外敌方据点。[6]凋:原意指草木枯败凋零,此指失去了鲜艳的色彩。[7]百夫长:一百个士兵的头目,指下级军官。

**【导读】**

全诗抒写投笔从戎、出塞参战的过程和心情,表达了国家有事、匹夫有责的使命感和建功立业的豪迈感。诗的尾联"宁为百夫长,胜作一书生"直抒胸臆,体现了初唐时代知识人渴望为国立功的荣誉感和英雄主义情怀。

**【名家点评】**

语丽音鸿,允矣,唐初之杰。三四着色,初唐本分,五六较有作手,而音亦仍亮,一结放笔岸然,是大家。(宋·卢㸌、王溥《闻鹤轩初盛唐近体读本》)

杨盈川诗不能高,气殊苍厚。"宁为百夫长,胜作一书生",是愤语,激而成壮。(清·贺裳《载酒园诗话》)

一二总起,三四从大处写其宠赫,五六从小处写其热闹,方逼出"宁为"、"胜作"事。起陡健,结亦宜尔,但结句浅直耳。(清·屈复《唐诗成法》)

【鉴赏链接】

鲁春梅:《殷殷报国心　凛凛塞漠情——杨炯〈从军行〉赏析》,《政工学刊》2002年第6期。

刘玉海:《雄浑刚健　掷地有声——杨炯〈从军行〉赏析》,《语文知识》2006年第11期。

# 凉　州　词[1]

唐·王　翰

葡萄美酒夜光杯[2],欲饮琵琶[3]马上催。醉卧沙场君莫笑,古来征战几人回。

【注释】

[1]凉州词:唐乐府名,属《近代曲辞》,是《凉州曲》的唱词,盛唐时流行的一种曲调名。[2]夜光杯:用白玉制成的酒杯,光可照明。它和葡萄酒都是西北地区的特产。这里指精美的酒杯。[3]琵琶:弹拨乐器,有人认为这里指作战时发出号角声音时用的。

【导读】

全诗描写征人们开怀痛饮、尽情酣醉的场面。首句故意展示饮宴之美,着意渲染气氛;三、四句"君莫笑"引出了全诗最悲痛的一句"古来征战几人回",在点出了战争残酷后果的同时,也展现了边塞征人为国捐躯、无畏无惧的唐人风格。

【名家点评】

意甚沉痛,而措语含蓄,斯为绝句正宗。(清·李锳《诗法易简录》)

故作豪放之词,然悲感已极。(清·沈德潜《唐诗别裁集》)

作悲伤语读便浅,作谐谑语读便妙,在学人领悟。(清·施补华《岘佣说诗》)

【鉴赏链接】

连波:《旷达背后的哀伤——也谈王翰〈凉州词〉》,《殷都学刊》1989年第1期。

徐克瑜:《是旷达的豪饮之词还是悲伤的厌战之调——王翰〈凉州词〉双重反讽主题的细读批评》,《名作欣赏》2008年第8期。

## 凉 州 词

唐·王之涣

黄河远上白云间,一片孤城万仞[1]山。羌笛[2]何须怨杨柳[3]?春风不度玉门关[4]。

**【注释】**

[1] 万仞:一仞八尺,万仞是形容山很高的意思。[2] 羌笛:古代羌人所制的一种管乐器,有二孔。[3] 杨柳:指《折杨柳》曲,一种哀怨的曲调。古诗文中常以杨柳喻送别情事。[4] 玉门关:关名,在今甘肃省敦煌市西南,是古代通西域的要道。

**【导读】**

这首诗重在体现戍守边塞将士的思家之情。首句展示边塞广漠壮阔的风光,次句写凉州城的地势险要和萧索荒凉。后两句妙在不说思家怀乡,而说"何须怨杨柳",玉门关外本就春风不度,杨柳不青,一片相思无处寄托,抒情含蓄隽永。

**【名家点评】**

此诗言恩泽不及于边塞,所谓君门远于万里也。(明·杨慎《升庵诗话》)

不言君恩之不及,而托言春风之不度,立言尤为得体。(清·李锳《诗法易简录》)

王龙标"更吹羌笛关山月,无那金闺万里愁",李君虞"不知何处吹芦管,一夜征人尽望乡",与此并同一意,然不及此作,以其含蓄深永,只用"何须"二字略略见意故耳。(清·黄生《唐诗摘钞》)

**【鉴赏链接】**

王胜明：《王之涣〈凉州词〉三题》，《文学遗产》2006 年第 3 期。

张同德、葛璇：《诗歌意境的别样解读：功能语篇分析视角——以王之涣〈凉州词〉的诗歌意境解析为例》，《阿坝师范高等专科学校学报》2014 年第 1 期。

# 从军行（其四）

唐·王昌龄

青海[1]长云暗雪山[2]，孤城遥望玉门关。黄沙百战穿[3]金甲[4]，不破楼兰[5]终不还。

**【注释】**

[1] 青海：指青海湖。[2] 雪山：这里指甘肃省的祁连山。[3] 穿：磨破。[4] 金甲：战衣，金属制的铠甲。[5] 楼兰：汉代西域国名，这里泛指当时骚扰西北边疆的敌人。

**【导读】**

诗歌前两句主要描绘边塞环境的恶劣和孤寂，后两句先是极言战争的频繁和艰苦。结尾笔势一转，"不破楼兰终不还"喊出了戍边将士保家卫国，抵御侵略者，从而建功立业的决心和豪情，体现了盛唐诗歌的精神气象。

**【名家点评】**

戍者思归，故登城而望玉关，求生入也。因言冒风沙而苦战久矣，然不破楼兰终无还期，悲何如耶？（明·唐汝询《唐诗解》）

作豪语看亦可，然作归期无日看，倍有意味。（清·沈德潜《唐诗别裁集》）

**【鉴赏链接】**

毕士奎：《是"豪言"而非"苦语"——王昌龄〈从军行〉（其四）主旨辨析》，《苏州教育学院学报》2006 年第 2 期。

彭勇:《从王昌龄的诗歌〈从军行〉(其四)看其诗歌的意境美》,《安徽文学(下半月)》2009年第6期。

## 使至塞上[1]

唐·王 维

单车欲问边[2],属国[3]过居延[4]。征蓬[5]出汉塞,归雁入胡天[6]。大漠孤烟直,长河[7]落日圆。萧关逢候骑,都护[8]在燕然[9]。

**【注释】**

[1]使至塞上:奉命出使边塞。使,出使。[2]问边:到边塞去看望,指慰问守卫边疆的官兵。[3]属国:唐人有时以"属国"代称出使边疆的使臣,这里诗人用来指自己使者的身份。[4]居延:地名。[5]征蓬:随风远飞的枯蓬,此处为诗人自喻。[6]胡天:胡人的领地。这里是指唐军占领的北方。[7]长河:即黄河。[8]都护:唐朝在西北边疆置安西、安北等六大都护府,其长官称都护,这里指前线统帅。[9]燕然:古山名,这里代指前线。

**【导读】**

本诗写诗人出使塞上的旅程以及途中所见的塞外风光,既有诗人被排挤的孤独、飘零之情,也有因大漠之景产生的豁达情怀。五、六两句写景,境界阔大,气象雄浑。近人王国维称之为"千古壮观"的名句。

**【名家点评】**

"大漠""长河"一联,独绝千古。(清·徐增《而庵说唐诗》)

"直""圆"二字极锤炼,亦极自然。后人全讲炼字之法,非也;不讲炼字之法,亦非也。(清·吴煊、胡棠《唐贤三昧集笺注》)

**【鉴赏链接】**

周克勤:《和平安定之愿——王维〈使至塞上〉主旨探微》,《名作欣赏》2010年第35期。

孙桂平:《使至塞上:大唐盛世的豪迈歌唱》,《古典文学知识》2012年第6期。

# 逢入京使[1]

唐·岑 参

故园[2]东望路漫漫[3]，双袖龙钟[4]泪不干。马上相逢无纸笔，凭[5]君传语报平安。

【注释】

[1] 入京使：回京城长安的使者。[2] 故园：自己以前在长安的家。[3] 漫漫：形容路途十分遥远。[4] 龙钟：涕泪淋漓的样子，这里是沾湿的意思。[5] 凭：托，烦，请。

【导读】

此诗描写了诗人远在边塞，路逢回京使者托带平安口信的场面，语言朴实，不加雕琢，思乡与渴望功名之情跃然纸上。特别是后两句马上相逢的细节，写得十分传神，既有生活情趣，又有人情味。

【名家点评】

人人有此事，从来不曾写出，后人蹈袭不得。所以可久。（明·谭元春《唐诗归》）

人人胸臆中语，却成绝唱。（清·沈德潜《唐诗别裁集》）

【鉴赏链接】

由兴波：《思乡情在不言中——从岑参〈逢入京使〉和张籍〈秋思〉看唐代思乡诗》，《通化师范学院学报》2005年第1期。

张永俊：《诗家显本色　丈夫吐柔情——岑参〈逢入京使〉浅析》，《语文月刊》2005年第3期。

# 塞下曲（其二）

唐·李 益

伏波惟愿裹尸还[1]，定远何须生入关[2]。莫遣只轮[3]归海窟[4],仍留一箭射天山[5]。

**【注释】**

[1]"伏波"句:东汉马援屡立战功,被封为伏波将军。他曾经说:男儿当战死在边疆,以马革裹尸还葬。[2]"定远"句:东汉班超投笔从戎,封定远侯,居西域三十一年。后因年老,上书皇帝,请求调回,有"但愿生入玉门关"句。[3]只轮:一只车轮。[4]海窟:本指海中动物聚居的洞穴,这里指当时敌人所居住的沙漠地方。[5]"仍留"句:唐初薛仁贵西征突厥,发三矢射杀敌军三人,其余都下马请降。凯旋时,军中歌道:"将军三箭定天山,战士长歌入汉关。"(《旧唐书·薛仁贵传》)

**【导读】**

这首诗连用四个典故,通过东汉马援、班超和唐初薛仁贵三个名将的故事,讴歌了唐军将士精忠报国、视死如归的英雄气概和勇于牺牲的豪情壮志。全诗情调激昂,音节嘹亮,是一首激励人们建功报国的豪迈诗篇。

**【名家点评】**

(益)自序云:从事十八载,五在兵间,故其为文,咸多军旅之思。……或因军中酒酣,或时塞上兵寝,相与拔剑秉笔,散怀于斯文。率皆出乎慷慨意气,武毅果厉。(宋·计有功《唐诗纪事》)

七言绝,开元之下,便当以李益为第一。……皆可与太白、龙标竞爽,非中唐所得有也。(明·胡应麟《诗薮》)

**【鉴赏链接】**

张国伟:《李益的绝句初探》,《河北师范大学学报(社会科学版)》1993年第2期。

# 从 军 行

唐·陈 羽

海[1]畔风吹冻泥裂,枯桐叶落枝梢折。横笛[2]闻声不见人,红旗直上天山雪。

【注释】

[1]海:当时天山附近的大湖。[2]横笛:笛子。

【导读】

全诗写风雪行军,十分壮美。前两句竭力突出自然环境的恶劣,反衬从军将士无所畏惧的精神风貌;后两句不言人而自有人在。莽莽大山,皑皑白雪,猎猎红旗,一静一动,展示出绝美的风雪行军图。

【名家点评】

《鉴诚录》云"陈羽秀才题破吴夫差庙、江遵先辈咏万里长城,……以上名公称为卓绝,千百集中无以如此。"(宋·何汶《竹庄诗话》)

写难状之景,了了目前;含不尽之意,皎皎言外。(元·辛文房《唐才子传》)

【鉴赏链接】

王立军、殷建久:《形象横空 意蕴无穷——〈从军行〉赏析》,《语文天地》2001年第10期。

# 陇西行[1](其二)

唐·陈 陶

誓扫匈奴不顾身,五千貂锦[2]丧胡尘。可怜无定河[3]边骨,犹是深闺梦里人。

## 【注释】

[1] 陇西行:古代歌曲名。[2] 貂锦:这里指战士。[3] 无定河:在陕西北部。

## 【导读】

全诗反映了唐代长期征战带给人民的痛苦和灾难。前两句写边塞将士忠勇,丧亡甚众;后两句以"无定河边骨"与"春闺梦里人"比照,虚实相对,凝聚了诗人对战死者及其家人的无限同情。

## 【名家点评】

《后汉书·南匈奴传》、唐李华《吊古战场文》全用其语,意总不若陈陶诗云:"誓扫匈奴不顾身,五千貂锦丧胡尘。可怜无定河边骨,犹是深闺梦里人。"一变而妙,真夺胎换骨矣。(明·杨慎《升庵诗话》)

"可怜无定河边骨,犹是深闺梦里人"用意工妙至此,可谓绝唱矣。惜为前二句所累,筋骨毕露,令人厌憎。(明·王世贞《艺苑卮言》)

## 【鉴赏链接】

吕美生:《无定河边骨　春闺梦里人——陈陶〈陇西行〉(四首其二)赏析》,《当代修辞学》1993年第2期。

王素娟:《时空艺术谱写的悲怆之歌——陈陶〈陇西行〉(其二)解读》,《连云港师范高等专科学校学报》2011年第4期。

# 渔　家　傲

### 宋·范仲淹

塞下秋来风景异,衡阳雁去[1]无留意。四面边声[2]连角起,千嶂[3]里,长烟落日孤城闭。　　浊酒一杯家万里,燕然未勒[4]归无计。羌管[5]悠悠霜满地,人不寐,将军白发征夫泪!

## 【注释】

[1] 衡阳雁去:传说秋天北雁南飞,至湖南衡阳回雁峰而止,不再南飞。

[2]边声:马嘶风号之类的边塞荒寒肃杀之声。[3]嶂:像屏障一样并列的山峰。[4]燕然未勒:指边患未平、功业未成。[5]羌管:即羌笛,出自古代西部羌族的一种乐器。

**【导读】**

这首词表现了将军的英雄气概及征夫的艰苦生活,上片通过"边声""千嶂""孤城"等具有特征性的事物,把边地的荒凉景象描绘得有声有色。下片写成边战士厌战思归,既有将军平息叛乱的决心,也有征夫思乡的矛盾心情。

**【名家点评】**

范文正公守边日,作《渔家傲》乐歌数阕,皆以"塞下秋来"为首句,颇述边镇之劳苦。欧阳公尝呼为"穷塞主之词"。(宋·魏泰《东轩笔录》)

"燕然未勒"句,悲愤郁勃,穷塞主安得有之。……至今读之,犹凛凛有生气。(清·黄蓼园《蓼园词评》引明代沈际飞语)

**【鉴赏链接】**

韩杰:《苍凉悲壮　慷慨哀婉——范仲淹〈渔家傲〉赏析》,《河西学院学报》2003年第1期。

潘玉环:《忧国思乡　悲凉慷慨——试从范仲淹的三重身份看〈渔家傲〉的情感内涵》,《白城师范学院学报》2006年第3期。

# 【叹己惜身】

　　古人说：生年不满百，常怀千岁忧。生命苦短，岁月易逝，境遇多艰，命运无常，仕途坎坷，壮志难酬，社会动荡，公道不彰，骨肉分离，漂泊不定，诸如此类的事情必然使得历代许多读书人心为之悲、情为之伤，油然生出许多愁思和喟叹，甚至流下一行行无奈而凄楚的泪水。无论是陶渊明的"日月掷人去，有志不获骋"，还是鲍照的"自古圣贤皆贫贱，何况我辈孤且直"，或者是杜甫的"万里悲秋常作客，百年多病独登台"，都是这种或激愤、或怅惘、或悲苦、或痛心的浩叹与怨诉。不过，这种对个人境遇的叹息，对壮怀落空的怨恨，对年华老去的忧伤，表面上看只是一己的苦痛沮丧，实质上却是对世道社会的抗争控诉，说到底，他们渴望的是建功立业，他们追求的是政治清明、天下太平！

# 杂诗（其二）

晋·陶渊明

白日沦[1]西阿[2]，素月[3]出东岭。遥遥万里辉，荡荡[4]空中景[5]。风来入房户，中夜枕席冷。气变悟时易[6]，不眠知夕永[7]。欲言无予和[8]，挥杯劝孤影。日月掷人去，有志不获骋[9]。念此怀悲凄，终晓[10]不能静。

## 【注释】

[1]沦：落下。[2]西阿：西山。阿，大的丘陵。[3]素月：白月。[4]荡荡：广阔的样子。[5]景：同"影"，指月轮。[6]时易：季节变化。[7]夕永：夜长。[8]无予和(hè)：没有人和我对答。[9]骋：驰骋。这里指大展宏图。[10]终晓：直到天亮。

## 【导读】

此诗极写素月万里之境，时不我待之叹，壮志难酬之悲。将自然融为一境，气象辽阔浩大，景物虽平常而普通，但语言平淡中见警策，朴素中见绮丽。"日月掷人去"愈迅速，则"有志不获骋"之悲慨愈加沉痛迫切。"掷""骋"极具力度。

## 【名家点评】

世人论渊明，皆以其专事肥遁，初无康济之念，能知其心者寡也。尝求其集，若云："日月掷人去，有志不获骋。"又有云："猛志逸四海，骞翮思远翥。荏苒岁月颓，此心稍已去。"其自乐田亩，乃卷怀不得已耳。士之出处，未易为世俗言也。（宋·黄彻《䂬溪诗话》）

晋人多尚放达，独渊明有忧勤语，有自任语，有知足语，有悲愤语，有乐

天安命语,有物我同得语。(清·沈德潜《说诗晬语》)

任举一境一物,皆能曲肖神理。(清·潘德舆《养一斋诗话》)

**【鉴赏链接】**

孙明君:《挣扎在仕与隐之间的痛苦灵魂——读陶渊明〈杂诗〉(其二)》,《古典文学知识》2001年第2期。

苏燕平:《孤夜难眠　我心谁知——阮籍〈咏怀〉(其一)和陶潜〈杂诗〉(其二)的比较》,《名作欣赏》2001年第3期。

# 拟行路难[1]（其六）

南北朝·鲍　照

对案[2]不能食,拔剑击柱长叹息。丈夫生世会[3]几时,安能蹀躞[4]垂羽翼[5]？弃置罢官去,还家自休息。朝出与亲辞,暮还在亲侧。弄儿[6]床前戏,看妇机中织。自古圣贤尽贫贱,何况我辈孤且直[7]！

**【注释】**

[1]行路难:乐府《杂歌谣》曲名。[2]案:放置食器的小几。[3]会:能够。[4]蹀躞(dié xiè):小步行走。[5]垂羽翼:鸟垂下翅膀。这里是一种比喻用法。[6]弄儿:逗小孩。[7]孤且直:出身孤寒而又秉性正直。

**【导读】**

前四句抒写怀才难展的处境和悲愤心情。中间六句想象辞官归家享受天伦之乐的场景。结末两句一跃而为牢骚愁怨的迸发,"孤且直"三字,点明了志士才人坎坷凛冽、抱恨终身的社会根源。全诗格调悲哀而不颓唐、沉郁中有着洒脱。语言质朴自然、音节错落有致。

**【名家点评】**

白也诗无敌,飘然思不群。清新庾开府,俊逸鲍参军。(唐·杜甫《春日忆李白》)

鲍明远才健,其诗乃《选》之变体,李太白专学之。(宋·朱熹《朱子语类》)

鲍照材力标举,凌厉当年,如五丁凿山,开人世之所未有。当其得意时,直前挥霍,目无坚壁矣。骏马轻貂,雕弓短剑,秋风落日,驰骋平冈,可以想此君意气所在。(明·陆时雍《诗镜总论》)

读鲍诗,于去陈言之法尤严,只是一熟字不用。(清·方东树《昭昧詹言》)

**【鉴赏链接】**

赵丽萍:《红颜零落岁将暮——论鲍照〈拟行路难〉十八首中的生命意识》,《遵义师范学院学报》2002年第4期。

张亚东:《民间的贵族——鲍照〈拟行路难〉十八首论析》,《河北北方学院学报(社会科学版)》2013年第4期。

# 岁暮归南山[1]

### 唐·孟浩然

北阙[2]休上书,南山归敝庐[3]。不才[4]明主弃,多病故人疏。白发催年老,青阳[5]逼岁除[6]。永怀[7]愁不寐,松月夜窗虚[8]。

**【注释】**

[1]南山:唐人诗歌中常以南山代指隐居题。这里指作者家乡的岘(xiàn)山。一说指终南山。[2]北阙:皇宫北面的门楼,后来用作朝廷的别称。[3]敝庐:称自己破落的家园。[4]不才:不成材,没有才能,作者自谦之辞。[5]青阳:指春天。[6]岁除:年终。[7]永怀:悠悠的思怀。[8]虚:空寂。

**【导读】**

首联记事,颔联说理,颈联写景,尾联抒情。诗人自怨自艾地抒写自己仕途失意的愤懑,表达了自己未遇明主及对世态炎凉的幽怨、哀伤。全诗语言丰富、情感辗转、韵味无穷。"催""逼"二字,恰切地表现诗人不愿以白衣终老而又无可奈何的复杂感情。"虚"字更是语涉双关。

**【名家点评】**

韵高而才短,如造内法酒手而无材料。(宋·陈师道《后山诗话》引苏轼语)

浩然之诗一味妙悟而已。(宋·严羽《沧浪诗话》)

襄阳诗……精力浑健,俯视一切,正不可徒以清言目之。(清·潘德舆《养一斋诗话》)

**【鉴赏链接】**

赵超:《"多病故人疏"新解》,《语文知识》1998年第11期。

霍志军:《孟浩然——盛唐求仕热潮中的"多余人"》,《西南交通大学学报(社会科学版)》2006年第6期。

# 秋浦歌(其十五)

唐·李 白

白发三千丈,缘[1]愁似个[2]长?不知明镜里,何处得秋霜[3]!

**【注释】**

[1]缘:因。[2]个:这样。[3]秋霜:形容发白如霜。

**【导读】**

首二句暗藏照镜,三四句明白写出。诗人揽镜自照,触目惊心,生发"白发三千丈"的孤吟,抒发壮志未酬、人已衰老的哀叹和悲愤。"白发三千丈"的奇妙夸张,具有强烈的艺术感染力。

**【名家点评】**

蒋仲舒曰:"似"字出脱上句,最活,陈后山"白发缘愁百尺长"本此。(明·凌宏宪《唐诗广选》)

起句怪甚,得下文一解,字字皆成妙义,洵非老手不能。寻章摘句之士,安可以语此?(清·王琦注《李太白全集》)

因照镜而见白发,忽然生感,倒桩说入,便如此突兀,所谓逆则成丹也。唐人无绝用此法多,太白落笔便超。(清·黄叔灿《唐诗笺注》)

**【鉴赏链接】**

吴昊:《〈秋浦歌〉中的"明镜"》,《语文知识》2000年第4期。

袁晓薇:《"无理之妙"和"大言欺人"——谈李白〈秋浦歌〉(其十五)的理解和评价》,《安徽教育学院学报》2002年第4期。

# 登　高

唐·杜甫

风急天高猿啸哀[1],渚[2]清沙白鸟飞回。无边落木[3]萧萧[4]下,不尽长江滚滚来。万里[5]悲秋常作客,百年[6]多病独登台。艰难苦恨繁霜鬓[7],潦倒新停浊酒杯。

**【注释】**

[1]猿啸哀:巫峡多猿,鸣声凄厉。[2]渚:水中的小洲。[3]落木:落叶。[4]萧萧:秋风吹动树叶之声。[5]万里:指远离故乡。[6]百年:指一生。[7]繁霜鬓:白发日多。

**【导读】**

前半写景,后半抒情,由情选景,寓情于景,浑然一体,充分表达了诗人长年漂泊、忧国伤时、老病孤愁的复杂感情,但格调却慷慨激越、古今独步。全诗一字一景,精炼传神;句句押韵,皆为工对,堪称"古今七言律第一"。

**【名家点评】**

杜陵诗云:"万里悲秋常作客,百年多病独登台。"万里,地之远也;悲秋,时之惨凄也;作客,羁旅也;常作客,久旅也;百年,暮齿也;多病,衰疾也;台,高迥处也;独登台,无亲朋也。十四字之间含八意,而对偶又极精确。(宋·罗大经《鹤林玉露》)

此诗已去成都分晓。旧以为在梓州作,恐亦未然。当考公病而止酒在

何年也。长江滚滚,必临大江耳。(元·方回《瀛奎律髓》)

吴山民曰:次联势若大海奔涛,四叠字振起之。三联"常""独"二字,何等骨力!(明·周珽《唐诗选脉会通评林》)

《登高》一首,起二"风急天高猿啸哀,渚清沙白鸟飞回",收二"艰难苦恨繁霜鬓,潦倒新停浊酒杯",通首作对而不嫌其笨者,三四"无边落木"二句,有疏宕之气;五六"万里悲秋"二句,有顿挫之神耳。又首句妙在押韵,押韵则声长,不押韵则局板。(清·施补华《岘佣说诗》)

**【鉴赏链接】**

何锡光:《高远深重 悲壮苍凉——说杜甫〈登高〉诗"无边落木"二句意蕴》,《杜甫研究学刊》1995年第1期。

李彩云、任刚:《愁到深处不言愁——杜甫〈登高〉赏析》,《黑龙江史志》2009年第4期。

# 卜算子·黄州定慧院[1]寓居作

宋·苏 轼

缺月挂疏桐,漏断[2]人初静。谁见幽人[3]独往来,缥缈孤鸿影。惊起却回头,有恨无人省[4]。拣尽寒枝不肯栖,寂寞沙洲[5]冷。

**【注释】**

[1] 定慧院:一作定惠院,在今湖北省黄冈市东南。苏轼初贬黄州,寓居于此。[2] 漏断:漏壶中的水滴完,指夜已深。[3] 幽人:幽居的人,即隐士,下文的"孤鸿"也指隐士。[4] 省(xǐng):理解,明白。[5] 沙洲:江河中由泥沙淤积而成的陆地。

**【导读】**

上片写深夜院中所见,营造一种幽独孤凄的环境。下片明写孤鸿,暗喻自身。词人借月夜孤鸿的形象,托物寓怀,反映了因政治失意而自伤,同时也表示了高洁自许、不愿随波逐流的生活态度。全词鸿人合一、境界高妙;

选景叙事简约凝练、生动传神。"挂""独""孤""惊""寒"等字造语清奇。

**【名家点评】**

语意高妙,似非吃烟火食人语,非胸中有万卷书,笔下无一点尘俗气,孰能至此!(宋·黄庭坚《山谷题跋》)

"拣尽寒枝不肯栖",取兴鸟择木之意,所以谓之高妙。(宋·陈鹄《耆旧续闻》)

此词乃东坡自写在黄州之寂寞耳。初从人谈起,言如孤鸿之冷落;第二阕,专就鸿说,语语双关,格奇而语隽。斯为超诣神品!(清·黄蓼园《蓼园词评》)

寓意高远,运笔空灵,措语忠厚,是坡仙独至处,美成、白石亦不能到也。(清·陈廷焯《词则·大雅集》)

**【鉴赏链接】**

刘宗德:《寂寞心曲,孤傲情调——读苏轼〈卜算子·黄州定惠院寓居作〉》,《文史知识》1995年第11期。

梅大圣:《论苏轼黄州词的文化生命》,《黄冈师范学院学报》2001年第6期。

# 青 玉 案

宋·贺 铸

凌波[1]不过横塘路,但目送、芳尘去[2]。锦瑟华年[3]谁与度?月台[4]花榭[5],琐窗[6]朱户[7],只有春知处。 碧云冉冉蘅皋[8]暮,彩笔[9]新题断肠句。试问闲愁都几许?一川[10]烟草,满城风絮,梅子黄时雨。

**【注释】**

[1]凌波:形容女子步态轻盈。[2]芳尘去:指美人已去。[3]锦瑟华年:指美好的青春时期。[4]月台:赏月的平台。[5]花榭:花木环绕的房

子。[6] 琐窗：雕绘连琐花纹的窗子。[7] 朱户：朱红的大门。[8] 蘅皋（héng gāo）：长着香草的沼泽中的高地。[9] 彩笔：五色笔。比喻有写作的才华。[10] 一川：遍地，一片。

**【导读】**

上片写偶遇佳人，明写相思，流露出怀才不遇的感慨；下片写黄昏景色，暗寄闲愁，表现幽居寂寞、积郁难抒的苦闷。全词虚实相生、想象丰富、立意新奇。结句以一串博喻写"闲愁"，化无形为有形，历来广为传诵。

**【名家点评】**

贺方回尝作《青玉案》，有"梅子黄时雨"之句，人皆服其工，士大夫谓之"贺梅子"。（宋·周紫芝《竹坡诗话》）

贺方回云："试问闲愁都几许？一川烟草，满城风絮，梅子黄时雨。"盖以三者比愁之多也，尤为新奇，兼兴中有比，意味更长。（宋·罗大经《鹤林玉露》）

叠写三句闲愁，真绝唱！（明·沈际飞《草堂诗余·正集》）

贺方回《青玉案》词收四句云："试问闲愁都几许？一川烟草，满城风絮，梅子黄时雨。"其末句好处全在"试问"呼起，及与上"一川"二句并用耳。（清·刘熙载《艺概》）

**【鉴赏链接】**

陈晓林：《贺铸〈青玉案〉修辞赏析》，《当代修辞学》1992年第5期。

罗时华：《好一个"愁"字了得——贺铸〈青玉案〉解读》，《名作欣赏》2013年第32期。

邵彦平：《兴中有比　意味深长——贺铸〈青玉案〉解读》，《西昌学院学报（社会科学版）》2013年第1期。

# 声　声　慢

宋·李清照

寻寻觅觅[1]，冷冷清清，凄凄惨惨戚戚[2]。乍暖还寒[3]时候，最难将息[4]。三杯两盏淡酒，怎敌他、晚来风急！雁过也，正伤心，却是旧时相识。　满地黄花堆积，憔悴损，如今有谁堪[5]摘？守着窗儿，独自怎生得黑！梧桐更兼细雨，到黄昏、点点滴滴。这次第[6]，怎一个愁字了得[7]！

**【注释】**

[1]寻寻觅觅：仔细寻找，表现非常空虚怅惘、迷茫失落的心态。[2]凄凄惨惨戚戚：忧愁苦闷的样子。[3]乍暖还寒：指秋天的天气，忽然变暖，又转寒冷。[4]将息：休养调理之意。[5]堪：可。[6]这次第：这光景、这情形。[7]怎一个愁字了得：一个"愁"字怎么能概括得尽呢？

**【导读】**

上片以清冷之景写孤寂、凄凉之心境；下片具体描绘自家庭院残秋之景，进一步表现词人的沉郁、凄苦之情。词作着意渲染愁情，如泣如诉，堪称"千古绝唱"。铺叙手法和叠字的运用，表现了作者孤独寂寞的忧郁情绪和动荡不安的心境。全词情景相生，一字一泪，巧用"黑""得"等险韵，工妙自然，笔力矫健。

**【名家点评】**

炼句精巧则易，平淡入调则难。且《秋词·声声慢》："寻寻觅觅，冷冷清清，凄凄惨惨戚戚。"此乃公孙大娘舞剑手。本朝非无能词之士，未曾有一下十四叠字者，用《文选》诸赋格。后叠又云："梧桐更兼细雨，到黄昏、点点滴滴。"又使叠字，俱无斧凿痕。更有一奇字云："守着窗儿，独自怎生得黑。""黑"字不许第二人押。妇人中有此文笔，殆间气也。（宋·张端义《贵耳集》卷上）

近时李易安词云："寻寻觅觅，冷冷清清，凄凄惨惨戚戚。"起头连叠七字。以一妇人，乃能创意出奇如此。（宋·罗大经《鹤林玉露》）

宋人中填词，李易安亦称冠绝。使在衣冠，当与秦七、黄九争雄，不独雄于闺阁也。其词名《漱玉集》，寻之未得。《声声慢》一词，最为婉妙。……山谷所谓以故为新，以俗为雅者，易安先得之矣。（明·杨慎《词品》）

惟易安居士"最难将息"，"怎一个愁字了得"，深妙稳雅，不落蒜酪、亦不落绝句，真此道本色当行第一人也。（清·刘体仁《七颂堂词绎》）

【鉴赏链接】

薛亚康:《同是天涯沦落人——白居易〈琵琶行〉与李清照〈声声慢〉比较赏析》,《名作欣赏》2001年第4期。

俞慧:《李清照〈声声慢〉的历史透视》,《和田师范专科学校学报》2007年第6期。

# 临江仙·自洛阳往孟津道中作

金·元好问

今古北邙山[1]下路,黄尘老尽英雄。人生长恨水长东。幽怀谁共语?远目送归鸿。 盖世功名将底用?从前错怨天公。浩歌一曲酒千钟[2]。男儿行处是,未要论穷通[3]。

【注释】

[1]北邙(máng)山:在河南洛阳市北。[2]钟:同"盅"。[3]穷通:困厄与显达。

【导读】

上片言情,抒发怀才不遇、春华老去的无限感伤。下片说理,表达不以功名论英雄、不以穷达论人生的深刻领悟,以此自我宽慰。词风深沉博大,善用典故抒怀。"尽""长""错"等词精确凝练。

【名家点评】

遗山深于用事,精于炼句,风流蕴藉处,不减周、秦。(宋·张炎《词源》)

金元遗山诗,兼杜、韩、苏、黄之胜,俨有集大成之意。以词而论,疏快之中,自饶深婉,亦可谓集两宋之大成者矣。(清·刘熙载《艺概》)

【鉴赏链接】

赵维江:《论元好问的词学思想》,《齐鲁学刊》1998年第6期。

胡传志:《天放奇葩角两雄——陆游与元好问诗歌比较论》,《北京大学学报(哲学社会科学版)》2010年第4期。

# 虞美人[1]·听雨

宋·蒋　捷

少年听雨歌楼上,红烛昏罗帐。壮年听雨客舟中,江阔云低,断雁[2]叫西风。　而今听雨僧庐[3]下,鬓已星星[4]也。悲欢离合总无情[5],一任阶前,点滴到天明。

【注释】

[1]虞美人:著名词牌之一。唐教坊曲。[2]断雁:失群孤雁。[3]僧庐:僧寺,僧舍。[4]星星:形容白发很多。[5]无情:无动于衷。

【导读】

这是一首小令。上片感怀已逝的岁月,下片慨叹目前的境况。词人按照时间顺序,以"听雨"为线索,描画了三个时期的三种心境。词作脉络分明,感情深沉。"昏""断""一任"等词笔力千钧。

【名家点评】

炼字精深,调音谐畅,为倚声家之榘矱。(清·永瑢、纪昀《四库总目提要》)

未极流动自然,然洗炼缜密,语多创获,其志视梅溪较贞,其思视梦窗较清。(清·刘熙载《艺概》)

【鉴赏链接】

沈祖春:《心儿是永远的浮萍——〈虞美人·听雨〉和〈天净沙·秋思〉对读》,《古典文学知识》2007年第2期。

李玲珑:《赏花听雨　品味人生——品李清照的〈清平乐〉和蒋捷的〈虞美人·听雨〉》,《名作欣赏》2014年第23期。

# 【思乡念亲】

　　离家在外的人谓之"游子"。"游"不外有三大原因：因学而游，因商而游，因官而游。由此催生了大量的游子诗。在游子诗中，或望月而想与家人团圆，或见水则恨不能驾舟回到家乡，有的在穿上衣服时，想到母亲密密缝补的模样；有的在节日中，向往亲人团聚的温暖。究其原因，一是圣人早有"父母在，不远游"的古训，游子一想到父母孤寂的身影，伴侍左右的心情便油然而生；二是中国有着深厚的"安土重迁"的习俗，对故土有生死所依的情感；三是中国人非常向往亲人团聚、团圆，喜欢享受浓浓的亲情。所以，游子诗特别自然，特别亲切，其感人之深，往往它诗所难及。

# 行行重行行[1]

汉·《古诗十九首》

行行重行行,与君生别离[2]。相去万余里,各在天一涯[3]。道路阻且长,会面安可知?胡马依北风,越鸟巢南枝[4]。相去日已远,衣带日已缓[5]。浮云蔽白日,游子不顾反[6]。思君令人老,岁月忽已晚。弃捐勿复道[7],努力加餐饭[8]。

**【注释】**

[1]行行:走啊走。重:又。[2]生别离:活生生地分开。[3]一涯:一方。[4]胡马:北方的马。依:依恋。越鸟:南越的鸟。巢南枝:在面南的枝上筑巢。[5]缓:宽松,喻指人日益清瘦。[6]浮云蔽白日:喻指游子可能移情别恋。反:通"返",回家。[7]弃捐:丢开。勿复道:不再提起,不再想。[8]努力加餐饭:宽慰语,希望在外之人多多保重。

**【导读】**

本诗应是居者思念行者之作。"浮云"指当时思妇怀疑丈夫另有新欢,象征彼此间感情的障碍。"不顾反"者,本是游子薄幸,不肯直言,却托诸浮云蔽日,言我思子而子不思归。"弃捐"二句又承人老岁晚,当生别之时,已然弃捐,却又不忍明白说出,至此岁晚人老方才说明,然犹不肯灰心。"努力加餐饭",盖欲留得颜色在,尚冀他日之会面也。

**【名家点评】**

人情于所爱,莫不欲终身相守,然谁不有别离?以我之怀思,猜彼之见弃,亦其常也。(清·陈祚明《采菽堂古诗选》)

"白日"比游子,"浮云"比谗间之人,见此不顾返者,非游子本心,应有谗人蔽之耳。(清·吴淇《六朝选诗定论》)

就胡马思北,越鸟思南衬一笔,所谓"物犹如此,人何以堪"也。(清·朱筠《古诗十九首说》)

**【鉴赏链接】**

刘奕:《谬得固穷节:从"行行重行行"诗说起》,《古典文学知识》2015年第3期。

李春燕:《诗歌是人类情感符号的创造——〈古诗十九首〉之〈行行重行行〉赏析》,《名作欣赏》2014年第32期。

# 燕 歌 行[1]

三国·曹 丕

秋风萧瑟天气凉,草木摇落露为霜。群燕辞归鹄南翔,念君客游思断肠。慊慊思归恋故乡,君何淹留寄他方[2]?贱妾茕茕[3]守空房,忧来思君不敢忘,不觉泪下沾衣裳。援琴鸣弦发清商[4],短歌微吟[5]不能长。明月皎皎照我床,星汉西流夜未央[6]。牵牛织女遥相望,尔独何辜限河梁?

**【注释】**

[1]燕歌行:乐府《相和歌·平调曲》。此曲题多写征人、游子、思妇的离别之情。这首诗是现存最早最完整的的七言诗。[2]慊慊:憾,恨;不满。淹留:久留。[3]茕茕:孤单忧伤的样子。[4]援:取。清商:曲调名,音节短促纤微,古人认为这种曲调象征秋天。[5]微吟:低声吟唱。[6]星汉:泛指星斗银河。西流:向西沉落。未央:尽。

**【导读】**

本诗一向被认为是千古言情名诗。诗中描写一个女子在凉秋月夜,遥望着一河相隔的牵牛织女,怀念远出不归的丈夫,感情委婉真挚,语言秀丽简洁,而在写法上把抒情和写景交融在一起,是一首具有高度艺术成就的诗篇。

**【名家点评】**

子恒《燕歌》二首,开千古妙境。(明·胡应麟《诗薮》)

言时序迁换而行役不归,佳人怨旷无所诉也。(唐·吴兢《乐府古题要解》)
倾情、倾度、倾色、倾声,古今无两。(清·王夫之《古诗评选》)
节奏之妙,不可思议。(清·沈德潜《古诗源》)
此诗情词悱恻,为叠韵歌行之祖。(清·王尧衢《古唐诗合解》)

**【鉴赏链接】**

张承鹄:《一种相思　两处闲愁——曹丕〈燕歌行〉赏析》,《安顺师范高等专科学校学报(综合版)》2003年第3期。

## 望月怀远[1]

唐·张九龄

海上生明月,天涯共此时[2]。情人怨遥夜,竟夕起相思[3]。灭烛怜光满,披衣觉露滋[4]。不堪盈手赠,还寝梦佳期[5]。

**【注释】**

[1]怀远:怀念远方的亲人。[2]"海上"两句:指身处异地的亲人在同样的时间里,怀着同样的心情共看明月。[3]情人:多情的人。遥夜:长夜。竟夕:终夜,整夜。[4]灭烛怜光满:相思无眠,熄灭蜡烛走出房间,满月的光辉惹人怜爱。滋:多。[5]不堪:不能。盈手:满手。陆机有"照之有余辉,揽之不盈手"句。梦佳期:梦到相会的佳期。

**【导读】**

本诗千百年来以其意境高华宏阔、自然浑成而被传诵。"共"字逗起情人,"怨"字逗起相思。五、六句亦是人月合写,"怜""觉""滋""满"大有痕迹。七、八句仍是说月,说相思,不能超脱,不过捱次说出而已。

**【名家点评】**

通篇全以骨力胜,即"灭烛""光满"四字,正尽月之神。用一"怜"字,便含下结意,可思不可言。(明·周珽《唐诗选脉会通评林》)

陈德公先生曰:五、六生凄,极是作意。结意尤为婉曲。三、四一意递下,又复紧承起二情绪。落句更与三、四相映。(清·卢麰、王溥《闻鹤轩初盛唐近体读本》)

细按"还寝"二字,当作已晓时解。天已晓,不宜寝矣,乃曰还寝者,则知望月怀人,达旦不寐也。上句合望月,下句合怀远。唐人作诗,若以日夕起,多以天晓结之;若以天晓起,多以日夕结之。大概皆用此法。(清·章燮《唐诗三百首注疏》)

【鉴赏链接】

张娇兰:《一轮月华情悠远——张九龄〈望月怀远〉赏析》,《现代语文》2006年第4期。

# 从军行[1](其一)

唐·王昌龄

烽火城西百尺楼[2],黄昏独坐海风秋[3]。更吹羌笛关山月[4],无那金闺[5]万里愁。

【注释】

[1]从军行:乐府《相和歌·平调曲》旧题。王昌龄作《从军行》共7首,此首原列第一。[2]楼:戍楼。[3]坐:一作"上"。海风:青海湖上吹来的冷风,或指沙漠瀚海吹起的冷风。[4]更:再。关山月:乐府《鼓角横吹曲》,多叙征戍之苦和相思离别之情。[5]无那:无奈。金闺:闺房美称,此处指代妻子。

【导读】

这首诗言边烽不息,黄昏登楼,满耳秋风,已十足悲凉,此时更闻羌笛吹出《关山月》曲,安得不生出金闺万里之愁!以雄阔苍莽之笔,写思乡望远之情,末句轻点即止,不作凄苦竭绝之音,自是盛唐气息。

【名家点评】

桂天祥曰:起处壮逸,断句伤神。(明·敖英《唐诗绝句类选》)

万里之外,念及金闺,能无愁乎?(清·沈德潜《唐诗别裁集》)

不言己之思家,而但言无以慰闺中之思己,正深于思家者。(清·李瑛《诗法易简录》)

气骨高古,末转从金闺说边思,两面俱到,妙。只有轻笔,便有余味。(清·张文荪《唐贤清雅集》)

## 【鉴赏链接】

陈维志:《"高高秋月照长城"——王昌龄〈从军行〉其一、其二赏析》,《西北第二民族学院学报(哲学社会科学版)》1990年第4期。

魏明安、任菊君:《王昌龄〈从军行〉小笺》,《文学遗产》2001年第6期。

# 相　思

唐·王　维

红豆生南国,春来发几枝[1]?愿君多采撷[2],此物最相思。

## 【注释】

[1]红豆:相思木所结子,子如豌豆而微扁,色鲜红夺目,产于亚热带地区,我国主要生长于岭南地区,古人又称其为相思子。发几枝:又新生发了几枝?[2]撷:采摘。

## 【导读】

借红豆表己之相思,故人之勿忘,风神摇曳,韵致缠绵。"最"字同上句的"多"字勾连,表明红豆是寄托相思之情的珍贵之物,同时抒写出自己对友谊的珍重之意。托物抒情,言近意远,婉曲动人。

## 【名家点评】

王维"红豆生南国"、王之涣"杨柳东门树"、李白"天下伤心处",皆直举胸臆,不假雕锼,祖帐离筵,听之惘惘,二十字移情,固至此哉!(清·管世铭《读雪山房唐诗》)

一气呵成,亦须一气读下。(清·章燮《唐诗三百首注疏》)

红豆号相思子,故愿君采撷,以增其别后感情,犹郭元振诗,以同心花见殷勤之意。(俞陛云《诗境浅说续编》)

## 【鉴赏链接】

陈汉才:《咏物抒情　寄托相思——王维〈相思〉诗赏析》,《语文月刊》2002年第3期。

# 月　夜[1]

唐·杜　甫

今夜鄜州[2]月，闺中只独看。遥怜[3]小儿女，未解忆长安[4]。香雾云鬟湿，清辉玉臂寒[5]。何时倚虚幌，双照泪痕干[6]？

**【注释】**

[1]此诗作于756年秋沦陷的长安。[2]鄜州：今陕西富县。当时杜甫的家属在鄜州的羌村。[3]怜：爱，怜惜。[4]"未解"句：（小儿女）尚不懂得（母亲）思念长安人（丈夫）的心情。[5]"香雾"两句：想象妻子久立月下思夫的情景。云鬟，环形发髻。[6]虚幌：透明的窗帷。双照：共照两人。

**【导读】**

望月怀人，自古皆然。但诗人落笔见奇，因情造象，不写自己望月怀妻，却设想妻子望月怀念自己，又以年幼的儿女不解母亲忆长安之意，反衬出妻之孤独凄然，进而盼望聚首相倚，夫妻团圆。全诗语浅情深，意旨婉切，章法紧密，却又不失流畅清丽，将离乱年代人民的离情别绪写得感人肺腑。

**【名家点评】**

八句皆思家之言，三、四及"儿女"，六句全是忆内，与乃祖诗骨格声音相似。（元·方回《瀛奎律髓》）

心已驰神到彼，诗从对面飞来，悲婉微至，精丽绝伦，又妙在无一字不从月色照出也。（清·浦起龙《读杜心解》）

虽有小儿女在旁同看，然皆未解忆长安，则犹只一人独看也，正起下二句意。（清·施鸿保《读杜诗说》）

"只独看"正忆长安，儿女无知，未解忆长安者苦衷也。反复曲折，寻味不尽。（清·沈德潜《唐诗别裁集》）

**【鉴赏链接】**

李思华：《诗从对面飞来——杜甫〈月夜〉曲笔手法分析》，《名作欣赏》2014年第35期。

韩传慧：《杜甫〈月夜〉诗中的五层画境》，《安徽文学(下半月)》2011年第3期。

## 望 江 南[1]

唐·温庭筠

梳洗罢，独倚望江楼。过尽千帆皆不是，斜晖脉脉水悠悠，肠断白蘋洲。

【注释】

[1]《望江南》：也作《忆江南》《梦江南》《江南好》。

【导读】

本词写思妇午睡醒来，略事梳洗，即倚楼盼望人归。"千帆"形容船只之多，"皆不是"形容失望之甚。结尾两句写悠悠江水带走了夕阳余晖，使她空自怅望，黯然神伤。

【名家点评】

温飞卿词，精妙绝人，然类不出乎绮怨。(清·刘熙载《艺概》)

"过尽"二语既极怊怅之情，"肠断白蘋洲"一语点实，便无余韵。(清·李冰若《栩庄漫记》)

着一"独"字，便点出思妇的形单影只。(徐培均《唐宋词小令精华》)

【鉴赏链接】

高淑芹：《莫上高楼休独倚，情深脉脉似水流——赏析温庭筠〈望江南〉》，《现代语文(文学研究)》2010年第9期。

## 虞 美 人[1]

五代·李 煜

春花秋月何时了？往事知多少！小楼昨夜又东风，故国不堪回首月明中。　雕栏玉砌应犹在[2]，只是朱颜改。问君能有几多愁？恰似一江春水向东流。

**【注释】**

[1]虞美人:唐教坊曲名,又名"玉壶冰""一江春水"等。[2]雕栏玉砌:雕有图案的栏杆和玉石铺就的台阶,泛指宫苑。应犹:一作"依然"。

**【导读】**

本词感怀故国,悲愤已极。起句追思往事,痛不欲生,满腔恨血,喷薄而出。"小楼"句承起句,缩笔吞吐;"故国"句承起句,放笔呼号。一"又"字惨甚。东风又入,可见春花秋月一时尚不得遽了。罪孽未满,苦痛未尽,仍须偷息人间,历尽折磨。下片承上,从故国月明想入,揭出物是人非之意。末以问答语,吐露心中万斛愁恨,令人不堪卒读。通篇一气盘旋,曲折动荡,如怨如慕,如泣如诉。

**【名家点评】**

太白曰:"请君试问东流水,别意与之谁长短?"江南李主曰:"问君能有几多愁?恰似一江春水向东流。"略加融点,已觉精彩。至寇莱公则谓"柔情不断如春水",少游云"落花万点愁如海",青出于蓝而胜于蓝矣。(宋·陈郁《藏一话腴》)

一声恸哭,如闻哀猿,呜咽缠绵,满纸血泪。(清·陈廷焯《云韶集》)

**【鉴赏链接】**

刘志军:《亡国之痛与悲悼与遣怀——李煜〈虞美人·春花秋月〉赏析》,《名作欣赏》2007年第15期。

卢珊:《从〈虞美人〉看李煜的"眼界"、"感慨"和"时间"意识》,《岱宗学刊》2012年第1期。

# 醉 花 阴[1]

宋·李清照

薄雾浓云愁永昼,瑞脑消金兽[2]。佳节又重阳,玉枕纱橱[3],半夜凉初透。　东篱把酒黄昏后,有暗香盈袖[4]。莫道不消魂,帘卷西风,人比黄花瘦[5]。

**【注释】**

[1]该题一作《醉花阴(九日)》。九日,农历九月初九,重阳节。[2]永:长。瑞脑:香料名,一称龙脑。金兽:兽形铜香炉。此句是说,日长无聊,从香消之慢,见白昼之长。[3]玉枕:玉制或瓷制枕头,或有玉饰的枕头。纱橱:纱帐。[4]东篱:菊圃。暗香:清幽的菊花香气。[5]黄花:菊花。

**【导读】**

此词写主人公深秋时节寂寞孤独的感受,在重阳佳节倍加思念远行丈夫的情形。末尾的"人比黄花瘦"让人印象深刻,除了本身运用比喻,描写出鲜明的人物形象外,还归结全词的情意,上面的种种景物描写,都是为了表达这点精神,因而"瘦"字称得上是"词眼"。

**【名家点评】**

又《九日》词"帘卷西风,人比黄花瘦",亦妇人所难到也。(明·瞿佑《香台集·易安乐府》)

但知传诵结语,不知妙处全在"莫道不消魂"。(明·茅暎《词的》)

凄语,怨而不怒。(明·杨慎《草堂诗余》)

绿肥红瘦语嫣然,人比黄花更可怜。若并诗中论位置,易安居士李青莲。(清·谭莹《古今词辨》)

**【鉴赏链接】**

郭江波:《〈醉花阴〉艺术赏析》,《文学教育(上)》2008年第5期。

房霞:《李清照〈醉花阴〉互文性研究》,《重庆理工大学学报(社会科学)》2012年第2期。

# 长 相 思

清·纳兰性德

山一程,水一程,身向榆关那畔行[1]。夜深千帐灯[2]。风一更,雪一更,聒[3]碎乡心梦不成。故园[4]无此声。

**【注释】**

[1]榆关:即山海关。那畔:那边。[2]千帐灯:形容跟随康熙出巡的卫

军营帐很多。[3]聒:声音嘈杂,此处指风雪声大。[4]故园:一作"故国",均指家乡,此指北京城。

【导读】

本词是作者随康熙出巡山海关时所作。天涯羁旅最易引起共鸣的是那"山一程,水一程"的身泊异乡、梦回家园的意境,从"夜深千帐灯"的壮美风光到"故园无此声"的委婉心语,既是词人亲身生活经历的生动再现,也是他善于从生活中发现美,并以景入心的表现。全词以白描手法,朴素自然的语言,在写景中寄寓了思乡的情怀。格调清淡朴素,自然雅致,直抒胸臆,毫无雕琢痕迹。

【名家点评】

纳兰小词,丰神迥绝。尤工写塞外荒寒之景,殆扈从时所身历,故言之亲切如此。(清·蔡嵩云《柯亭词论》)

含情绵邈,言有尽而意无穷。(清·陈廷焯《云韶集》)

【鉴赏链接】

朱伦春、胥兰:《清新隽秀,自然超逸——赏读纳兰性德〈长相思〉》,《语文知识》2015年第2期。

# 【生死爱恋】

　　"问世间情为何物,直教人生死相许",这句被当代人所熟知的歌词,其实来自于元代诗人元好问《摸鱼儿·雁丘辞》一词。古往今来,这种生死相许的情,大多是爱情。爱情是人类最向往和最珍惜的一种感情,为了它不知有多少男女上演了一幕幕悲喜剧,这里既有小吏焦仲卿与妻子刘兰芝的爱情,也有帝王唐玄宗与贵妃杨玉环的爱情,既有良辰美景的幸福,也有破镜难圆的悲伤。这便让文人墨客们不能自已,为之落泪,为之欣喜,为之挥毫创作,就有了从《诗经》流淌到今天的爱情文学的长河。

# 子 衿

周·《诗经·郑风》

青青子衿[1],悠悠[2]我心。纵[3]我不往,子宁[4]不嗣音?
青青子佩[5],悠悠我思。纵我不往,子宁不来?
挑兮达兮[6],在城阙兮[7]。一日不见,如三月兮。

**【注释】**

[1]子:男子的美称。衿:衣领。[2]悠悠:此指忧思深长不断。[3]纵:就算,即使。[4]宁:难道。[5]佩:玉佩。[6]挑兮达兮:独自来回走动。[7]城阙:城门楼。

**【导读】**

这首诗描写年轻女子对心仪男子的相思爱恋,他的一切让女子刻骨铭心、思念不断。甚至一想到他青色的衣领都忍不住悠然神往,可是又有些哀怨,嗔怪爱慕的人不懂自己的心思。诗歌有悠长曲折、委婉动人的情思,也给后世留下了"一日不见,如隔三秋"的经典名句。

**【名家点评】**

前二章回环入妙,缠绵婉曲。末章变调。(吴闿生《诗义会通》)

**【鉴赏链接】**

常森:《"纯绿"还是"纯缘":一个〈诗经〉学的误读》,《文献》2010年第1期。

程章灿、于溯:《"青衿"者谁》,《古典文学知识》2010年第3期。

# 上　邪

汉·乐府民歌

上邪[1]！我欲与君相知[2]，长命无绝衰[3]。山无陵[4]，江水为竭，冬雷震震[5]，夏雨雪[6]，天地合[7]，乃敢[8]与君绝！

**【注释】**

[1] 上邪(yé)：上天啊。上，指上天。邪，语气助词，表示感叹。[2] 相知：相爱。[3] 命：古与"令"字通，使。衰(cuī)：衰减、断绝。这两句是说，我愿与你相爱，让我们的爱情永不衰绝。[4] 陵(líng)：山峰、山头。[5] 震震：形容雷声。[6] 雨(yù)雪：降雪。雨，名词活用作动词。[7] 天地合：天与地合二为一。[8] 乃敢：才敢，"敢"字是委婉的用语。

**【导读】**

爱情自生发以来，一直是天下男女共同咏唱的永恒主题。永恒的爱情引导人上升。生又何苦，死又何惧？怎样的爱情才是决绝的爱？不管沧海桑田，不管天地日月变换，不管世界倾覆，我也不会与你分离。我们的爱情就是绝唱。而读者也从字里行间读到了斩钉截铁一样的决绝之爱。

**【名家点评】**

上邪言情，短章中神品！（明·胡应麟《诗薮》）

首三，正说，意言已尽，后五，反面竭力申说。如此，然后敢绝，是终不可绝也。迭用五事，两就地维说，两就天时说，直说到天地混合，一气赶落，不见堆垛，局奇笔横。（清·张玉谷《古诗赏析》）

**【鉴赏链接】**

季晗：《从汉乐府民歌〈上邪〉看古代爱情诗的审美特征》，《黑河学刊》2006年第5期。

司马周：《执子之手　与子偕老——三首别样的古典爱情诗词赏析》，《名作欣赏》2009年第7期。

夏先培：《汉乐府〈上邪〉解读商兑》，《中国韵文学刊》2012年第1期。

# 无　题

唐·李商隐

昨夜星辰昨夜风,画楼西畔桂堂东[1]。身无彩凤双飞翼,心有灵犀[2]一点通。隔座送钩[3]春酒暖,分曹[4]射覆[5]蜡灯红。嗟余听鼓[6]应官[7]去,走马兰台[8]类转蓬。

**【注释】**

[1] 画楼、桂堂:都是比喻富贵人家的屋舍。[2] 灵犀:旧说犀牛有神异,角中有白纹如线,直通两头。[3] 送钩:也称藏钩。古代腊日的一种游戏,分二曹以较胜负,把钩互相传送后,藏于一人手中,令人猜。[4] 分曹:分组。[5] 射覆:在覆器下放着东西令人猜。[6] 鼓:指更鼓。[7] 应官:犹上班。[8] 兰台:即秘书省,掌管图书秘籍。李商隐曾任秘书省正字。

**【导读】**

最令人怦然心动的感觉不是此刻的拥有,而是凉风起于发末,一个眼神,一个微笑,一个手势,互相懂得别有用意。华丽景象不过是爱情的背景。最难遏制的是情人间的思念,暗流涌动。诗句的意思就是叹息自己身无双翼化彩凤,只留得灵明一点与之心意两相通,足见这里感情的高洁清明。这种虽不能至心向往之的追求令人感动嗟叹。

**【名家点评】**

义山无题诗,直是艳语耳。杨眉庵谓托于臣不忘君,亦是故为高论,未敢信其必然。(清·钱良择《唐音审体》)

此诗是席上有遇追忆之作。妙在欲言良宵佳会,独从星辰说起……凌空虚步,有绘风之妙。……得三四铺云衬月,顿觉七室放光,透出上文。身远心通,俨然相对一堂之中。五之胜情,六之胜境,皆为佳人着色。(清·胡以梅《唐诗贯珠》)

**【鉴赏链接】**

刘海微:《论李商隐无题诗的朦胧美》,《作家》2010 年第 24 期。

花妮娜:《寄托深而措辞婉——李商隐无题诗的朦胧美探析》,《名作欣赏》2011年第29期。

子娟:《谈谈李商隐的无题诗》,《文史杂志》2012年第1期。

## 江城子·乙卯正月二十日夜记梦

宋·苏　轼

十年[1]生死两茫茫,不思量[2],自难忘。千里[3]孤坟,无处话凄凉。纵使[4]相逢应不识,尘满面,鬓如霜[5]。　夜来幽梦[6]忽还乡。小轩窗[7],正梳妆。相顾[8]无言,惟有泪千行。料得[9]年年肠断处,明月夜,短松冈[10]。

【注释】

[1]十年:指词人结发妻子王弗去世已十年。[2]思量:想念。"量"按格律应念liáng。[3]千里:王弗葬地四川眉山与苏轼任所山东密州,相隔遥远,故称"千里"。[4]纵使:即使。[5]尘满面,鬓如霜:形容饱经沧桑,面容憔悴。[6]幽梦:梦境隐约。[7]小轩窗:指小室的窗前,小轩,有窗槛的小屋。[8]顾:看。[9]料得:料想,想来。[10]短松冈:苏轼葬妻之地。短松,矮松。

【导读】

词有画境,情深而发。本来没有爱妻的日子已经艰难地习惯了,人到中年忽多梦,慢悠悠梦魂飘故乡。阳光静好,花色掩映的小窗,刚嫁过门的新娘正对着镜子梳头画眉。他们的目光在镜子里相遇,泪水慢慢模糊了彼此的眼睛,却谁也不能伸手抚平对方的忧伤。苏轼这首悼亡词,字字含泪,句句湿润,历来为人称道,评价极高。

【名家点评】

此首为公悼亡之作。真情郁勃,句句沉痛,而音响凄厉,诚后山(陈师道)所谓"有声当彻天,有泪当彻泉"也,是谓之评。(唐圭璋《唐宋词简释》)

**【鉴赏链接】**

康梅林:《悼亡深处见真情——苏轼〈江城子〉与托马斯·哈代的"爱玛组诗"比较》,《武汉大学学报(人文科学版)》2007 年第 4 期。

莫志华:《穿越时空　历久弥新——苏轼传诵千古的悼亡词艺术解读》,《名作欣赏》2010 年第 15 期。

# 鹊 桥 仙

宋·秦 观

纤云弄巧[1],飞星[2]传恨,银汉[3]迢迢[4]暗度[5]。金风玉露[6]一相逢,便胜却人间无数。　柔情似水,佳期如梦,忍顾鹊桥归路。两情若是久长时,又岂在朝朝暮暮[7]。

**【注释】**

[1]纤云弄巧:是说纤薄的云彩,变化多端,呈现出许多细巧的花样。[2]飞星:流星。一说指牵牛、织女二星。[3]银汉:银河。[4]迢迢:遥远的样子。[5]暗度:悄悄渡过。[6]金风玉露:指秋风白露。李商隐《辛未七夕》:"由来碧落银河畔,可要金风玉露时。"金风,秋风,秋天在五行中属金。玉露,秋露。这句是说他们七夕相会。[7]朝朝暮暮:指朝夕相聚。语出宋玉《高唐赋》。

**【导读】**

世间但凡相爱之人,莫不希冀日日厮守,不能忍受人生的别离。而秦少游笔下的男女,虽然被距离阻隔遥遥相望,却用积极向上的心意告诉相爱的人一个真理:不必感伤别离的愁绪,不必非得朝共暮处地长相厮守,两情心心相印,天长地久。这样的爱情才是人间更为回味隽永的至情至爱。

**【名家点评】**

相逢胜人间,会心之语。两情不在朝暮,破格之谈。七夕歌以双星会少别多为恨,独少游此词谓"两情若是久长"二句,最能醒人心目。(明·李攀龙《草堂诗余集》)

少游此词,谓"两情若是久长",不在"朝朝暮暮"所谓化臭腐为神奇……少游以坐党被谪,思君臣际会之难,因托双星写意,写慕君之念,婉恻缠绵,令人意远也。(清·黄蓼园《蓼园词评》)

**【鉴赏链接】**

邓乔彬:《秦观"词心"析论》,《文学遗产》2004年第4期。

梅华:《浅析秦观恋情词的艺术魅力》,《名作欣赏》2011年第29期。

# 卜 算 子

宋·李之仪

我住长江头,君住长江尾。日日思君不见君,共饮长江水。此水几时休[1],此恨何时已[2]。只愿君心似我心,定[3]不负相思意。

**【注释】**

[1] 休:停止。[2] 已:完结,停止。[3] 定:此处为衬字。在词规定的字数外适当地增添一二不太关键的字词,以更好地表情达意,谓之衬字,亦称"添声"。

**【导读】**

同住长江边,共饮长江水,却因相隔两地,不能相见。这对于爱恋的男女,是多大的折磨。此情如水长流不息,此恨绵绵无绝期。只能对空遥祝君心永似我心,彼此不辜负相思情意。语言朴素,感情深沉真挚。设想别致,有民歌情韵。

**【名家点评】**

姑溪词多次韵,小令更长于淡语、景语、情语。……至若"我住长江头"云云,直是古乐府俊语矣。(明·毛晋《姑溪词跋》)

【鉴赏链接】

党寅山:《〈卜算子·我住长江头〉的情感表现分析》,《文学教育(下)》2010年第2期。

## 鹧鸪天

宋·贺铸

重过阊门[1]万事非,同来何事[2]不同归?梧桐半死清霜后[3],头白鸳鸯失伴飞。　原上草,露初晞[4]。旧栖新垅[5]两依依。空床卧听南窗雨,谁复挑灯夜补衣。

【注释】

[1]阊(chāng)门:苏州城西门,此处代指苏州。[2]何事:为什么。[3]梧桐半死:枚乘《七发》中说,龙门有桐,其根半生半死(一说此桐为连理枝,其中一枝已亡,一枝犹在),斫以制琴,声音为天下之至悲,这里用来比拟丧偶之痛。清霜后:秋天,此指年老。[4]"原上草"二句:形容人生短促,如草上露水易干。[5]旧栖:旧居,指生者所居处。新垅:新坟,指死者葬所。

【导读】

这首词运用了对比手法,借自己重新路过苏州阊门的感慨,写出了当年与今日之情境迥然不同。当年妻子温暖的笑影犹在眼前,如今只有城外青草覆盖的矮坟,把她的贤惠温婉吞噬。回忆无法温暖词人的孤身只影,只听见雨打南窗庭院深,伉俪间的相濡以沫,一往情深,读来令人深感哀婉凄绝。

【名家点评】

词中一个生硬字用不得,须是深加煅炼,字字敲打得响,歌诵妥溜,方为本色语。如贺方回、吴梦窗皆善于炼字面,多于温庭筠、李长吉诗中来。(宋·张炎《词源》)

【鉴赏链接】

周志恩:《两首悼亡词的比较阅读》,《文史知识》1995年第8期。

黄红日:《旧栖新垅两依依,一曲悼歌断人肠——读贺铸〈鹧鸪天〉》,《古典文学知识》2002年第6期。

# 一 剪 梅

宋·李清照

红藕香残玉簟秋[1]。轻解罗裳,独上兰舟[2]。云中谁寄锦书[3]来,雁字回时,月满西楼。 花自飘零水自流。一种相思,两处闲愁。此情无计可消除,才下眉头,却上心头。

【注释】

[1]玉簟(diàn)秋:意谓时至深秋,精美的竹席已嫌清冷。[2]兰舟:《述异记》卷下谓:木质坚硬而有香味的木兰树是制作舟船的好材料,诗家遂以木兰舟或兰舟为舟之美称。一说"兰舟"特指睡眠的床榻。[3]锦书:对书信的一种美称。

【导读】

花已向晚,菊香渐残。枕席生凉,无人做伴。整个境界如同水仙一样疏朗。大雁排成人字,飞过头顶,却没有留下一言半语。而丈夫在天之一方,也如同深深牵挂丈夫的妻子一样思念着妻子吧?离人心上秋色重,刚从微蹙的眉间消失,又隐隐缠绕上了心头。末两句最得文字和心思转换之妙。

【名家点评】

此词颇尽离别之情,语意超逸,令人醒目。(明·李廷机《草堂诗余评林》)

离情欲泪。读此始知高则诚、关汉卿诸人,又是效颦。(明·杨慎批点杨金本《草堂诗余》)

易安佳句,如《一剪梅》起七字云:"红藕香残玉簟秋",精秀特绝,真不食人间烟火者。(清·陈廷焯《白雨斋词话》)

**【鉴赏链接】**

许金华:《千年谁知易安"愁"——李清照〈一剪梅〉词辨析》,《古典文学知识》2003 年第 5 期。

黄少樵:《花飘水流情更伤——李清照〈一剪梅〉艺术特色浅探》,《现代语文》2003 年第 22 期。

# 钗 头 凤

宋·陆 游

红酥手,黄藤[1]酒,满城春色宫墙[2]柳。东风恶,欢情薄。一怀愁绪,几年离索[3]。错,错,错! 春如旧,人空瘦,泪痕红浥鲛绡透[4]。桃花落,闲池阁[5]。山盟[6]虽在,锦书[7]难托。莫,莫,莫!

**【注释】**

[1] 黄藤(téng):酒名,宋代官酒以黄纸为封,故以黄封代指美酒。[2] 宫墙:南宋以绍兴为陪都,因此有宫墙。[3] 离索:离群索居的简括。[4] 浥(yì):湿润。鲛绡(jiāo xiāo):神话传说鲛人所织的绡,极薄,后用以泛指薄纱,这里指手帕。绡,生丝,生丝织物。[5] 闲池阁:池上的楼阁。[6] 山盟:旧时常用山盟海誓。[7] 锦书:写在锦上的书信。

**【导读】**

相爱却不得相守的一对男女,多年后在沈园意外重逢。昔日美好已成过眼烟云,那凄凉的分离,春色、春风、春柳都犯了错。人比黄花瘦,眼角的泪痕疼痛在词人心头。但是今时今日,什么都不能做的无奈、遗憾和愤懑之感还是透过笔尖扑面而来。

**【名家点评】**

殆好事者因其诗词而附会之。(清·吴骞《拜经楼诗话》)

放翁咏《钗头凤》一事,孝义兼挚,更有一种啼笑不敢之情于笔墨之外,令人不能读竟。(清·张宗橚《词林纪事》引明毛晋语)

【鉴赏链接】

高利华：《〈钗头凤〉的背景》，《文史知识》2001 年第 12 期。

范新阳：《山盟虽在　锦书难托——陆游〈钗头凤〉词赏析兼论其本事》，《名作欣赏》2008 年第 17 期。

陈祖美：《陆游〈钗头凤〉新解》，《名作欣赏》2011 年第 4 期。

【附】

### 宋·唐婉《钗头凤》

世情薄，人情恶，雨送黄昏花易落。晓风干，泪痕残。欲笺心事，独语斜阑。难，难，难！　人成各，今非昨，病魂常似秋千索。角声寒，夜阑珊。怕人寻问，咽泪装欢。瞒，瞒，瞒！

# 木兰花·拟古决绝词柬友

#### 清·纳兰性德

人生若只如初见[1]，何事秋风悲画扇[2]。等闲[3]变却故人心，却道故人心易变。骊山语罢清宵半，泪雨霖铃终不怨[4]。何如薄幸[5]锦衣郎，比翼连枝当日愿[6]。

【注释】

[1]"人生"句：此句说和意中人初次相见。[2]"何事"句：此用汉班婕妤被弃典故。班婕妤为汉成帝妃，被赵飞燕与赵合德谗害，退居冷宫，后有诗《怨歌行》，以秋扇为喻抒发被弃之怨情。[3]等闲：轻易。[4]"骊山"二句：用了唐明皇和杨贵妃的爱情典故，写唐明皇对杨贵妃的思念。[5]薄幸：薄情。[6]"比翼"句：《太真外传》载，唐明皇与杨玉环曾于七月七日夜，在骊山华清宫长生殿里盟誓，愿世世为夫妻。白居易《长恨歌》："在天愿作比翼鸟，在地愿为连理枝。"对此作了生动的描写。

【导读】

初见惊艳，再见依然。本词是当代人对纳兰性德重新解读的经典之作。

词中多用典故来写自己希望爱情美丽如初。人生如此,浮生如斯,情生情死,乃情之至。有情不必终老,暗香浮动恰好,无情未必就是决绝,有一种爱是只要记得:初见时彼此的微笑。词中名句"人生若只如初见"尤为现代男女喜爱。

【名家点评】

容若天资超逸,悠然尘外,所为乐府小令,婉丽凄清,使读者哀乐不知所主,如听中宵梵呗,先凄婉而后喜悦。(清·顾贞观《通志堂词序》)

容若《饮水词》,在国初亦推作手,较《东白堂词》(佟世南撰)似更闲雅。然意境不深厚,措词亦浅显。(清·陈廷焯《白雨斋词话》)

纳兰容若以自然之眼观物,以自然之舌言情,此初入中原,未染汉人风气,故能真切如此,北宋以来,一人而已。(王国维《人间词话》)

【欣赏链接】

沈燕红:《纳兰性德的爱情、伤别、悼亡词探析》,《名作欣赏》2007年第12期。

李晓明:《纳兰性德诗词意象组合方式及其呈现的美学风貌》,《理论月刊》2007年第11期。

# 离愁别绪

　　"黯然销魂者,唯别而已矣",江淹《别赋》中开头一句,道出了千载离别情。就像路有岔道,人也有分别,别说聚少离多让人伤感,就是聚多离少,也让人情难以堪。离别似乎是人类的宿命,儿要赶考与父母别,夫要赴任与妻儿别,出塞而与同僚别,蒙冤而与朋友别,人生随时有别,故人们特别珍重道别。因为在古代,山高水长,路途遥远,一别不知何时能见,一别也有可能成为永别。当然,离别时令人销魂,但也不乏壮烈——"风萧萧兮兮易水寒,壮士一去兮不复还",也不乏洒脱——"无为在歧路,儿女共沾巾"。

# 送杜少府之任蜀州[1]

唐·王 勃

城阙辅三秦[2],风烟望五津[3]。与君离别意,同是宦游人[4]。海内存知己,天涯若比邻[5]。无为在歧路,儿女共沾巾[6]。

**【注释】**

[1]此诗是诗人21岁游蜀之前供职长安时期的作品。杜少府,名不详。少府,县尉。蜀州,泛指蜀地。[2]城阙:此指唐都长安城,是送别之所。阙,宫门前的望楼。辅:护卫。三秦:今陕西一带,古时为秦国,项羽灭秦后封秦地为雍、塞、翟三国,分封秦降将章邯等三人为王,故称三秦。[3]风烟:风尘烟岚。五津:岷江自灌堰至犍为一段的五个渡口,即白华津、万里津、江首津、涉头津、江南津,此代指蜀地。津,渡口。[4]宦游人:因仕宦而离家出游的人。[5]比邻:近邻。古时五家相连为比。[6]"无为"两句:不要在分别的路上,效儿女之情,哭得泪水沾湿了衣巾(一说佩巾)。

**【导读】**

前四句言宦游中作别,后四句翻出达见,语意迥不犹人,洒脱超逸,尽显初唐风格。"风烟"字、"望"字,将相隔千里的秦、蜀两地连在一起。自长安"城阙"遥望蜀川"五津",视线为迷蒙的"风烟"所遮,微露伤别之意,已摄下文"离别""天涯"之魂。

**【名家点评】**

终篇不著景物,而兴象婉然,气骨苍然,实首启盛、中妙境。(明·胡应麟《诗薮》)

赠别不作悲酸语,腕力自异。(清·孙洙《唐诗三百首》)

转思别后之情。言天下为一家,虽之夷狄,亦若比邻,更不必伤也。(清·章燮《唐诗三百首注疏》)

**【鉴赏链接】**

费鸿根:《"无为在歧路,儿女共沾巾"的深层含蕴——谈王勃〈送杜少府之任蜀州〉诗》,《东疆学刊》1991年第4期。

谷白、雁心:《不落窠臼的送别佳作——谈王勃的〈送杜少府之任蜀州〉》,《名作欣赏》1998年第4期。

# 送元二使安西[1]

唐·王 维

渭城朝雨浥轻尘[2],客舍青青柳色新。劝君更尽一杯酒,西出阳关[3]无故人!

**【注释】**

[1]元二:名不详。安西:唐设安西都护府,在今新疆维吾尔自治区库车县内。此诗约作于"安史之乱"前的天宝年间。当时就被谱成乐曲,在送别场合传唱。故又题"赠别""渭城曲""阳关曲""阳关三叠"。[2]渭城:秦置咸阳县,汉改称渭城县,在今陕西咸阳市东北。浥:沾湿。[3]阳关:故址在今甘肃敦煌西南。

**【导读】**

这首诗写离别,没有特殊的背景,而自有真挚的惜别之情。诗人采用写景和抒情交融的笔法,高度概括,提炼成为一首辞意兼美的绝句。短短四句,二十八字,道出了古往今来许多送行人想说而未能说出的话,语浅情深,韵味无穷,使人百读不厌。

**【名家点评】**

人皆知此诗后二句妙,而不知亏煞前二句提顿得好。……此诗之妙,只是一个真,真则能动人。后维偶于路旁,闻人唱此诗,为之下泪。(清·徐增

《而庵说唐诗》)

只体贴友心,而伤别之情不言自喻。用笔曲折。……刘仲肩曰:是故人亲厚话。(清·刘宏煦《唐诗真趣编》)

玩"更"字,当散席后酌酒一杯,殷勤再劝。下句临别赠言,有一段离群索居之苦。(清·章燮《唐诗三百首注疏》)

【鉴赏链接】

刘京臣:《离歌自古最消魂——〈送元二使安西〉与宋代送别诗词》,《邵阳学院学报(社会科学版)》2014 年第 1 期。

冉蓉:《一曲离情传古今——王维〈送元二使安西〉赏析》,《科教文汇(中旬刊)》2012 年第 8 期。

# 闻王昌龄左迁龙标遥有此寄[1]

唐·李　白

杨花落尽子规啼,闻道龙标过五溪[2]。我寄愁心与明月,随君直到夜郎西[3]。

【注释】

[1]此诗是李白听到王昌龄贬官为龙标尉时所作。龙标:在今湖南洪江市。[2]"杨花"句:又作"扬州花落子规啼"。闻道:听说。龙标:指王昌龄。五溪:指酉、辰、巫、武、沅等五溪,今湖南西部和贵州东部一带,在唐代是荒僻之地。[3]随君:一作"随风"。夜郎:古夜郎国,在今贵州桐梓县东。

【导读】

首句写景兼点时令,漂泊无定的杨花和悲啼着"不如归去"的子规即含有飘零之苦、离别之恨在内。次句直叙其事,"闻道"表示震惊与惋惜,"过五溪"足见迁谪之荒远、道路之艰难,虽不着悲痛之语,而悲痛之意自见。后两句抒情。两地相隔,难以相从,而月照中天,千里可共,所以要将自己的愁心寄与明月,随风飘到龙标。"明月"有了人性,能够把"愁心"带给远方的朋友。这两句以拟人手法生动地表达了诗人的忧愁与无奈以及对朋友的关切之情。

【名家点评】

是遥寄情词,心魂渺渺。(明·周珽《唐诗选脉会通评林》)

梅禹金曰:"曹植'愿作东北风,吹我入君怀',齐澣'将心寄明月,流影入君怀',此诗兼裁其意,撰成奇语。"(明·凌宏宪《唐诗广选》)

三四句言此心之相关,直是神驰到彼耳,妙在借明月以写之。(清·李瑛《诗法易简录》)

【鉴赏链接】

张起:《李白〈闻王昌龄左迁龙标遥有此寄〉的创作时间、地点及异文》,《成都大学学报(社会科学版)》2009年第5期。

梁颂成:《李白迁谪文学中的"夜郎"情结》,《常德师范学院学报(社会科学版)》2002年第6期。

# 长 相 思[1]

### 唐·白居易

汴水流,泗水流,流到瓜洲古渡头,吴山点点愁[2]。思悠悠,恨悠悠,恨到归时方始休,月明人倚楼。

【注释】

[1]长相思:词牌名,又名"双红豆""忆多娇"。[2]汴水:隋炀帝时开凿,西通河洛,东达江淮。泗水:源出今山东泗水县东蒙山南麓,四源并发,故名。瓜洲:在今江苏省扬州市邗江区南。吴山:泛指江南群山;一说指杭州西湖东南的城隍山,又名胥山。

【导读】

看到汴水、泗水在面前流过,但不能把相思之情带到江南,自己的离情别意像流水般悠长,一直要到双双倚楼望月之时,愁恨才会休止。

【名家点评】

明沈际飞云:"'点点'字俊。又云:太白开山,后乃至元和,又见此二阕,不易得也。"(清·黄蓼园《蓼园词选》)

"吴山点点愁"五字精警。(清·陈廷焯《放歌集》)

**【鉴赏链接】**

周道宝、祝佩金、左成红:《到底谁思谁?——"侦破"白居易〈长相思〉中"倚楼人"》,《语文月刊(学术综合版)》2009年第5期。

陈满铭:《辞章分析与科际整合——以白居易〈长相思〉词为例》,《湖南学院学报》2008年第6期。

# 赠别二首(其二)

### 唐·杜 牧

多情却似总无情,唯觉樽[1]前笑不成。蜡烛有心还惜别,替人垂泪到天明。

**【注释】**

[1]樽:酒器。

**【导读】**

既是多情,偏偏又要离别,实际是无情。说是无情,却又欲笑不能,依依难舍,乃是多情。特别是后两句,诗人以象征的手法赋无性的蜡烛以感情,让它知道情人分别时的内心的苦痛,进一步刻画出双方的惜别深情。

**【名家点评】**

杜牧之云:"多情却似总无情……"意非不佳,然而词意浅露,略无余蕴。元、白、张籍,其病正在此:只知道得人心中事,而不知道尽则又浅露也。(宋·张戒《岁寒堂诗话》)

曰"却似",曰"唯觉",形容妙矣。下却借蜡烛托寄,曰"有心",曰"替人",更妙。宋人评牧之诗:豪而艳,宕而丽,其绝句于晚唐中尤为出色。(清·黄叔灿《唐诗笺注》)

**【鉴赏链接】**

许智银:《唐人别物赠妓诗中多感的诗性情怀》,《洛阳师范学院学报》2009年第3期。

# 无　题

唐·李商隐

相见时难别亦难,东风无力百花残。春蚕到死丝[1]方尽,蜡炬成灰泪始干。晓镜但愁云鬓改[2],夜吟应觉月光寒。蓬山[3]此去无多路,青鸟[4]殷勤为探看。

【注释】

[1]丝:双关语,隐喻相思之"思"。[2]云鬓改:指容颜憔悴。[3]蓬山:传说中的蓬莱仙山。[4]青鸟:传说中西王母的神鸟,后借指爱情信使。

【导读】

这是一首爱情诗,以女性的口吻抒写爱情心理,从头至尾都熔铸着痛苦、失望而又缠绵、执着的感情。首联两个"难"字,点出了聚首不易、别离更难之情,"东风"一句既写自然环境,也是抒情心境的反映,物我交融,感情绵邈。颔联以"春蚕""蜡烛"作比,既缠绵沉痛,又坚贞不渝。颈联写晓妆对镜、抚鬓自伤和良夜苦吟、月光披寒,推己及人,相互勉励劝慰。尾联写希望信使频传佳音,意致婉曲。

【名家点评】

一息尚存,志不少懈,可以言情,可以喻道。(清·孙洙《唐诗三百首》)

绮靡浓艳,伤春悲秋,至于"春蚕到死""蜡炬成灰",深情罕譬,可以涸爱河而干欲火。(清·钱谦益《李义山诗笺注》)

镂心刻骨之词。千秋情语,无出其右。(清·杨成栋《精选七律耐吟集》)

首句七字屈曲,唯其相见难,故别更难。(清·黄叔灿《唐诗笺注》)

【鉴赏链接】

李靖国:《〈无题〉的难题——重谈李商隐〈无题"相见时难别亦难"〉》,《名作欣赏》1999年第5期。

侯文化:《无奈世界中的灵魂呜咽——李商隐〈无题·相见时难别亦难〉赏析》,《名作欣赏》2007年第15期。

# 更 漏 子[1]

唐·温庭筠

玉炉香,红蜡泪,偏照画堂秋思。眉翠[2]薄,鬓云残,夜长衾枕寒。梧桐树,三更雨,不道离情[3]正苦。一叶叶,一声声,空阶滴到明。

【注释】

[1]更漏子:词牌名。温庭筠有《更漏子》词六首,此其第六首。更漏,古代用铜壶滴漏的办法计时,夜间按时打更。[2]翠:黛色,古代妇女用以画眉。[3]离情:一作"离愁"。

【导读】

本词着重写景,借以烘托情思。下片第三句"不道离情正苦"是画龙点睛之笔,说明这首词写离情。香烟蜡泪,暗示这个女子秋思萦怀,心情愁苦。梧桐夜雨,滴到天明,更显出她因为想念爱人而一夜不能入睡。

【名家点评】

后半阕无一字不妙,沉郁不及上二章,而凄紧特绝。(清·陈廷焯《大雅集》)

语弥淡,情弥苦。(清·谢章铤《赌棋山庄词话》)

温词如此凄丽而有情致,不为设色所累者,寥寥可数也。(清·李冰若《栩庄漫记》)

【鉴赏链接】

王力坚:《秋思离情的形象描写——温庭筠〈更漏子〉词赏析》,《古典文学知识》1999年第3期。

黎修良:《切切之情 惶惶之意——温庭筠〈更漏子·玉炉香〉赏析兼谈温词另类特征》,《现代语文(文学研究版)》2007年第4期。

# 雨霖铃

宋·柳永

寒蝉凄切,对长亭晚,骤雨初歇[1]。都门帐饮无绪,留恋处,兰舟催发[2]。执手相看泪眼,竟无语凝噎[3]。念去去,千里烟波,暮霭沉沉楚天阔。　多情自古伤离别,更那堪、冷落清秋节!今宵酒醒何处?杨柳岸、晓风残月。此去经年[4],应是良辰好景虚设。便纵有、千种风情[5],更与何人说!

【注释】

[1]凄切:凄凉急促。长亭:古代大路上修建的亭子以供路人休息,也是送别的地方。[2]都门:指汴京。帐饮:设帐置酒宴送行。兰舟:木兰舟,船的美称。[3]凝噎:喉咙哽塞,泣不成声的样子。[4]经年:年复一年。[5]风情:风流情意。

【导读】

本词上片写临别时的情景,着力处在"别"字。苍茫暮色,凄切蝉声,用来构成气氛,暗示心情。而饮酒饯别、执手相看,则是将"别"字形象化。下片概括了"秋江伤离"的场面。"今宵"两句,融情入景而又达到情景交融的地步,是历来传诵的名句。最后四句能照应前面词意且又总结了全词。

【名家点评】

东坡在玉堂日,有幕士善歌。因问:"我词比柳耆卿词何如?"对曰:"柳郎中词,只好十七八女孩儿,执红牙板,歌'杨柳岸、晓风残月';学士词,须关西大汉执铁绰板,唱'大江东去'。"东坡为之绝倒。(宋·俞文豹《吹剑续录》)

"千里烟波",惜别之情已骋;"千种风情",相期之愿又赊。真可谓善传情者。(明·李攀龙《草堂诗余隽》)

送别词,清和朗畅,语不求奇,而意致绵密,自尔稳惬。(清·黄蓼园《蓼园词选》)

## 【鉴赏链接】

刘文注：《重读柳永〈雨霖铃〉》，《北京大学学报（哲学社会科学版）》1996年第1期。

姚玉光：《别有一番滋味是离情——柳永〈雨霖铃〉艺术新解》，《名作欣赏》2010年第13期。

# 苏　幕　遮[1]

### 宋·范仲淹

　　碧云天，黄叶地。秋色连波，波上寒烟翠。山映斜阳天接水。芳草无情，更在斜阳外。　　黯乡魂，追旅思。夜夜除非，好梦留人睡[2]。明月楼高休独倚。酒入愁肠，化作相思泪。

## 【注释】

[1]苏幕遮：词牌名，是当时高昌国语的音译。此调原为西域传入唐教坊曲。宋代词家用此调是另度新曲。又名"云雾敛""鬓云松令"。[2]黯：形容心情忧郁。追：追随，引申为纠缠。旅思：羁旅之思。睡：一作"醉"。

## 【导读】

　　上片写景，"碧云天，黄叶地"二句，一高一低，一俯一仰，展现了极天际地的苍莽秋景。随后落笔于高天厚地之间的浓郁秋色和绵邈秋波。碧云、黄叶、绿波、翠烟，构成一幅色彩斑斓的画面。"山映斜阳"句复将青山摄入，天地山水融为一体，交相辉映。"芳草"二句，由眼中实景转为意中虚景，而离绪别情则隐寓其中。埋怨芳草无情，正可见作者的多情、重情。

## 【名家点评】

　　铁石心肠人，亦作此销魂语。（清·许昂霄《词综偶评》）

　　范希文《苏幕遮》一调，前段多丽语，后段纯写柔情，遂成绝唱。（清·彭孙遹《金粟词话》）

　　此去国之情。（清·张惠言《词选》）

【鉴赏链接】

陈如江:《此情无计可消除——范仲淹〈苏幕遮·碧云天〉赏析》,《名作欣赏》1985年第2期。

张永芳:《"以秋景写秋心"的绝唱——范仲淹词〈苏幕遮〉赏析》,《古典文学知识》2000年第3期。

## 蝶 恋 花

宋·晏 殊

槛菊愁烟兰泣露[1],罗幕轻寒,燕子双飞去。明月不谙离恨苦,斜光到晓穿朱户。 昨夜西风凋碧树,独上高楼,望尽天涯路。欲寄彩笺兼尺素[2],山长水阔知何处!

【注释】

[1]槛菊愁烟:菊花被烟雾笼罩着仿佛凝愁。兰泣露:被露水沾湿的兰花像是含着泪水。[2]彩笺:彩色的笺纸;一作"彩鸾",指意中人。尺素:书简。

【导读】

这首词也是写离别相思之情的。时间是由夜到晓,地点是由室内、室外而楼上。"昨夜西风"三句,写对意中人深情寻觅、望眼欲穿的情形,表现出一种强烈追求的执着精神,具有较高的概括性和普遍意义。

【名家点评】

缠绵悱恻,雅近正中。(清·陈廷焯《大雅集》)

《诗·蒹葭》一篇,最得风人深致。晏同叔之"昨夜西风凋碧树,独上高楼,望尽天涯路",意颇近之。但一洒落,一悲壮耳。(王国维《人间词话》)

【鉴赏链接】

锺振振:《说晏殊〈蝶恋花〉(槛菊愁烟)词》,《名作欣赏》2002年第1期。

梅华:《情景浑融 深蕴理致——晏殊〈蝶恋花·槛菊愁烟兰泣露〉品论》,《名作欣赏》2010年第12期。

# 【山水田园】

  人来自于自然,得益于自然,又复归于自然,故对山川河流、花草树木、田园景色有着天然的亲近感。山水,或壮阔,或明丽;田园,或清新,或质朴。它们不仅让人心旷神怡,而且隐隐地与社会的肮脏、朝廷的黑暗形成鲜明对比。虽然自古有"学而优则仕"的传统,也确实有很多人走在为官的路上,有的一路平坦,有的坎坎坷坷,但是总有人心中有那么一种不舍,不舍的是那些没有明争暗斗,也没有危机四伏的山水田园。于是就有了辞官归隐、躬耕田园的陶渊明,有了脱去官服、浪迹山水的李白,他们在山水田园中保留了独立的人格。

# 归园田居(其三)

晋·陶渊明

种豆南山[1]下,草盛豆苗稀。晨兴理荒秽[2],带月荷锄[3]归。道狭草木长,夕露沾我衣。衣沾不足惜,但[4]使愿无违。

【注释】

[1]南山:庐山。[2]荒秽:丛生的杂草。[3]荷(hè)锄:扛着锄头。[4]但:只。

【导读】

本诗语言自然古朴,诗意醇美和谐,既写出了田园劳作的情趣"带月荷锄归",更道出了归隐田园的志趣。"但使愿无违",是诗人躬耕陇亩生活的诗性表白。其中"带月荷锄归"一句,意境优美,诗中有画。有此警句,全诗生辉。

【名家点评】

览渊明此诗,相与太息。噫嘻!以夕露沾衣之故而犯所愧者多矣。(宋·苏轼《东坡题跋》)

三言苗稀草盛,道狭露多,田园亦自有田园之苦况,而愿既无违,衣不足惜,自解自叹。与受俗苦、宦苦,宁受此苦。秤停轻重,较量有致。(明·黄文焕《陶诗析义》)

高堂深居人,动欲拟陶,陶此境此语,非老于田亩不知。(明·钟伯敬、谭元春《古诗归》)

【鉴赏链接】

徐克强:《笃意真古 辞典婉惬——〈归园田居(五首)〉试解》,《名作欣赏》1984年第5期。

李阳春:《陶渊明〈归园田居〉五首评析》,《川东学刊》1995年第1期。

范子烨:《诗意地栖居与沉静的激情——对陶渊明〈归园田居〉五首的还原阐释》,《文学遗产》2011年第5期。

# 过[1]故人庄

唐·孟浩然

故人具[2]鸡黍[3],邀我至田家。绿树村边合,青山郭外斜。开轩[4]面场圃,把酒话桑麻。待到重阳日,还来就[5]菊花。

【注释】

[1]过:拜访。[2]具:准备,置办。[3]鸡黍(shǔ):农家待客的丰盛饭食。[4]轩:窗户。[5]就:靠近,接近。这里指赏、看。

【导读】

诗人以自然、质朴的语言展现了迷人的山村风光、闲适的田园生活及淳朴、真挚的主客感情。借事写景,寓情于景,景、事、情融为一体。全诗通体朴实,语意清妙,意境醇厚,是唐代田园诗中的上品。

【名家点评】

此诗句句自然,无刻划之迹。(元·方回《瀛奎律髓》)

孟集有"到得重阳日,还来就菊花"之句。刻本脱一"就"字,有拟补者,或作"醉",或作"赏",或作"泛",或作"对",皆不同。后得善本,是"就"字,乃知其妙。(明·杨慎《升庵诗话》)

通体清妙。末句"就"字作意,而归于自然。(清·沈德潜《唐诗别裁集》)

全首俱以信口道出,笔尖几不着点墨。浅之至而深,淡之至而浓,老之至而媚。火候至此,并烹炼之迹俱化矣。王、孟并称,意尝不满于孟。若此作,吾何间然?结句系孟对故人语,觉一片真率款曲之意溢于言外。(清·黄生《唐诗摘钞》)

**【鉴赏链接】**

林庚:《林庚说孟浩然〈过故人庄〉》,《名作欣赏》2003 年第 5 期。

吴汉江:《语义双关　意犹未尽——〈过故人庄〉中"就菊花"别解》,《语文建设》2007 年第 12 期。

范斌:《重阳节里的风流吟唱——从〈过故人庄〉的菊看孟浩然的诗风与气度》,《名作欣赏》2008 年第 21 期。

# 山居秋暝[1]

唐·王　维

空山[2]新雨后,天气晚来秋。明月松间照,清泉石上流。竹喧[3]归浣女,莲动下渔舟。随意[4]春芳歇,王孙[5]自可留。

**【注释】**

[1]暝(míng):昏暗,这里指傍晚。[2]空山:幽静的山。[3]竹喧:竹林中传出的喧笑声。[4]随意:任凭。[5]王孙:原指贵族子弟,这里指诗人自己。

**【导读】**

本诗是王维山水诗的名篇,诗人将松间明月、石上清泉的宁静画意与浣女夜归、渔舟唱晚的流动乐韵,以及雨后空山的禅理、诗人山居归隐的志趣融为一体,语言清新秀丽,意境空灵冲淡,意蕴含蓄隽永。

**【名家点评】**

"空山新雨后,天气晚来秋",起法高洁,带得通篇俱好。(清·张谦宜《絸斋诗谈》)

右丞本从工丽入,晚岁加以平淡,遂到天成。如"明月松间照,清泉石上流",此非复食烟火人能道者。(清·黄生《唐诗矩》)

王翼云曰:前是写山居秋暝之景,后入事言情,而不欲仕宦之意可见。(清·刘文蔚《唐诗合选详解》)

**【鉴赏链接】**

傅怡静、谷竞恒:《人,诗意地栖居——王维〈山居秋暝〉赏析》,《名作欣赏》2004年第6期。

谢虹光:《王维〈山居秋暝〉的审美意蕴》,《名作欣赏》2012年第1期。

# 春行即兴[1]

### 唐·李 华

宜阳[2]城下草萋萋[3],涧水东流复向西。芳树[4]无人花自落,春山一路鸟空啼。

**【注释】**

[1]此诗写于"安史之乱"平息后不久,写作者春天经过宜阳时的所见所感。[2]宜阳:古县名,唐代最大的行宫——连昌宫就在此地。[3]萋萋(qī):草长得茂盛的样子。[4]芳树:开满花的树。

**【导读】**

全诗借花落鸟啼,寓兴亡之感,叹国家破败。句句写景,字字关情。三、四两句诗中的"自""空"二字,运用互文,以乐写哀,以闹衬寂,使诗人感时伤怀的愁情倍增。

**【名家点评】**

"自"与"空"字,益见凄景。(明·李攀龙、袁宏道《唐诗训解》)

亦自花落鸟啼常境,直是风气遒美。(明·邢昉《唐风定》)

四句说尽荒凉,却不露乱离事,妙。(明·陈继儒《唐诗三集合编》)

**【鉴赏链接】**

张思齐:《李华的诗歌创作》,《殷都学刊》2006年第3期。

范爱菊:《唐代河北诗人——高骈与李华》,《安徽文学(下半月)》2010年第3期。

# 钱塘湖春行

唐·白居易

孤山寺北贾亭西,水面初平云脚[1]低。几处早莺争暖树,谁家新燕啄春泥。乱花[2]渐欲迷人眼,浅草才能没[3]马蹄。最爱湖东行不足,绿杨阴里白沙堤。

**【注释】**

[1]云脚:低垂的云。[2]乱花:纷繁的花。[3]没(mò):遮没。

**【导读】**

这首七律紧扣"春行"二字描摹、点染钱塘湖早春生机盎然的明媚风光,抒发诗人游湖的喜悦之情。全诗语言浅近,对仗工整。"乱花渐欲迷人眼,浅草才能没马蹄"两句把早春的情态描摹得妩媚动人,生机勃勃。

**【名家点评】**

三、四句灵活之极,"争"字既佳,而"谁家"更有情。(清·胡以梅《唐诗贯珠》)

娟秀无比。(清·宋宗元《网师园唐诗笺》)

章法意匠,与前诗(按指《西湖留别》)相似,而此加变化。佳处在象中有兴,有人在,不比死句。(清·方东树《昭昧詹言》)

**【鉴赏链接】**

谢虹光:《歌诗献西子 多情白刺史——白居易杭州山水诗十首提点》,《名作欣赏》2001年第3期。

苑天泽:《焦点背景视角下的古诗解读——以〈钱塘湖春行〉为例》,《大众文艺》2015年第16期。

# 书湖阴先生[1]壁（其一）

宋·王安石

茅檐[2]长[3]扫静无苔,花木成畦[4]手自栽。一水护田将绿绕,两山排闼[5]送青来。

【注释】

[1]湖阴先生:杨德逢,王安石在金陵(南京)的邻居。[2]茅檐:茅屋檐下,这里指庭院。[3]长:常,经常。[4]畦(qí):有土埂围着的一块块排列整齐的田地。[5]闼(tà):小门。

【导读】

这首山水七绝,描绘了湖阴先生住处清雅秀丽的自然风光,隐喻了其高洁的情怀和诗人对田园生活的喜爱。层次分明,对仗工整,韵味深长。三、四句从对面落笔,化静为动,寓人于景,十四字,字字传神,令人回味无穷。

【名家点评】

荆公诗用法甚严,尤精于对偶。尝云:用汉人语,止可以用汉人语对;若参以异代语,便不相类。如"一水"云云,皆汉人语也。此惟公用之,不觉拘窘卑凡。(宋·叶梦得《石林诗话》)

造语之工,至于荆公、东坡、山谷,尽古今之变……"一水护田将绿绕,两山排闼送青来。"……山谷曰:"此皆谓之句中眼,学者不知此妙语,语韵终不胜。"(宋·释惠洪《冷斋夜话》)

五七字绝句最少,而最难工,虽作者亦难得四句全好者,晚唐人与介甫最工于此。(宋·杨万里《诚斋诗话》)

【鉴赏链接】

巩本栋:《人·自然·诗——读王安石〈书湖阴先生壁二首〉》,《古典文学知识》1996年第2期。

张稔穰:《雅丽精绝 言近旨远——王安石绝句〈书湖阴先生壁〉(其一)赏读》,《古典文学知识》1999年第3期。

# 饮湖上[1]初晴后雨（其二）

宋·苏 轼

水光潋滟[2]晴方好,山色空蒙[3]雨亦奇。欲把西湖比西子,淡妆浓抹总相宜[4]。

**【注释】**

[1]饮湖上:在西湖的船上饮酒。[2]潋滟(liàn yàn):水波荡漾、波光闪动的样子。[3]空蒙:细雨迷蒙的样子。"蒙"亦作"濛"。[4]相宜:合适、自然。

**【导读】**

这是苏轼的一首山水七绝,逼真、传神地勾画出了西湖阳光下的明媚、细雨中的朦胧之美。"欲把西湖比西子,淡妆浓抹总相宜"两句取譬设喻,状写西湖的秀美和神韵,可谓妙手偶得,一笔写绝。读来令人浮想联翩,意犹未尽。

**【名家点评】**

除却淡妆浓抹句,更将何语比西湖?（宋·武衍《正月二日泛舟湖上》）

此为名篇,可谓前无古人,后无来者。公凡西湖诗,皆加意出色,变尽方法。（清·王文诰《苏文忠公诗编注集成》）

多少西湖诗被二语扫尽,何处着一毫脂粉颜色!（清·查慎行《初白庵诗评》）

**【鉴赏链接】**

毛庆:《东坡山水七绝艺术随谈》,《贵州社会科学》1985年第2期。

唐卿斓:《水光潋滟晴方好 山色空濛雨亦奇——苏轼山水诗的动态美探析》,《广西师院学报》1988年第3期。

# 秋日田园杂兴[1]（其八）

宋·范成大

新筑场泥镜面[2]平，家家打稻趁霜晴。笑歌声里轻雷[3]动，一夜连枷[4]响到明。

**【注释】**

[1]杂兴：有感而发，随事吟咏的诗篇。[2]镜面：比喻打稻的场地像镜子一样平整。[3]轻雷：比喻连枷打稻的声音。[4]连枷：也作梿枷，指用来拍打谷物、小麦、豆子、芝麻等的木制农具。

**【导读】**

这是一首描写秋日农民打稻情景的田园诗。秋霜天晴，场地镜平，歌声、笑声、连枷声汇聚成一首动人的丰收乐章，秋收的紧张、繁忙及收获、劳作的喜悦包孕其间，呈现出一幅精致的秋收图。语言通俗晓畅，风格清新自然。

**【名家点评】**

范石湖《四时田园杂兴》诗于陶、柳、王、储之外，别设樊篱。王载南评曰："纤悉毕登，鄙俚尽录，曲尽田家况味。"知言哉！（清·宋长白《柳亭诗话》卷二十二）

他（范成大）晚年所作《四时田园杂兴》，不但是他的最传诵、最有影响的诗篇，也算得中国古代田园诗的集大成。（钱钟书《宋诗选注》）

**【鉴赏链接】**

施伟萍：《山水田园，范成大的精种家园——品鉴〈四时田园杂兴〉六十首》，《名作欣赏》2012年第8期。

刘蔚：《论石湖田园杂兴体的艺术渊源——兼及其诗体特征与影响》，《文学遗产》2013年第1期。

# 鹧鸪天[1]·代人赋

宋·辛弃疾

陌上柔桑破嫩芽,东邻蚕种已生些[2]。平冈细草鸣黄犊,斜日寒林点暮鸦。 山远近,路横斜,青旗[3]沽[4]酒有人家。城中桃李愁风雨,春在溪头荠菜花。

### 【注释】

[1]鹧鸪(zhè gū)天:词牌名。[2]些:少许,零星的。[3]青旗:青布旗,酒店的招牌。[4]沽(gū):买。

### 【导读】

这首词上片写景,紧扣初春特征选取意象,描绘早春蓬勃的生机。下片即事抒情,末两句异峰突起,以荠菜花点染春色,抒发词人对山村生活的热爱和赞美。语言质朴自然,风格清新疏淡。"点""破"二字生动传神,有韵外之致。

### 【名家点评】

"城中桃李愁风雨,春在溪头荠菜花"之类,信笔写去,格调自苍劲,意味自深厚。不必剑拔弩张,洞穿已过七扎,斯为绝技。(清·陈廷焯《白雨斋词话》)

上段喻时当衰,下段喻群小得意;结句或也另有深意,但得其境界即可,不必穿凿。(清·杨希闵《词轨》)

词家争斗秾纤,而稼轩率多抚时感事之作,磊落英多,绝不作妮子态;宋人以东坡为词诗,稼轩为词论,善评也。(清·毛晋《稼轩词跋》)

### 【鉴赏链接】

王桐:《真、善、美的颂歌——论辛弃疾的农村词》,《扬州师院学报(社会科学版)》1986年第1期。

曹瑞娟:《辛弃疾闲居词的生态解读》,《苏州大学学报(哲学社会科学版)》2008年第4期。

陶文鹏、赵雪沛:《论辛弃疾〈鹧鸪天〉词》,《徐州工程学院学报(社会科学版)》2014年第3期。

## 天净沙[1]·秋

元·白 朴

孤村落日残霞[2],轻烟老树寒鸦[3],一点飞鸿影下[4],青山绿水,白草红叶黄花。

【注释】

[1]天净沙:曲牌名。[2]残霞:晚霞。[3]寒鸦:天寒归林的乌鸦。[4]飞鸿影下:雁影掠过。飞鸿,天空中的鸿雁。

【导读】

这是白朴的一首小令。前两句六个名词意象叠加,渲染秋日黄昏的萧瑟、冷清。"一点飞鸿影下",使画面顿生动感。末两句五个意象,色彩明丽缤纷,突显秋日胜景与勃勃生机。全曲一笔写两面,浓淡相宜,冷暖相间,韵味无穷。

【名家点评】

写景细密,文词雅丽,自是由词句中融化出来,而成为后来张、乔、骚雅一派的先声。(刘大杰《中国文学发展史》)

(秋)一首,可与马致远之"枯藤老树"相比,称为秋思双绝。这四首曲对景物的描绘细致,具有美感,读来令人心境平适合,遐思神往亦随曲并出。(罗锦堂《中国散曲史》)

(白朴散曲)俊逸有神,而小令尤为清隽,其成就则高出其剧曲之上。(梁乙真《元明散曲小史》)

【鉴赏链接】

冯华:《元曲〈秋思〉与〈秋〉艺术之比较》,《名作欣赏》2006年第16期。

胡立新:《从〈天净沙·秋〉细读〈天净沙·秋思〉的意境美》,《高等函授学报(哲学社会科学版)》2006年第1期。

# 【天光云影】

  西方哲人康德曾说："有两种东西，我对它们的思考越是深沉和持久，它们在我心灵中唤起的惊奇和敬畏就会日新月异，不断增长，这就是我头上的星空和心中的道德定律。"地上的景色固然美不胜收，天上的景色也奇幻无比。所以，我们不要忘了经常抬头欣赏天光云影。天光云影非人工所为，你想理解什么是造化，会从那里得到启发；天光云影那是人所不能及的，只可远观不可近赏；天光云影是稍纵即逝的，你能不能捕捉，常常靠的是运气。天光云影有一种给人想象和幻想的奇妙的力量，所以人的目光不能仅仅盯在地上。

# 溪 口 云

唐·张文姬

溶溶[1]溪口云,才向溪中吐。不复[2]归溪中,还作溪中雨。

**【注释】**

[1]溶溶:一片。[2]复:再,又。

**【导读】**

这是一首五言古诗,首句点题,后三句描写溪上之云化雨入溪,溪中之水升腾化云,云与水循环往复,生生不息。全诗构思新奇,语言朴实简练,寓理于景,趣味无穷。

**【名家点评】**

趣甚,俏甚。(明·陆时雍《唐诗镜》)

音节竟是古诗。(清·沈德潜《唐诗别裁集》)

诗言溪中水气,蒸化为云,既腾上天空,当不得更归溪内,而酿云成雨,仍落溪中。雨复化水,水更生云,云水循环而不穷,可见无往不复,不生不灭,名理即禅机也。以诗格论,如游九曲武夷,一句一转,愈转愈深;以音节论,颇近汉魏古诗。在诗家集中,亦称佳咏,出自闺秀,可谓难能。(俞陛云《诗境浅说续编》)

**【鉴赏链接】**

佘晓辉:《涓涓细流中的独特风貌——浅论先秦至明初女性创作的特点》,《中国水运(理论版)》2007年第8期。

# 把酒问月

唐·李 白

青天有月来几时？我今停杯一问之。人攀明月不可得,月行却与人相随。皎如飞镜临丹阙[1],绿烟[2]灭尽清辉发。但见宵从海上来,宁知[3]晓向云间没。白兔捣药秋复春,嫦娥孤栖与谁邻？今人不见古时月,今月曾经照古人。古人今人若流水,共看明月皆如此。唯愿当歌对酒时[4],月光长照金樽[5]里。

【注释】

[1]丹阙:朱红色的宫殿。[2]绿烟:指遮蔽月光的浓重的云。[3]宁知:怎知。[4]当歌对酒时:在唱歌饮酒的时候。[5]金樽:精美的酒具。

【导读】

这首咏月古诗,诗人起句就潇洒地停酒追问"人与月"的矛盾,下六句以比喻、神话描摹明月的柔美神秘及孤独寂寞,如诗如画。再下四句为诗之核心:人世短暂、宇宙无穷。结句以旷达、无奈收束全篇。情理并茂,气势恢宏。

【名家点评】

唐云:收敛豪气,信笔写成,取其雅淡可矣。谓胜《蜀道》诸作,则未敢许。(明·唐汝询《汇编唐诗十集》)

于古今为创调。乃歌行,必以此为质。然后得施其裁制。供奉特地显出稿木,遂觉直尔孤行,不知独参汤原为诸补中方药之本也！辛幼安、唐子畏未许得与此旨。(明·王夫之《唐诗评选》)

奇想自天外来。……圆活自在,可谓笔端有舌矣("但见宵从"二句下)。……严沧浪曰:缠绵不堕纤巧,当与《峨眉山月歌》同看。(日本·近藤元粹《李太白诗醇》)

【鉴赏链接】

孙绍振:《月和酒使生命虽短而无忧——读李白〈把酒问月〉》,《语文建设》2011年第10期。

徐红霞:《月光下穿越时空的追问——对李白〈把酒问月〉的互文性解读》,《湖北成人教育学院学报》2012年第3期。

# 月　夜

### 唐·刘方平

更深[1]月色半人家[2],北斗阑干[3]南斗[4]斜。今夜偏知[5]春气暖,虫声新[6]透绿窗纱。

**【注释】**

[1]更深:夜深。更(gēng),旧时一夜分五更,每更约两小时。[2]月色半人家:月光只照亮了人家房屋的一半,另一半隐藏在黑暗里。[3]阑干:这里指纵横。[4]南斗:在北斗星以南有六颗星,形似斗,故称"南斗"。[5]偏知:才知,表示出乎意料。[6]新:初。

**【导读】**

这首绝句写早春月夜之景,新颖别致,含蓄隽永。前两句写夜半更深,月照庭院,半明半暗,星斗横斜。意境开阔,颇有画意。后两句写"知春暖""闻虫声",一感一闻,体物入微,惊喜之情充盈其间。

**【名家点评】**

写意深微,味之觉含毫邈然。(清·黄叔灿《唐诗笺注》)

写景幽深,含情言外。(清·王士祯《唐人万首绝句选》)

二十有八字无可用者,其"透"一字妙甚,故言唐人村田之诗善者当此绝句。(清·顾贞观《唐五代词删》)

**【鉴赏链接】**

陈克刚:《唐诗〈月夜〉新探》,《镇江师专学报(社会科学版)》1996年第3期。

由兴波:《若问闲情都几许——从刘方平〈月夜〉和赵师秀〈约客〉管窥唐宋诗》,《哈尔滨学院学报》2005年第8期。

# 春　雪

### 唐·韩　愈

新年[1]都未有芳华[2]，二月初[3]惊[4]见草芽。白雪却嫌春色晚，故[5]穿庭树作飞花。

**【注释】**

[1]新年:农历正月初一。[2]芳华:芬芳的花朵。[3]初:刚刚。[4]惊:新奇,惊讶。[5]故:故意。

**【导读】**

这是韩愈咏雪盼春的一首七绝。构思新奇,语言清新。一、二句从"春"字出,一抑一扬,写诗人盼春的焦急与觅春的惊喜,为三、四句作势。三、四句拟雪为人,反因为果,将春雪写得有情有义,声色兼具,末句的"穿""飞"二字极富动感,极有情致。

**【名家点评】**

常套语,然调却流快。(清·朱彝尊《批韩诗》)

作诗实写则易落板滞,空翻则自见灵动。唐诗中韩愈《春雪》一首,可谓极空翻之能事矣。(清·刘公坡《学诗百法》)

"故穿庭树作飞花"句,不拘于装点,有超以象外,得其环中之妙。(清·朱宝莹《诗式》)

**【鉴赏链接】**

朱国伟:《论韩愈的感春诗》,《南阳师范学院学报》2007年第7期。

陶文鹏:《论韩愈的七言绝句》,《文学遗产》2012年第5期。

# 暮 江 吟[1]

唐·白居易

一道残阳铺水中,半江瑟瑟[2]半江红。可怜[3]九月初三夜,露似真珠[4]月似弓[5]。

**【注释】**

[1]吟:中国古代诗歌的一种体式。[2]瑟瑟:碧绿色。[3]可怜:可爱。[4]真珠:即珍珠。[5]月似弓:农历九月初三,上弦月,其形如弓。

**【导读】**

本诗构思妙绝,前二句写夕阳西沉、晚霞映江的绚丽晚景,巧用"铺"字,贴切逼真,境界全出。后二句写新月初升、露珠晶莹的朦胧夜色,比喻新颖精当。全篇写景,但情寓景中,"可怜"当为诗之"情眼"。

**【名家点评】**

诗有丰韵。言"残阳铺水",半江之碧,如"瑟瑟"之色;"半江红",日所映也。可谓工微入画。(明·杨慎《升庵诗话》)

写景奇丽,是一幅着色秋江图。(清·弘历《唐宋诗醇》)

丽绝韵绝,令人神往。(清·王士禛《唐人万首绝句选评》)

**【鉴赏链接】**

张娇:《从原型范畴理论和语义场理论解读中国古诗词的意象之美——试以白居易的〈暮江吟〉作个案分析》,《成都理工大学学报(社会科学版)》2005年第1期。

张万林:《亦诗亦画 秋意迷人——读白居易〈暮江吟〉有感》,《名作欣赏》2010年第28期。

# 雪晴晚望

唐·贾 岛

倚杖望晴雪,溪云几万重。樵人归白屋[1],寒日下危峰[2]。野火烧冈草,断烟生石松[3]。却回[4]山寺路,闻打暮天钟[5]。

**【注释】**

[1]白屋:覆盖着白雪的茅屋。[2]危峰:高耸的山峰。危,高耸。[3]石松:石崖上的松树。[4]却回:返回,退回。却,退。[5]暮天钟:寺庙里用以报时的钟鼓。

**【导读】**

这首五律前六句全为"望"之景,诗人或远眺,或近观,动静相衬,描摹薄暮时分雪霁天晴后的山景,紧扣诗题中的"雪""晴""晚""望"四字。"闻打暮天钟"一句蕴含着诗情与禅理,点活全诗,余韵无穷。

**【名家点评】**

晚唐诗多先锻颈联、颔联,乃成首尾以足之。此作似乎一句唱起,直说至底者。(元·方回《瀛奎律髓》)

冯班:"松"字重。纪昀:起四句有气力,后半稍弱。五句亦未雅。(清·纪昀《瀛奎律髓刊误》)

对之三伏中,凛凛有寒意。古今雪诗,至欧、苏始称白战,其实自退之即不持寸铁也。但用郁思定力,峭骨沉响,笔补造化,无逾此作。(清·李怀民《重订中晚唐诗主客图》)

**【鉴赏链接】**

黄鹏:《言归文字外 意出有无间——论贾岛诗的艺术特色》,《四川师范学院学报(哲学社会科学版)》2000年第1期。

郝世峰、余才林:《由怪奇入于平淡——论贾岛诗风》,《文学与文化》2013年第2期。

# 梦 天

唐·李 贺

老兔寒蟾[1]泣天色,云楼[2]半开壁斜白。玉轮[3]轧露湿团光,鸾佩[4]相逢桂香陌。黄尘清水[5]三山[6]下,更变千年如走马[7]。遥望齐州[8]九点烟,一泓海水杯中泻。

**【注释】**

[1]老兔寒蟾:神话传说中住在月宫里的白兔和玉蟾。[2]云楼:月亮的清辉斜穿过云隙,把云层映照得像海市蜃楼一样。[3]玉轮:指月亮。[4]鸾佩:雕刻着鸾凤的玉佩,诗中指仙女。[5]黄尘清水:陆地和海洋。[6]三山:原为蓬莱、方丈、瀛洲三神山。诗中指东海上的三座山。[7]走马:跑马。[8]齐州:中州,指中国。

**【导读】**

这是李贺描写月宫仙境的诗,前四句写神游月宫,意境阴冷凄清,意象奇异瑰丽。后四句写俯视人间,从时空上描摹人间的瞬息万变、渺小和短暂,抒发诗人超尘绝世,追求生命自由的理想。构思奇妙,想象丰富,语言新奇诡异。

**【名家点评】**

意近语超,其为仙人语亦不甚费力。使尽如起语,当自笑耳。(明·高棅《唐诗品汇》)

论长吉每道是鬼才,而其为仙语,乃李白所不及。九州二句妙有千古。(清·黎简《〈李长吉集〉引》)

命题奇创。诗中句句是天,亦句句是梦,正不知梦在天中耶?天在梦中耶?是何等胸襟眼界,有如此手笔。《白玉楼记》不得不借重矣。(清·黄周星《唐诗快》)

**【鉴赏链接】**

陈允吉:《〈梦天〉的游仙思想与李贺的精神世界》,《文学评论》1983年第1期。

马中平:《析李贺诗〈梦天〉》,《殷都学刊》1995 年第 2 期。
史玉辉:《李贺〈梦天〉内蕴赏析》,《文学教育(上)》2007 年第 4 期。

# 晓[1] 日

唐·韩偓

天际霞光入水中,水中天际一时红。直须[2]日观[3]三更后,首[4]送金乌[5]上碧空。

【注释】

[1] 晓:拂晓。[2] 直须:只须,只要。[3] 日观:指泰山日观峰。[4] 首:第一。[5] 金乌:传说太阳中有三足乌鸦,这里指太阳。

【导读】

这首七绝写泰山观日出。一二句描绘日出前瑰丽的景象,满天朝霞映入浩渺碧江,水天一色。第三句交代观日的最佳地点和时间,为末句蓄势。末句写朝日升腾之景,境界阔大,画面壮美,色彩绚丽。全诗平易浅近,清练洒脱。

【名家点评】

偓为诗有情致,形容能出人意表……富才情,词致婉丽。(宋·薛季宣《香奁集叙》)

唐韩偓为诗极清丽,有手写诗百余篇,在其四世孙奕处……庆历中,予过南安见奕,出其手集,字极淳劲可爱。(宋·沈括《梦溪笔谈》)

【鉴赏链接】

宋心昌:《韩偓诗词散论》,《河南大学学报(社会科学版)》1992 年第 2 期。

张莹洁:《试论韩偓诗的绘画美与意境美》,《广州大学学报(社会科学版)》2014 年第 12 期。

# [双调][1]雁儿落兼得胜令[2]·退隐

元·张养浩

云来山更佳,云去山如画;山因云晦明,云共山高下。倚杖立云沙[3],回首见山家[4]。野鹿眠山草,山猿戏野花。云霞,我爱山无价;看时行踏[5],云山也爱咱。

【注释】

[1]双调:是元曲中宫调的名称。[2]雁儿落兼得胜令:散曲之带过曲。"雁儿落""得胜令"均为曲牌名。兼,并、带的意思。[3]云沙:犹言如海。这里指苍茫空旷、云沙相接之处。[4]山家:山。家,同"价",词曲中的语气词。[5]行踏:走动,来往,行走。

【导读】

这首带过曲,前四句写云山相依的缥缈秀丽、变幻多姿,句句有"云""山",但绝无冗余重复之感。后八句写山顶所见野鹿闲卧、山猿戏耍的恬静生动景色,抒发作者陶醉云山、怡然自得的生活情趣。物我融合,酣然忘己。

【名家点评】

犹波律沉水,藏诸珍笥,取而然之,清心涤虑,亦犹桐马蓝尾,贮之玉罂,杯而饮之,不觉自醉。(明·金润《书张文忠公云庄乐府后》)

【鉴赏链接】

王星琦:《从张养浩的散曲创作看其人格美》,《南京师大学报(社会科学版)》1994年第1期。

窦春蕾:《人品与诗品投射在山水中的异彩——张养浩山水散曲之意境美及人格美》,《名作欣赏》2007年第14期。

戴峰:《田园无限乐,夫岂为逃名——论张养浩山水散曲的意趣》,《名作欣赏》2007年第14期。

# 新　　雷[1]

清·张维屏

造物[2]无言却有情,每于寒尽觉春生。千红万紫[3]安排著[4],只待新雷第一声。

【注释】

[1]新雷:春雷,春天第一个雷声。象征着春天即将来临。[2]造物:大自然。[3]千红万紫:指春天百花齐放的场面。[4]著:也作"着",意思为妥当、明显。

【导读】

这是一首咏"新雷"的七绝,前三句写新雷来临前的大自然:无言有情,寒尽春觉,蓄积力量,百花待放。末句点明题旨,表达诗人向往春天、渴望除旧迎新的进步思想。全诗平易晓畅,感情真挚,寓理于情,耐人寻味。

【名家点评】

清新婉丽,体物浏亮。(清·林昌彝《海天琴思录》)

【鉴赏链接】

郭延礼:《反帝爱国诗人张维屏诗歌简论》,《山东社会科学》1987年第1期。

黄刚:《"只待新雷第一声"——论张维屏思想和创作的若干新特色》,《上海师范大学学报(哲学社会科学版)》1988年第3期。

张美娟:《论岭南诗人张维屏的诗歌创作特征》,《乐山师范学院学报》2012年第2期。

# 【托物寄怀】

  物有植物、动物、景物、器物，世间万物因为有了人，被人所观照，皆着上人的情感和思想，这就是古人说的"登山则情满于山，观海则意溢于海"，文学理论上称之为"移情"。诗人之托物不在物之大小、贵贱，而在情怀之真诚、恳切，名山大川、骏马宝剑固然可以让人一抒胸臆，但是小到一只蝉、一枝花，平凡到一颗石、一竿竹，也不是不可以寄寓情怀。于是，我们从蝉声中听到"无人信高洁"的感慨，从竹中看到"千磨万击还坚劲"的性格，从石灰中领悟到"要留清白在人间"的品质。

# 橘颂（节选）

战国·屈原

后皇嘉树，橘徕服兮[1]。受命不迁，生南国兮[2]。深固难徙，更壹志兮[3]。绿叶素荣，纷其可喜兮[4]。曾枝剡棘，圆果抟兮[5]。青黄杂糅，文章烂兮[6]。精色内白，类可任兮[7]。纷缊宜修，姱而不丑兮[8]。

**【注释】**

[1]后皇：即后土、皇天。指地和天。嘉：美，善。徕：同"来"。服：习惯，适应。此二句意谓橘树是天地所生的好树，它一来到南方就适应当地的水土。[2]受命：受天地之命。不迁：不能移植。传说橘树只长在南方，一过淮河就变为枳（zhǐ，俗名"臭橘"）。此二句意谓橘树天生不可移植，它只生在南方。[3]深固：根深蒂固。难徙（xǐ）：难以迁移。壹志：志向专一。此二句意谓橘树难以移植是因为它根深蒂固，更因为它志向专一。[4]素荣：白花。纷：茂盛的样子。[5]曾（zēng）枝：枝条累累。"曾"，通"增"，重叠。剡棘（yǎn jí）：指橘枝上的尖刺。剡，尖利。棘，刺。园果：指橘子。抟（tuán）：圆圆的。[6]青黄杂糅（róu）：橘子将熟时的颜色。文章：纹理色彩，指橘子的皮色。烂：有光彩。[7]精色内白：指橘子的内瓤色泽精洁。类：像。任：抱。以上四句意谓橘子的外表色彩鲜艳，内质精良洁白，好似可赋予重任的人。[8]纷缊（yūn）：香气浓郁。"缊"，通"氲"，即氤氲，指香气。宜修：修饰得体，恰到好处。姱（kuā）：美好。不丑：谓出类拔萃，无与伦比。丑，类，比。

**【导读】**

本篇以橘自喻，借橘言志。此为全诗的第一部分，重在描述橘树俊逸动人的外美。前六句已点出橘树"受命不迁""更壹志兮"的特性与品格，接着，更从枝叶、花色、果形,乃至橘子的颜色、内瓤等方面赞颂它的外形美与内在美,为下文进一步讴歌其"遗世独立"的精神作铺垫。本诗是后世咏物诗的一个范例。

【名家点评】

三闾《橘颂》,辞采芬芳,比类属兴,又覃及细物矣。(南北朝·刘勰《文心雕龙》)

两段中句句是颂橘,句句不是颂橘,但见(屈)原与橘分不得,是一是二,彼此互映,有镜花水月之妙。(清·林云铭《楚辞灯》)

【鉴赏链接】

李冬梅:《〈橘颂〉赏析》,《青海民族学院学报(教育科学版)》2003 年第 1 期。

李建明、明瑞勤:《秉德无私　参天地兮——屈原〈橘颂〉品读》,《名作欣赏》2014 年第 33 期。

# 步出夏门行·龟虽寿

三国·曹　操

神龟[1]虽寿,犹有竟时[2]。腾蛇[3]乘雾,终为土灰。老骥伏枥[4],志在千里。烈士[5]暮年,壮心不已[6]。盈缩之期[7],不但在天;养怡之福[8],可得永年[9]。幸甚至哉,歌以咏志。

【注释】

[1] 神龟:传说中的能活几千岁的长寿龟。[2] 犹:还。竟:尽,这里指死。[3] 腾蛇:传说中的能驾云雾飞行的蛇。[4] 骥:千里马。伏枥(lì):卧在马棚里,形容马老病的样子。枥,马棚。[5] 烈士:指重义轻生的或积极于建功立业的人。[6] 不已:不止。[7] 盈缩:长短,这里指人寿命的长短。期:期限。[8] 养:培养。怡:乐观、愉快。福:吉,这里是好处的意思。[9] 永年:长寿。

【导读】

本诗除篇末两句外,每四句为一层意思。起首四句,托物起兴,表达与龟、蛇相比,人生尤为短暂,理当积极进取。中间四句以志在千里的"老骥"自况,抒写要在暮年创建伟业的雄心,是全诗的核心和灵魂。最后提出,人的寿夭不只由天决定,只要善自保养,亦可延年益寿。全诗气势雄浑,中间四句,笔力遒劲,是千古传诵的名句。

**【名家点评】**

曹公古直,甚有悲凉之句。(南北朝·钟嵘《诗品》)

魏武帝如幽燕老将,气韵沉雄。(宋·敖陶孙《臞翁诗评》)

孟德诗犹是汉音,子桓以下,纯乎魏响。沉雄俊爽,时露霸气。(清·沈德潜《古诗源》)

**【鉴赏链接】**

龙欣、龙美红:《曹操〈龟虽寿〉赏析》,《山东省农业管理干部学院学报》2003年第6期。

王晓红:《老骥伏枥的壮志美——曹操〈龟虽寿〉赏读》,《名作欣赏》2007年第15期。

# 在狱咏蝉[1]

唐·骆宾王

西陆[2]蝉声唱,南冠客思侵[3]。那堪玄鬓[4]影,来对白头[5]吟。露重飞难进,风多响易沉。无人信高洁[6],谁为表予心?

**【注释】**

[1] 唐高宗仪凤三年(678年),作者上书议论政事,触忤了皇后武则天,被诬以赃罪下狱。[2] 西陆:秋天。[3] 南冠:《左传》载,楚将钟仪被郑国俘虏后献给晋国,关押中仍戴着南方的帽子。后世因以"南冠"代囚犯,这里是诗人自称。客思(sī):指囚于狱中的幽愤。侵:渐,指幽愤越来越深。[4] 玄鬓:指蝉。[5] 白头:诗人忧心深重,故自谓"白头",并不是以老人自居(时作者不足四十岁)。[6] 高洁:古人认为蝉"居高食洁",是高洁的象征。此以蝉

喻自己清白无辜。

## 【导读】

本诗作于狱中,诗人因蝉起兴,借蝉自况。首联点出蝉声高唱,触耳惊心,愁思渐深。颔联属流水对,进一步表达诗人心中的幽愤。颈联纯用"比"体,以蝉之艰苦,比喻世道险阻,自己衔冤难伸。尾联希望有人相信自己和蝉一样高洁,代为表白冤情。全诗取譬明切,寄托遥深,是咏物诗中的一首名作。

## 【名家点评】

《三百篇》比兴为多,唐人犹得此意。同一咏蝉,虞世南"居高声自远,非是藉秋风"是清华人语;骆宾王"露重飞难进,风多响易沉"是患难人语;李商隐"本以高难饱,徒劳恨费声"是牢骚人语。比兴不同如此。(清·施补华《岘佣说诗》)

以蝉自喻,语意沉至。(高步瀛《唐宋诗举要》)

## 【鉴赏链接】

郭明志:《自然之物与人格化身的契合——骆宾王〈在狱咏蝉〉解读》,《文史知识》1996年第7期。

阳卓军:《三人咏蝉,各寄所思——三首唐人咏蝉诗歌赏析》,《名作欣赏》2007年第15期。

# 咏　　柳

唐·贺知章

碧玉[1]妆成一树高,万条垂下绿丝绦[2]。不知细叶谁裁出,二月春风似剪刀。

## 【注释】

[1] 碧玉:小家女子。南朝梁萧绎《采莲赋》:"碧玉小家女。"此句以年轻貌美的女子比喻早春的柳树。一说"碧玉"指青绿色的玉石,这句是说柳树碧绿犹如碧玉一般。[2] 丝绦(tāo):丝带。这里指柔软嫩绿的柳条。

## 【导读】

首句以清丽脱俗的女子——"碧玉"喻早春稚柳,别出新意;次句以"绿丝绦"喻下垂的柳枝,形象贴切。三、四两句一问一答,尤为奇绝。柳枝在春风中抽芽长叶,诗人由此驰骋想象,将无形的春风比作剪刀,用一个"裁"字,形象地写出了细叶与春风的关系。新奇的比喻让人过目难忘。

## 【名家点评】

尖巧语,却非由雕琢所得。(清·黄周星《唐诗快》)

赋物入妙,语意温柔。(清·黄叔灿《唐诗笺注》)

## 【鉴赏链接】

贺万鹏:《谈〈咏柳〉的比喻》,《教师之友》1996 年第 11 期。

吴小如:《读贺知章〈咏柳〉绝句》,《名作欣赏》1981 年第 3 期。

# 题 菊 花

唐·黄 巢

飒飒西风[1]满院栽,蕊寒香冷蝶难来。他年我若为青帝[2],报[3]与桃花一处开。

## 【注释】

[1]飒飒:形容风声。西风:秋风。[2]他年:将来,有朝一日。青帝:传说中掌管春天的神。[3]报:告诉。

## 【导读】

一、二两句写景,描写菊花开在深秋,蕊寒香冷,蜂蝶难来,为后面的抒情作铺垫。三、四两句直抒胸臆,写有朝一日自己要让菊花在春天开放,使之与桃花争奇斗艳。此诗咏菊喻志,表现了强烈的反叛精神和改天换地的政治理想,立意非凡,值得一读。

## 【名家点评】

黄巢五岁侍翁父为菊花联句。翁思索未至,巢信口应曰:"堪与百花为总首,自然天赐赭黄衣。"巢之父怪,欲击巢。乃翁曰:"孙能诗,但未知轻重,可令再赋一篇。"巢应之曰:"飒飒西风满院栽……"跋扈之意已见婴孩之时。加以数年,岂不为神器之大盗耶!(宋·张端义《贵耳集》)

**【鉴赏链接】**

姜志军:《情豪志壮　景常境幽——黄巢〈题菊花〉诗赏析》,《语文月刊》2001年第8期。

朱子政:《敢叫日月换新天——黄巢〈题菊花〉赏析》,《语文天地》2003年第10期。

# 海　棠

宋·苏　轼

东风袅袅泛崇光[1],香雾空蒙月转廊[2]。只恐夜深花睡去,故烧高烛照红妆[3]。

**【注释】**

[1]袅袅:微风轻轻吹拂的样子。崇光:高贵华美的光泽。一说指增长着的春光。[2]空蒙:雾气迷茫的样子。月转廊:(夜深了)月光移过回廊。[3]高烛:高高的蜡烛。红妆:指海棠花。

**【导读】**

首句描绘春风习习,海棠花泛出华美的光泽。次句写月下的海棠,清香袭人。"月转廊"暗示夜已深,为后面的燃烛赏花先伏一笔。三、四句写得痴绝。一个"恐"字生动地刻画出诗人爱花的心理活动和依依不舍赏玩的情态。诗人暗用唐玄宗以贵妃醉貌为"海棠睡未足"的典故,以美人喻花,点化入咏,浑然无迹。诗虽短小,但含蓄蕴藉,耐人咀嚼。

**【名家点评】**

词格超逸,不复蹈袭前人。(宋·魏庆之《诗人玉屑》)

东坡《海棠》诗曰:"只恐夜深花睡去,故烧银烛照新妆"。事见《杨妃外传》,云:明皇登沉香亭,诏妃子,妃子时卯酒未醒,命力士从侍儿扶掖而至。妃子醉颜残妆,钗横鬓乱,不能再拜。明皇笑曰:"是岂妃子醉邪? 海棠睡未

足耳。"(宋·释惠洪《冷斋夜话》)

**【鉴赏链接】**

郭象：《疑是太真谪人间——苏轼〈海棠〉解臆》，《渤海学刊》1995年第4期。

汤文熙：《村妇与妃子媲美——说苏轼〈海棠〉诗与王淇〈梅〉诗》，《写作》1995年第3期。

## 卜算子·咏梅

宋·陆 游

驿[1]外断桥边，寂寞开无主[2]。已是黄昏独自愁，更著[3]风和雨。无意苦争春，一任群芳[4]妒。零落成泥碾[5]作尘，只有香如故。

**【注释】**

[1]驿：驿站。[2]无主：没有人过问。[3]更著(zhuó)：又遭受。著，同"着"，遭受。[4]一任：完全听凭。群芳：指百花。[5]碾(niǎn)：轧碎。

**【导读】**

上片状物写景，看似句句写梅，实则字字喻己。梅花自开自落，暗喻自己无人赏识。风雨的侵袭，象征自己在政治上遭受的压力和打击。下片托梅寄志，着力表现梅花高洁的品格。末句尤见劲节，以表达不肯同流合污的节操和百折不悔的精神。通篇运用"比"体，托物言志，是古典诗词中的咏梅名作。

**【名家点评】**

末句想见劲节。(明·卓人月《古今词统》)

南渡后唯放翁为诗家大宗，词亦扫尽纤淫，超然拔俗。(清·许昂霄《词综偶评》)

**【鉴赏链接】**

段学红：《陆游〈卜算子·咏梅〉解读》，《河北广播电视大学学报》2000年第4期。

刘建龙：《身临高处眼自阔 心怀天下别有情——毛泽东、陆游〈卜算子·咏梅〉词之比较》，《名作欣赏》2009年第27期。

# 同儿辈赋[1]未开海棠

金·元好问

枝间新绿一重重[2]，小蕾深藏数点红。爱惜芳心[3]莫轻吐，且教桃李闹春风[4]。

【注释】
[1]赋：吟咏。[2]一重重：一层又一层。[3]芳心：指海棠的花心。[4]闹春风：指花儿在春风中争奇斗艳。宋祁词《玉楼春》："红杏枝头春意闹。"

【导读】
首句写海棠枝叶繁茂，"一重重"引出次句的"小蕾深藏"，表现出海棠花不轻浮、不卖弄、欲露还羞的情态。第三句忠告海棠"爱惜芳心"，不要轻易吐蕊。末句的"闹"字讽刺桃李的浅薄和哗众取宠，反衬出海棠的谦逊。诗人赞美海棠洁身自爱，甘于清静的品格，寄托了自己在金亡之后坚守节操、独善其身的情怀。

【名家点评】
金元遗山诗兼杜、韩、苏、黄之胜，俨有集大成之意。（清·刘熙载《艺概》）

【鉴赏链接】
章必功：《元好问诗歌简论》，《深圳大学学报（人文社会科学版）》1999年第3期。

安淑荣：《元好问诗歌艺术探析》，《白城师范学院学报》2004年第3期。

# 咏　煤　炭

明·于　谦

凿开混沌得乌金[1]，藏蓄阳和意最深[2]。爝火燃回春浩浩[3]，洪炉[4]照破夜沉沉。鼎彝元赖生成力[5],铁石犹存死后心[6]。但愿苍生[7]俱饱暖,不辞辛苦出山林。

**【注释】**

[1]混沌:古人想象中的世界开辟以前的状态。古代传说,天地未分之前"混沌如鸡子"。这里指大地。乌金:黑色的金子,指煤炭。 [2]阳和:温暖的阳光。这里借指煤炭所蓄藏的热能。意最深:有很深的情意。[3]爝(jué)火:小火把。浩浩:本指水势大,引申为广大。此句是说煤炭燃烧起来好像火把,给人们带来温暖,犹如春回大地一般。[4]洪炉:大火炉。[5]鼎:古代铜铸的炊具,三足两耳。彝(yí):古代的酒器。元:通"原",本来。赖:依靠。此句是说鼎彝这些铜器,原本要靠煤炭燃烧产生的热力铸成。"鼎彝"本是饮食器具的名称,后来又专指帝王宗庙的祭器,引申为国家的象征,故此句寓有诗人以天下为己任的意思。[6]此句是说铁石虽然变成了煤炭,它依然要为人类造福。(古人认为,铁石在地下埋藏久了会变成煤炭。)[7]苍生:百姓。

**【导读】**

首联点题,写开凿出来的煤炭蕴藏着巨大的热力。中间两联正面赞其功用:驱除寒冷和黑暗,带来温暖与光明。而靠煤炭的热量熔铸出来的鼎彝,将煤炭的雄心也奉献在宗庙祭祀中,寄托了作者献身社稷的心愿。尾联直抒胸臆,是作者为民效力愿望的真诚袒露。全诗语言质朴晓畅,意象明晰,寄托深远,是诗人高尚人格和理想的真实写照。

**【名家点评】**

诗词清丽,脍炙人口。(明·过庭训《本朝分省人物考》)

其诗风格遒上,兴象深远。虽志存开济,未尝于吟咏求工,而品格乃转出文士上。(清·纪昀《四库全书总目提要》)

**【鉴赏链接】**

刘光前:《甘于奉献的心声——于谦〈咏煤炭〉品读》,《写作》1999年第3期。

潘加卓:《心系百姓 死而后已——于谦〈咏煤炭〉赏析》,《中华活页文选(教师版)》2008年第3期。

# 潍县署中画竹呈年伯包大中丞括[1]

清·郑燮

衙斋卧听萧萧竹[2],疑是民间疾苦声。些小吾曹[3]州县吏,一枝一叶总关情[4]。

【注释】

[1]潍县:今山东省潍坊市。年伯:本指与父亲同年登科的长辈,明以后泛指父辈。包大中丞括:包括,钱塘人,时任山东巡抚。"中丞"为巡抚之别称。[2]衙斋:官衙中的书斋。萧萧:象声词,风吹竹枝的声音。[3]些小:微小,形容官职卑微。吾曹:我们。[4]关情:牵动感情。

【导读】

这是一首题画诗,借题画抒情言志。前两句直叙其事,写在衙署书房小憩,耳闻窗外风摇竹枝,顿觉是老百姓痛苦的呻吟,体现了作者身在官衙心系百姓的情怀。后两句点明题旨,说我们虽为州县小官,事事处处都要关心百姓。"一枝一叶"照应首句"萧萧竹",前后贯穿,仍在写竹,实际上隐蕴着自己的理想,意在言外。

【名家点评】

其诗取道性情,务如其意之所欲出。(清·郑方坤《本朝名家诗钞小传》)

板桥有三绝,曰画,曰诗,曰书。三绝之中又有三真,曰真气,曰真意,曰真趣。(清·张维屏《松轩随笔》)

【鉴赏链接】

洛少波:《诗含画意 画寓诗情——郑板桥题画诗谈片》,《艺术探索》1992年第2期。

钟一鸣:《论郑板桥题画诗的"三美"》,《学习与实践》2009年第5期。

# 【咏史追昔】

  中国历史悠久,史料丰富,不仅给后代子孙留下了大量的历史遗迹(如帝王宫殿、故国城郭、古代战场遗址等),还留下浩如烟海的正史与野史,这让中国文人受到了得天独厚的眷顾。中国人也因此特别喜欢回顾历史,参照历史,有了所谓"以史为镜,可以知兴替"的说法。所以,咏史诗中有不少属于宏大叙事,表现诗人对国家的前途、帝王的命运、民族的未来的思考,从中可以看出中国诗人总是与政治息息相关。但是,有时候也难免借他人杯酒浇自己块垒,表达怀才不遇的郁闷。

# 咏史（其五）

西晋·左思

皓天舒白日[1]，灵景照神州[2]。列宅紫宫里[3]，飞宇若云浮[4]。峨峨[5]高门内，蔼蔼皆王侯。自非攀龙客[6]，何为欻[7]来游。被褐出阊阖[8]，高步追许由[9]。振衣千仞冈[10]，濯足[11]万里流。

**【注释】**

[1] 皓：明亮。舒：开。[2] 灵景：日光。神州：指中国。[3] 列宅：一排排的建筑。紫宫：本星名，即紫薇宫。这里指皇宫。[4] 飞宇：屋檐翘起像飞鸟的翅膀。宇，屋檐。云浮：形容飞宇高而且密，如云浮空中。[5] 峨峨：形容高大。下句"蔼蔼"形容盛多。[6] 攀龙客：追随王侯以求仕进的人。[7] 欻（xū）：忽然。[8] 被褐（hè）：穿着粗布衣服。阊阖（chāng hé）：宫门，这里指京都城门。[9] 高步：犹言高蹈，远行隐遁。许由：传说中的古代隐士。尧想让位给他，他忙逃到箕山之下，隐居躬耕。又听说尧想召他做"九州长"，他便到颖水边去洗耳朵。[10] 振衣：抖落衣服上的尘土。仞：古代七尺（一说八尺）为一仞。[11] 濯（zhuó）足：洗脚，指去除世俗之污垢。

**【导读】**

左思《咏史》共八首，皆借咏史自抒怀抱。本诗前半部分写京都洛阳宫室的壮丽，正是为了反衬自己摒弃荣华富贵品质的高洁，而后半部分写自己"被褐出阊阖，高步追许由"，其超拔的气概又与京城富丽堂皇的一切形成鲜明的对照，使之黯然失色。此诗意象开阔，感情激愤，造语劲拔，是西晋五言诗的扛鼎之作。

**【名家点评】**

在六朝而无六朝习气者,左太冲,陶彭泽也。(明·张蔚然《西园诗尘》)

太冲咏史,不必专咏一人,专咏一事,咏古人而己之性情俱见。此千秋绝唱也。(清·沈德潜《古诗源》)

太冲胸次高旷,而笔力又复雄迈,陶冶汉、魏,自制伟词,故是一代作手。(清·沈德潜《古诗源》)

**【鉴赏链接】**

朱洪玉:《左思咏史诗的咏怀特质》,《湖北广播电视大学学报》2009年第6期。

贾慧娟、于广杰:《左思〈咏史诗〉漫谈》,《安徽文学(下半月)》2009年第7期。

## 登幽州台歌[1]

唐·陈子昂

前不见古人[2],后不见来者,念天地之悠悠,独怆然而涕下[3]!

**【注释】**

[1]陈子昂于万岁通天元年(696年)随武攸宜北征契丹,军事失利,他屡谏不用,很不得意,"因登蓟北楼,感昔乐生(乐毅)、燕昭之事",写下了这首诗。所谓"蓟北楼",一名蓟丘,即燕昭王为招纳贤士所筑的黄金台(故址在今北京市北郊)。蓟丘唐代属幽州,故称"幽州台"。[2]古人:指前贤。下一句"来者"指后贤。[3]怆(chuàng)然:悲伤貌。涕:眼泪。

**【导读】**

起首两句,似破空而来,两个"不见"写尽诗人生不逢时、报国无门的悲哀。三、四两句写独立高台,只见天地悠悠,宇宙浩茫,一种人生有限、壮志难酬的焦虑油然而生,不觉潜然泪下。末句的"独"承"不见"而来,突出了诗人孤单寂寞之状。全诗不事雕琢,感情沉郁,风格雄浑苍凉。

## 【名家点评】

陈拾遗子昂,唐之诗祖也。(元·方回《瀛奎律髓》)

初、盛间五言古,陈子昂为冠。(明·胡应麟《诗薮》)

胸中自有万古,眼底更无一人,古今诗人多矣,从未有道及此者,此二十二字,真可泣鬼神。(明·黄星周《唐诗快》)

## 【鉴赏链接】

周水涛:《一曲悲歌 三重意蕴——〈登幽州台歌〉的孤独感的审判内涵》,《名作欣赏》1999 年第 1 期。

周建成:《跨越时空的孤独者之歌——陈子昂〈登幽州台歌〉赏析》,《名作欣赏》1999 年第 1 期。

# 越中览古[1]

唐·李 白

越王勾践破吴[2]归,义士还家尽锦衣[3]。宫女如花满春殿,只今惟有鹧鸪[4]飞。

## 【注释】

[1] 越中:指会稽郡治(今浙江绍兴),春秋时越国建都于此。 古:这里指越宫遗址。[2] 勾践破吴:春秋时期吴、越两国争霸,公元前 494 年,越王勾践被吴王夫差打败,此后他卧薪尝胆 20 年,于公元前 473 年灭掉了吴国。[3] 锦衣:华丽的衣服。[4] 鹧鸪(zhè gū):鸟名。古代以为鹧鸪是"随阳鸟","飞必南翥",故唐人诗中多用来形容怀恋南土之情。

## 【导读】

首句述历史事件,二、三两句选取"勾践还宫""义士还家"两个镜头进行特写,由"尽锦衣"可知战士们的骄傲和得意,"宫女如花满春殿"则形象地写出了越王荒淫逸乐的生活。前三句极力渲染昔日之欢乐、繁盛,结句突然一转,跌入今日之荒凉冷落,在强烈的今昔对比中,寄托了盛衰无常的深沉感慨。

## 【名家点评】

三句说盛,一句说衰,其格独创。(清·沈德潜《唐诗别裁集》)

七言绝句以语近情遥、含吐不露为贵,只眼前景、口头语而有弦外音,使人神远。太白有焉。(清·沈德潜《唐诗别裁集》)

## 【鉴赏链接】

许伯卿:《伤痕是那陈年的华丽——读李白〈越中览古〉》,《名作欣赏》2002年第5期。

苗六计:《其格独创 美不胜收——李白〈越中览古〉赏读》,《名作欣赏》2004年第12期。

# 蜀  相[1]

唐·杜 甫

丞相祠堂何处寻?锦官城[2]外柏森森。映阶碧草自春色,隔叶黄鹂空好音。三顾频烦[3]天下计,两朝开济[4]老臣心。出师未捷身先死[5],长使英雄泪满襟。

## 【注释】

[1]此诗是唐肃宗上元元年(760年)春诗人初至成都游武侯祠所作。蜀相,指诸葛亮,曾封武侯。[2]锦官城:成都的别称。[3]三顾频烦:指诸葛亮隐居隆中时,刘备曾三顾茅庐,与之商讨天下大计。此句从侧面烘托诸葛亮的才智与抱负。频烦,同"频繁"。[4]两朝开济:指诸葛亮辅助刘备开创帝业,后又辅佐刘禅支撑困难局面。开,开创。济,扶助。[5]出师未捷身先死:蜀汉建兴十二年(234年)春,诸葛亮出师伐魏,在渭水南岸五丈原与魏军相持百余日,八月病死于军中。

## 【导读】

本诗借古人抒写自己的怀抱。前四句写祠堂之景,后四句叙丞相之事。颔联出句"自"字暗示春色无人关注,足见祠堂荒凉;对句"空"字暗示鹂啼无人倾听,显出古人英魂冷落。颈联以庄重之笔写诸葛亮一生功业心事,属对工稳,沉郁顿挫。尾联为本诗"诗眼",述叹惋之情,苍凉悲壮,催人泪下。

## 【名家点评】

自始至终,一生功业心事,只用四语(按,指"三顾"以下四句)括尽,是如椽之笔。(清·杨伦《杜诗镜铨》)

结作痛心酸鼻语,方有精神。宋宗忠简公(泽)临殁时诵此二语,千载英雄,有同感也。(清·仇兆鳌《杜诗详注》)

## 【鉴赏链接】

程羽黑:《杜甫〈蜀相〉祛疑》,《华东师范大学学报(哲学社会科学版)》2013年第1期。

杨福泉:《〈蜀相〉"频烦"辨正》,《杜甫研究学刊》2006年第2期。

# 石 头 城[1]

唐·刘禹锡

山围故国周遭在[2],潮打空城寂寞回。淮水[3]东边旧时月,夜深还过女墙[4]来。

## 【注释】

[1]石头城:古城名。本是楚金陵城,三国时孙权重筑用此名。曾为吴、东晋、宋、齐、梁、陈六朝都城,至唐废弃。今为南京市。[2]故国:故都。周遭:周围。[3]淮水:指秦淮河。[4]女墙:城上的矮墙。

## 【导读】

本诗以一联对句开头。环绕着故国的青山依然如故,而被江潮拍打着的城堡却久已荒芜,六朝繁华早就烟消云散了。前两句总写江山依旧,人事全非,气势莽苍,情调悲壮。后两句以有情的"旧时月"衬出无常的人事,言近旨远。全诗通篇写景,以凄凉的基调寄寓着对唐王朝国运衰微的感慨。

【名家点评】

不言兴亡，而兴亡之感溢于言外。（明·王鏊《震泽长语》）

只写山水明月，而六代繁华俱归乌有，令人于言外思之。乐天谓后之诗人不能复措词矣。（清·沈德潜《唐诗别裁集》）

【鉴赏链接】

郝海英：《〈越中览古〉与〈石头城〉比较赏析》，《山西广播电视大学学报》2004年第3期。

屠志芬：《独辟蹊径的金陵怀古诗——刘禹锡〈石头城〉赏析》，《名作欣赏》2007年第15期。

## 赤　壁[1]

唐·杜　牧

折戟[2]沉沙铁未销，自将[3]磨洗认前朝。东风不与周郎便[4]，铜雀春深锁二乔[5]。

【注释】

[1]赤壁：在今湖北省赤壁市西北部，长江南岸，相传是三国时孙、刘联军火烧曹军之处。这里指黄州城外的赤壁，作者时任黄州刺史。[2]折戟(jǐ)：折断的戟。[3]将：拿起来。[4]东风：指赤壁之战火攻曹军事。汉献帝建安十三年(208年)，曹操大军南下，周瑜用部将黄盖计，诈降火攻。恰巧东南风起，大火向西北延烧，曹军大败。周郎：指周瑜，东吴大将。[5]铜雀：指铜雀台，在邺城(今河北临漳县)，曹操所建，上有楼，楼顶有一丈五尺高的大铜雀，故名。曹操将姬妾、歌伎贮于此，作为晚年纵乐之所。二乔：指大乔、小乔两姊妹，吴国著名美女，分别嫁给孙策和周瑜。

【导读】

杜牧慷慨有大志，熟谙兵法，但仕途颇不得意，故咏史以抒感慨。本诗一二句写兴感之由，三、四句抒发议论。但他别出机杼，从反面落笔，设想如果当年"东风不与周郎便","二乔"将蒙受怎样的屈辱。此处暗含讥讽周瑜侥幸成功之意,并对自己英雄无用武之地的遭际感到不平。笔锋犀利,风格豪健。

**【名家点评】**

牧之题咏好异于人,如《赤壁》云"东风不与周郎便,铜雀暮深锁二乔",《题商山四皓庙》云"南军不袒左边袖,四老安刘是灭刘",皆反说其事。(宋·胡仔《苕溪渔隐丛话》)

杜牧精于兵法,此诗似有不足周郎处。(清·王尧衢《古唐诗合解》)

**【鉴赏链接】**

范新阳:《风人之旨与小说家言——对杜牧〈赤壁〉诗的理解与误读》,《古典文学知识》2011年第5期。

吴闻章:《一桩错判的诗坛公案——杜牧〈赤壁〉诗中的"赤壁"到底在哪里并兼论中国文学史上一个"反常"的文学现象》,《湖北社会科学》1987年第8期。

# 桂枝香·金陵怀古

宋·王安石

登临送目[1],正故国[2]晚秋,天气初肃[3]。千里澄江似练[4],翠峰如簇[5]。征帆去棹[6]残阳里,背西风、酒旗斜矗[7]。彩舟云淡,星河鹭起[8],画图难足[9]。　念往昔、繁华竞逐[10]。叹门外楼头[11],悲恨相续。千古凭高,对此谩嗟荣辱[12]。六朝旧事随流水,但[13]寒烟、衰草凝绿。至今商女,时时犹唱,《后庭》遗曲[14]。

**【注释】**

[1]登临:登山临水。此指登山。送目:远望。[2]故国:旧都,指六朝旧都金陵(今江苏南京)。[3]天气初肃:天气刚开始肃爽。[4]练:白绢。南朝谢朓诗:"余霞散成绮,澄江静如练。"[5]簇:攒聚。一说箭头,形容峰林峭拔。[6]征帆去棹(zhào):指来来往往的船只。征,远行。棹,像桨一样的划船工

具。[7] 酒旗:酒肆悬挂的布招帘。斜矗:斜竖着。[8] 星河:银河,借指长江。鹭:白鹭。南京西南有白鹭洲。这里是写景,也双关地名。[9] 难足:难以完美表现。[10] 繁华竞逐:争着过奢华淫靡的生活。[11] 门外楼头:语出杜牧诗"门外韩擒虎,楼头张丽华"。意思是隋朝大将韩擒虎已带兵来到金陵朱雀门外,陈后主还在结绮阁和他的宠妃张丽华寻欢作乐,不久即被俘国亡。[12] 漫嗟荣辱:空叹兴亡荣辱。[13] 但:只是。[14] "至今"三句:化用杜牧诗句"商女不知亡国恨,隔江犹唱后庭花"。商女,酒楼茶坊卖唱的歌女。《后庭花》,《玉树后庭花》的简称,陈后主所作的艳曲,后人视为亡国之音。

【导读】

上片写景。在词人笔下,"故国晚秋"全无一点衰飒气象,澄江、翠峰、征帆、酒旗、彩舟、白鹭,色彩斑斓,动静相间,构成一幅壮丽的画面,可见其胸次之广。下片揭露六朝统治者"繁华竞逐"的奢侈生活,并借杜牧诗句抒发了对现实政治的感慨。全词立意高远,意境开阔,不愧为金陵怀古词之绝唱。

【名家点评】

金陵怀古,诸公寄调《桂枝香》者三十余家,惟王介甫为绝唱。东坡见之,叹曰:"此老乃野狐精也!"。(清·沈辰垣《历代诗余》引《古今词话》)

李易安谓:"介甫文章似西汉,然以作歌词,则人必绝倒。"但此作却颉颃清真、稼轩,未可漫訾也。(梁启超《艺蘅馆词选》)

【鉴赏链接】

李新涛:《因景生情 因情造景——读王安石、萨都剌两首金陵怀古词》,《名作欣赏》2001年第2期。

刘飞龙:《金陵怀古之绝唱——王安石〈桂枝香〉赏析》,《传奇·传记文学选刊(理论研究)》2010年第10期。

# 念奴娇·赤壁怀古[1]

宋·苏 轼

大江[2]东去,浪淘尽、千古风流人物。故垒[3]西边,人道是、三国周郎[4]赤壁。乱石穿空,惊涛拍岸,卷起千堆雪[5]。江山如画,一时多少豪杰。　遥想公瑾当年,小乔[6]初嫁了,雄姿英发[7]。羽扇纶巾[8],谈笑间、樯橹[9]灰飞烟灭。故国神游[10],多情应笑我[11],早生华发[12]。人间如梦,一尊还酹江月[13]。

**【注释】**

[1]本词是苏轼贬官为黄州(今湖北黄冈)团练副使时游赤壁所作。三国古战场的赤壁,现在一般认为在嘉鱼县东北长江南岸,一说是蒲圻县西北的赤壁山。苏轼所游的是黄冈城西的赤壁矶。[2]大江:长江。[3]故垒:旧时的营垒,这里指黄州古老的城堡。[4]周郎:周瑜,字公瑾,为吴中郎将时年仅24岁,吴人称他为"周郎"。[5]雪:比喻浪花。[6]小乔:即小桥,桥玄的小女儿,嫁给周瑜。"桥"通"乔",遂写作"小乔"。[7]英发:英俊勃发。形容周瑜的气概。[8]羽扇纶(guān)巾:(手摇)羽扇,(头戴)纶巾。这是古时儒将的装束,形容周瑜从容闲雅。纶巾,古代配有青丝带的头巾。[9]樯橹:这里指曹操的水军。[10]故国神游:神游于故国。故国,这里指旧地。[11]多情应笑我:应笑自己多情善感。[12]华发:花白的头发。[13]尊:通"樽",酒杯。酹(lèi):洒酒祭奠。这里是对江中月影而言,所以说"酹"。

**【导读】**

上片写景。开端从滚滚东流的长江着笔,大笔挥洒,引出怀古思绪。接着由泛写归到具体史迹。"乱石"三句正面描摹赤壁雄奇壮丽的景色,为下片英雄人物的出场作铺垫。下片抒感遣怀。换头点出周瑜,进而从婚姻、服饰、韬略等方面对其进行刻画,不仅赞其战功,更显示其潇洒的风度、沉着的性格。篇末由怀古归到伤己,自叹"人间如梦",壮志难酬。全词借古抒怀,雄浑苍凉,境界宏阔,笔力遒劲,历来被看作东坡豪放词的代表作。

**【名家点评】**

东坡"大江东去"赤壁词,语意高妙,真古今绝唱。(宋·胡仔《苕溪渔隐丛话》)

题是赤壁,心实为己而发,周郎是宾,自己是主,借宾定主,寓主于宾,是宾是主,离奇变幻,细思方得其主意处,不可诵其词而不知其命意所在也。

（清·黄蓼园《蓼园词选》）

苏东坡《大江东去》，有铜将军铁绰板之讥，柳七《晓风残月》，谓可令十七八女郎按红牙檀板歌之。此袁绹语也，后人遂奉为美谈。然仆谓东坡词自有横槊气概，固是英雄本色，柳纤艳处亦丽以淫耳。（清·徐釚《词苑丛谈》）

【鉴赏链接】

赵逵夫：《也谈苏轼〈念奴娇·赤壁怀古〉中的几个问题》，《西北师大学报（社会科学版）》2001年第5期。

李飞跃：《苏轼赤壁怀古词新论》，《中南民族大学学报（人文社会科学版）》2014年第5期。

# 南乡子·登京口北固亭有怀[1]

宋·辛弃疾

何处望神州[2]？满眼风光北固楼。千古兴亡多少事，悠悠[3]。不尽长江滚滚流。　年少万兜鍪[4]，坐断[5]东南战未休。天下英雄谁敌手？曹、刘[6]。生子当如孙仲谋[7]。

【注释】

[1]京口：今江苏镇江。北固亭：又称北固楼，在镇江城北的北固山上，下临长江，形势险峻。[2]神州：这里指中原沦陷区。[3]悠悠：长远貌。[4]年少：孙权十九岁即继承父兄之业统辖江东，独踞一方，赤壁之战大败曹操时也只有二十七岁。兜鍪（dōu móu）：古代兵士戴的头盔。这里代指兵士、军队。[5]坐断：占据。[6]曹、刘：指曹操和刘备。曹操曾对刘备说："今天下英雄，唯使君与操耳。"（见《三国志·蜀先主传》）[7]孙仲谋：即孙权。《三国志·吴主传》注引《吴历》说，曹操见孙权舟船、器仗、军伍整肃，喟然叹曰："生子当如孙仲谋，刘景升儿（指刘琮）若豚犬耳！"

【导读】

上片借景抒怀。首二句点明登临地点及目的，对故土深切的思念溢于言表。后三句由眼前之景引发对历史兴亡的感喟,紧扣题面"有怀"。下片借古讽今。明褒孙权年少英武,暗讽南宋当权者苟安偷生,意在言外。此词融化古人语言入词,毫无斧凿之痕,体现了词人熔经铸史、出神入化地运用典故成语的卓越才能。

**【名家点评】**

稼轩之词,胸有万卷,笔无点尘,激昂排宕,不可一世。(清·彭孙遹《金粟词话》)

辛稼轩别开天地,横绝古今,《论》、《孟》、《诗》小序、左氏《春秋》、《南华》、《离骚》、《史》、《汉》、《世说》、选学、李杜诗,拉杂运用,弥见其笔力之峭。(清·吴衡照《莲子居词话》)

东坡之词旷,稼轩之词豪。无二人之胸襟而学其词,犹东施之效"捧心"也。(王国维《人间词话》)

**【鉴赏链接】**

杨昊:《苏、辛怀古词词风之异——对〈念奴娇·赤壁怀古〉、〈南乡子·登京口北固亭有怀〉的文本细读》,《北京教育学院学报》2013年第2期。

许山河:《慷慨英雄泪——论稼轩词的悲剧意识》,《海南师范学报》1993年第1期。

# [中吕]山坡羊[1]·潼关怀古[2]

元·张养浩

峰峦如聚,波涛如怒,山河表里[3]潼关路。望西都[4],意踌躇[5],伤心秦汉经行处[6],宫阙[7]万间都做了土。兴,百姓苦;亡,百姓苦。

**【注释】**

[1]中吕:宫调名。山坡羊:曲牌名。[2]潼关:古代关名,在今陕西省潼关县。关城雄踞山腰,下临黄河,扼秦、晋、豫三省之冲,素称险要。[3]山

河表里:原作"表里山河",语出《左传》。这里指潼关外有黄河,内有华山,形势险要。[4]西都:指长安,西汉建都于此。东汉建都洛阳,称东都,遂以长安为西都。[5]踌躇(chóu chú):原意为犹豫不决,这里指思绪纷纭,浮想联翩。[6]经行处:途经之处。"伤心"句:秦、汉都在关中奠定根基,经过此地,触物兴感,思古伤今,感慨万千。[7]宫阙(què):宫殿。

**【导读】**

首写潼关形势险要。"望西都"以下,由景及情,转入怀古。作者并未停留于一般的兴亡无常的感叹上,更将深邃的目光洞察封建历史的本质,于篇末发出了"兴,百姓苦;亡,百姓苦"的慨叹。这两句发前人所未发,一字千钧,发人深思。用词凝练,起首"聚""怒"二字将山水写活,且与作者的心境相合,至为传神。

**【名家点评】**

养浩为元代名臣,不以词翰工拙为重轻,然读其集如陈时政诸疏,风采凛然。(清·纪昀《四库全书总目提要》)

此曲以透辟沉着胜,拟之涵虚子评林,宜为孙仲章之"秋风铁笛",或李致远的"玉匣昆吾"差为似之,何以涵虚独谓云庄之词如"玉树临风"耶?(梁乙真《元明散曲小史》)

**【鉴赏链接】**

丁凌云:《〈山坡羊·潼关怀古〉内蕴赏析》,《文学教育(上)》2007年第4期。

姜春:《情动于中而形于言 论激于心而发于声——张养浩〈山坡羊·潼关怀古〉赏析》,《名作欣赏》2012年第5期。

# 【哲理思考】

"诗缘情而发",这当然是句至理名言,但是不可胶柱鼓瑟,看得绝对了。诗固然要言情,却也不排斥理,只要这个理不是歪理,也不是套话,并且这个理不是用议论的方式,也不是用直白的语言表达,而是将其隐藏在生动的意象之中,它依然能让人像欣赏一首精美的抒情诗一样,击节称叹。比如刘禹锡的"沉舟侧畔千帆过,病树前头万木春",比如陆游的"山穷水复疑无路,柳暗花明又一村",透过景物呈现的哲理是多么深刻。当然,要创作出很好的哲理诗,有时比写一首抒情诗还要难,因为没有思想深度的人是怎么也作不出的。

## 甘瓜抱苦蒂

汉·无名氏

甘瓜抱苦蒂,美枣生荆棘。利旁有倚[1]刀,贪人还自贼[2]。

【注释】
[1]倚:靠着。[2]贼:杀害。

【导读】
先以甘瓜与苦蒂、美枣与荆棘为喻,继以利旁有刀为诫,告以甘苦、美刺、利害相关联的警示,告诫人们做人不要太贪心。诗句朴实,道理深刻。

【名家点评】
甘瓜蒂苦,天下无全美也。(清·翟灏《通俗编》)

【鉴赏链接】
陈文忠:《论理趣——中国古代哲理诗的审美特征》,《文艺研究》1992年第3期。

陈文忠:《论古代哲理诗的智慧形态》,《文学评论》1992年第4期。

葛晓音:《论汉魏五言的"古意"》,《北京大学学报(哲学社会科学版)》2009年第2期。

## 饮酒(其五)

晋·陶渊明

结庐[1]在人境[2],而无车马喧。问君[3]何能尔[4]?心远地自偏。采菊东篱下,悠然见南山。山气日夕[5]佳,飞鸟相与[6]还。此中有真意,欲辩已忘言。

**【注释】**

[1]结庐:构筑房舍。[2]人境:人聚居的地方。[3]君:陶渊明自谓。[4]尔:如此、这样。[5]日夕:傍晚。[6]相与:相交、结伴。

**【导读】**

诗中写了悠然自得的情,也写了幽美淡远的景,在情景交融的境界中蕴含着万物各得其所、委运任化的哲理,这哲理又被诗人提炼、浓缩为"心远地自偏""此中有真意"的警句,给读者以理性启示。

**【名家点评】**

其文章不群,辞采精拔,跌宕昭彰,独超众类,抑扬爽朗,莫之与京。(南北朝·萧统《陶渊明集序》)

渊明意不在诗,诗以寄其意耳。"采菊东篱下,悠然见南山",则本自采菊,无意望山。适举首而见之,故悠然忘情,趣闲而累远。此未可于文字、语句间求之。今皆作"望南山",觉一篇神气索然。(宋·苏东坡《竹庄诗话》)

"采菊东篱下,悠然见南山",此景物虽在目前,而非至闲至静之中,则不能到,此味不可及也。(宋·张戒《岁寒堂诗话》)

汉魏古诗,气象混沌,难以句摘,晋以还方有佳句,如渊明"采菊东篱下,悠然见南山"、谢灵运"池塘生春草"之类。谢所以不及陶者,康乐之诗精工,渊明之诗质而自然耳。(宋·严羽《沧浪诗话》)

**【鉴赏链接】**

韩莉:《叶芝与陶渊明的田园浪漫情怀》,《文学教育(上)》2012年第8期。

王力坚:《释陶渊明〈饮酒〉(其五)之"真意"》,《名作欣赏》1998年第3期。

张隽、李瑞星:《陶渊明〈饮酒·五〉意蕴探析》,《文学教育(下)》2008年第10期。

# 蝉

### 唐·虞世南

垂绥[1]饮清露,流响[2]出疏桐[3]。居高声自远,非是藉[4]秋风。

【注释】

[1]绥(ruí):古人结在颔下的帽带下垂部分,与蝉头部伸出的触须相似。[2]流响:连绵的声音。[3]疏桐:稀疏、高大的梧桐树。[4]藉:凭借。

【导读】

一、二句写蝉的外形与习性,三、四句借蝉抒情:品格高洁者,不需借助外力,自能声名远播,突出强调人格的美、人格的力量。"自""非"二字,一正一反,相互呼应,表达出对人的内在品格的热情赞美和高度自信。

【名家点评】

咏蝉者每咏其声,此独尊其品格。(清·沈德潜《唐诗别裁集》)

《三百篇》比兴为多,唐人犹得此意。同一咏蝉,虞世南"居高声自远,非是藉秋风",是清华人语;骆宾王"露重飞难进,风多响易沉",是患难人语;李商隐"本以高难饱,徒劳恨费声",是牢骚人语。比兴不同如此。(清·施补华《岘佣说诗》)

【鉴赏链接】

刘清:《谈唐代三首"咏蝉诗"思想内容的不同》,《学周刊》2011年第23期。

阮爱东:《唐音之始:虞世南诗歌新论》,《新疆大学学报(哲学人文社会科学版)》2011年第2期。

阳卓军:《三人咏蝉,各寄所思——三首唐人咏蝉诗歌赏析》,《名作欣赏》2007年第15期。

# 离思五首（其四）

唐·元　稹

曾经沧海难为水，除却巫山不是云[1]。取次[2]花丛懒回顾，半缘[3]修道[4]半缘君。

**【注释】**

[1] 化用典故，取譬极高。前句典出《孟子·尽心上》"观于海者难为水"；后句典出宋玉《高唐赋序》"姜在巫山之阳，高丘之阻，旦为朝云，暮为行雨"。后人引用这两句诗，多喻对爱情的忠诚。[2] 取次：循序而进。[3] 半缘：一半因为。[4] 修道：作者既信佛也信道，也可泛指品德学问的修养。

**【导读】**

此为悼念亡妻之作，表达了对亡妻的恩爱、忠贞之情。意境深邃，抒情至真。"沧海""巫山"，词意豪壮，有悲歌传响、江河奔流之势。全诗张弛自如，变化有致，形成一种跌宕起伏的旋律。

**【名家点评】**

或以为风情诗，或以为悼亡也。夫风情固伤雅道，悼亡而曰"半缘君"，亦可见其性情之薄矣。（清·秦朝釪《消寒诗话》）

微之天才也。文笔极详繁切至之能事。……则亦可推之于正式男女间关系如韦氏者，抒其情，写其事，缠绵哀感，遂成古今悼亡诗一体之绝唱。（陈寅恪《元白诗笺证稿》）

**【鉴赏链接】**

张振谦：《元稹爱情诗〈离思〉的道教文化解读》，《名作欣赏》2008年第12期。

杨映红：《读元稹〈离思〉之四》，《文学教育（上）》2008年第11期。

陈彩霞：《曾经沧海难为水，除却巫山不是云——对〈离思五首（其四）〉浅析》，《安徽文学（下半月）》2008年第3期。

# 题乌江亭[1]

唐·杜牧

胜败兵家事不期[2],包羞忍耻是男儿。江东[3]子弟多才俊,卷土重来[4]未可知。

【注释】

[1]乌江亭:在今安徽和县东北的乌江浦。《史记·项羽本纪》载:项羽兵败,乌江亭长备好船劝他渡江回江东再图发展,他觉得无颜见江东父老,乃自刎于江边。杜牧于公元841年官池州刺史时,过乌江亭,写了这首咏史诗。[2]不期:难以预料。[3]江东:指江南苏州一带,是项羽起兵的地方。[4]卷土重来:比喻失败之后振作起来,重新恢复势力。

【导读】

这首咏史诗针对项羽兵败后负气自刎的史实,提出假设性推想,惋惜、批判之余,表明了成败之理:要成就大事不应为一时失败所挫,意气用事,须有远见卓识,不屈不挠,忍辱负重。议论不落传统说法的窠臼,颇具积极意义。

【名家点评】

好异而畔于理……项氏以八千人渡江,败亡之余,无一还者,其失人心为甚,谁肯复附之?其不能卷土重来,决矣。(宋·胡仔《苕溪渔隐丛话》)

用翻案法,跌入一层,正意益醒。(清·吴景旭《历代诗话》)

【鉴赏链接】

苏丹:《杜牧咏史诗试析》,《贵州民族学院学报(社会科学版)》1988年第4期。

韩姝婧:《〈题乌江亭〉与〈乌江亭〉比较》,《文学教育(下)》2010年第5期。

# 乐 游 原

唐·李商隐

向晚[1]意[2]不适,驱车登古原[3]。夕阳无限好,只是[4]近黄昏。

**【注释】**

[1]向晚:傍晚。[2]意:感到。[3]古原:指乐游原,汉宣帝修建的游览地,在陕西长安城南。[4]只是:就是,正是。

**【导读】**

诗人为了排遣"不适"驱车登古原,后两句是面对黄昏前的原野风光,诗人内心感受的抒发。"只是",若解成"只不过""但是",全诗则充满感伤、无奈之意;若解成"就是""正是",全诗则充满赞美、满足之意。

**【名家点评】**

此诗忧唐祚将衰也。(明·高棅《唐诗品汇》引杨万里语)

纪昀曰:百感苍茫,一时交集,谓之怨身世可,谓之忧时事亦可。(清·沈厚塽《李义山诗集辑评》)

叹老之意极矣,然只说夕阳,并不说自己,所以为妙。(清·施补华《岘佣说诗》)

**【鉴赏链接】**

[日]须藤健太郎:《简论李商隐〈乐游原〉诗中的"只是"一词》,李寅生译,《钦州学刊》1998年第3期。

田谷:《李商隐〈乐游原〉新解》,《理论观察》2000年第5期。

徐应佩:《夕阳无限好——李商隐〈登乐游原〉新解》,《名作欣赏》2002年第1期。

# 登飞来峰[1]

宋·王安石

飞来山上千寻塔,闻说鸡鸣见日升。不畏浮云遮望眼[2],自缘身在最高层[3]。

【注释】

[1]飞来峰:即浙江绍兴城外的宝林山,古代传说此山自琅琊郡东武县(今山东诸城)飞来,故名。[2]"不畏"句:反用李白《登金陵凤凰台》"总为浮云能蔽日,长安不见使人愁"句意。浮云,暗喻奸佞的小人,汉陆贾《新语》:"邪臣蔽贤,犹浮云之障白日也。"[3]最高层:最高处,又喻自己是皇帝身旁的最高决策层。

【导读】

起句写飞来峰登临之高险,承句写目极之辽远,颇具气势。转、结二句,绝妙情语,尤其"不畏"二字,表现了一个政治变革家不畏奸邪、拨云见日、高瞻远瞩的思想境界和豪迈气概。

【名家点评】

荆公作于未大用之前,然卒皆如其意,不徒作也。(明·瞿佑《归田诗话》)

王介甫未遇时《登塔》诗云:"不畏浮云遮望眼,自缘身在最高峰。"洵乎人之出处行谊,又于笔墨间验之。(清·查为仁《莲坡诗话》)

【鉴赏链接】

汤文熙:《别有佳处惬人意——说〈登飞来峰〉与〈题西林壁〉》,《文史知识》1995年第2期。

宋皓琨:《王安石诗学思想管窥》,《枣庄学院学报》2009年第6期。

# 题西林壁[1]

宋·苏 轼

横看[2]成岭[3]侧成峰[4],远近高低各不同。不识庐山真面目,只缘身在此山中。

【注释】

[1]题西林壁:写在西林寺的墙壁上。西林寺在庐山北麓。[2]横看:正面看,从山前山后看,山横在眼前,所以说横看。[3]岭:顶端有道路可走的山,形状长而平。[4]峰:山顶端,形状尖而高。

【导读】

这是一首哲理诗,诗人借景说理,深入浅出、亲切自然。开头两句概括而形象地写出了移步换形、千姿万态的庐山风景。后两句即景说理,启迪我们要认识事物的真相与全貌,必须超越狭小的范围,摆脱主观成见。

【名家点评】

此老于般若横说竖说,了无剩语,非其笔端有舌,亦安能吐此不传之妙?(宋·释惠洪《冷斋夜话》引黄庭坚语)

凡此种诗,皆一时性灵所发,若必胸有释典,而后炉锤出之,则意味索然矣。(清·王文诰《苏文忠公诗编注集成》)

此诗有新思想,似未经人道过。(陈衍《宋诗精华录》)

【鉴赏链接】

阎永利:《诗句得活法 日月有新工——说苏轼〈题西林壁〉》,《名作欣赏》2002年第2期。

李建东:《情深方能理趣——苏轼〈题西林壁〉中的哲理美》,《名作欣赏》2005年第3期。

# 活水亭观书有感二首(其一)

宋·朱熹

半亩方塘一鉴[1]开,天光云影共徘徊[2]。问渠[3]那[4]得清如许?为有源头活水来。

【注释】

[1]鉴:镜。古人以铜为镜,包以镜袱,用时打开。[2]"天光"句:是说天的光和云的影子反映在塘水之中,不停地变动,犹如人在徘徊。[3]渠:这里指"半亩方塘"。[4]那:通"哪",怎么。

【导读】

这是一首借景喻理的小诗。第一、二句以"鉴"为喻,形象地描绘出了一方澄澈明净、光影耀动的池塘。三、四句自问自答,引人深思,凸显了"源头活水"的重要意义,意蕴深刻。

【名家点评】

半亩方塘绝句,盖借物以明道也。(宋·罗大经《鹤林玉露》)

寓物说理而不腐。(陈衍《宋诗精华录》)

理之在诗,如水中盐,蜜中花,体匿性存,无痕有味,现相无相,立说无说。所谓冥合圆显者也。(钱钟书《谈艺录》)

晦翁诗淡雅淳古,上规选体,跨越宋唐,卓然不伦,以诗人标准言之,晦翁亦为巨擘。(钱穆《理学六家诗钞》)

【鉴赏链接】

黎烈南、黎皓:《多重美感 多种境界——读朱熹〈观书有感〉(其一)》,《名作欣赏》2005年第23期。

伏涤修:《未觉诗情与道妨,尽除理障出理趣——朱熹〈观书有感二首〉赏析》,《名作欣赏》2005年第23期。

刘天利:《简论朱熹的理趣诗》,《安徽农业大学学报(社会科学版)》2007年第5期。

# 己亥杂诗（其五）

清·龚自珍

浩荡离愁[1]白日斜，吟鞭[2]东指即天涯[3]。落红不是无情物，化作春泥更护花。[4]

【注释】

[1]浩荡离愁：指诗人离别京都的无限愁思浩如水波，心潮澎湃。[2]吟鞭：马鞭。[3]天涯：指离京都遥远。[4]"落红"二句：反用陆游的词"零落成泥碾作尘，只有香如故"，言外之意是说，自己虽然辞官，但仍会关心国家的前程和命运。

【导读】

这首小诗写出了诗人离京的复杂感受，将政治抱负和个人志向融为一体。前两句抒发了"浩荡离愁"，后两句诗人笔锋一转，以落花为喻，表明自己的心志，由抒发离别之情转入抒发报国之志。

【名家点评】

尝闻神全者，哀不能感，乐不能眩，风雨不能蚀，晦朔不能移，乃至火不能烧，水不能溺，此道家言，似不足以测学佛者之涘，抑古今语言所可到之境止于此，定公其殆全于神者哉！全于神者哉！（清·程金凤《龚自珍全集》）

晚清思想之解放，自珍确与有功焉。（梁启超《清代学术概论》）

【鉴赏链接】

张晨怡、张宏：《个性解放与社会发展——谈龚自珍〈己亥杂诗〉和〈病梅馆记〉》，《语文建设》2005年第12期。

曾贤兆：《龚自珍〈己亥杂诗〉分类探析》，《西安石油大学学报（社会科学版）》2011年第1期。

卞波：《试论龚自珍〈己亥杂诗〉的思想内容及艺术成就》，《黑龙江教育学院学报》2013年第1期。

# 治学成才

　　王国维在《人间词话》中曾说到治学成才的三个境界："古今成大事业、大学问者,必经过三种之境界:'昨夜西风凋碧树,独上高楼,望尽天涯路。'此第一境也。'衣带渐宽终不悔,为伊消得人憔悴。'此第二境也。'众里寻他千百度,蓦然回首,那人却在灯火阑珊处。'此第三境也。"中国自古有"士、农、工、商"四民说,作为读书人的"士"居于首位,所以世代不乏苦学、勤学之人,这方面的励志故事举不胜举。顺便要说的是,古人成才的期盼是"朝为田舍郎,暮登天子堂",而成才的途径一度是千军万马过"科举考试"的独木桥。

# 劝　　学[1]

唐·颜真卿

三更灯火五更鸡[2]，正是男儿读书时。黑发[3]不知勤学早，白首[4]方悔读书迟。

【注释】

[1]劝学："劝学"在古代指代两种意义，其一为荀子《劝学》文，其二为古代一系列同名劝学诗。同名有颜真卿《劝学》、王宝池《劝学》、朱熹《劝学》等等。[2]五更鸡：天快亮时，公鸡啼叫。这句为闽南俗语。[3]黑发：年少时期，指少年。[4]白首：人老了，指老人。

【导读】

前两句为通俗语，从时间维度上正面描写，点明读书须早须苦。后两句为警示语，以黑发白首对比，从反面阐释年少勤学之可贵。语言精练直白，质朴中蕴哲理，《劝学》体现了颜氏家族家学之严谨，治学之儒雅。

【名家点评】

颜鲁公忠义大节，照映今古，岂唯唐人士罕见比伦，自汉以来，殆可屈指也。（宋·洪迈《容斋随笔》）

自颜而下，终晚唐无晋韵矣。（明·杨慎《墨池琐录》）

卿学行有闻，谋猷克壮。屡经寒岁，不改松筠。（唐·李亨《答颜真卿谢浙西节度使批》）

【鉴赏链接】

邹爽：《论颜真卿的文学复古观及其影响》，《宜春学院学报》2014年第5期。

# 劝 学

唐·王宝池

学林[1]探路贵涉远,无人迹处偶奇观。自古雄才多磨难,从来纨绔[2]少伟男。书山妙景勤为径,知渊阳春[3]苦作弦。风流肯落他人后,气岸遥凌毫士前。

【注释】

[1]学林:指学问的汇总或学术界。《汉书·叙传》:"函雅故,通古今,正文字,惟学林。"[2]纨绔:富贵人家子弟穿的细绢做成的裤子,泛指有钱人家子弟的华美衣着,借指富贵人家的子弟。出自《汉书·叙传》:"出与王、许子弟为群,在于绮襦纨绔之间,非其好也。"[3]阳春:温暖的春天。《管子·地数》:"君伐菹薪,煮沸水为盐,正而积之三万钟,至阳春,请籍于时。"

【导读】

王宝池《劝学》一诗为七律,文辞简约典雅,对仗工整,押韵严密,气势较为雄壮,尤其颈联,对仗严谨,自然流畅,含蓄蕴藉,实为古代劝学诗中的佳作。但《全唐诗》中不存。其作者、年代学术界皆存疑。

【鉴赏链接】

杨林:《腹有诗书气自华——解读几首古代劝学诗》,《中学生读写》2004年第5期。

# 戏为六绝句(其六)

唐·杜甫

未及前贤更勿疑,递相祖述复先谁[1]?别裁伪体[2]亲风雅[3],转益多师[4]是汝师。

**【注释】**

[1] 递相祖述:互相学习,继承前人的优秀传统。复先谁:不用分先后。[2] 别裁伪体:区别和裁减伪的、不好的诗。[3] 亲风雅:向《诗经》风、雅的传统借鉴。[4] 转益多师:向不同的人学习、拜师。诚如孔子言:"三人行,必有我师焉。"

**【导读】**

此为子美《戏为六绝句》最后一首,以诗论诗,它的主旨众家说法不一,但大体认可诗歌讨论了文学创作中继承与创造的关系。"别裁伪体",强调创造;"转益多师",重在继承。体现了杜甫继承创新相统一的文学观。其"亲风雅"的思想赢得文论家称赞。

**【名家点评】**

屈宋、风雅究自有真,汝直伪耳!未得国能,已失故步,空腹高心,多见其不知量也。唐人集中掇《风》《骚》等作甚众,公独无之,以此意当时必有以此夸公者,故发斯论耳。(唐·元竑《杜诗攟》)

此少陵示后人以学诗之法。前二句,戒后人之愈趋愈下;后二句,勉后人之学乎其上也。盖谓后人不及前人者,以"递相祖述"、日趋日下也。必也区别裁正浮伪之体,而上亲风雅,则诸公之上,"转益多师",而"汝师"端在是矣。此说精妙……须溪语罗履泰之说,而予衍之耳。(明·杨慎《升庵诗话》)

以诗论文,于绝句中又属创体。此元好问《论诗绝句》之滥觞也。(清·弘历《唐宋诗醇》)

**【鉴赏链接】**

周振甫:《略说杜甫〈戏为六绝句〉》,《文学遗产》1980 年第 3 期。

朴均雨:《从〈戏为六绝句〉看杜甫的诗观》,《北京大学学报(哲学社会科学版)》1998 年第 1 期。

张少殿:《从〈戏为六绝句〉谈杜甫的诗歌批评》,《华中师范大学研究生学报》2013 年第 1 期。

# 柳氏二外甥[1]求笔迹（其一）

宋·苏 轼

退笔如山[2]未足珍，读书万卷[3]始通神。君家自有元和脚[4]，莫厌家鸡[5]更问人。

【注释】

[1] 柳氏二外甥：长名柳闳，次名柳辟。苏轼妹婿柳仲远之子，书法家柳瑾之孙。[2] 退笔如山：借用南朝书法家智永退笔成冢的故事。唐李绰《尚书故实》："右军孙智永（王羲之七世孙）自临《千字文》八百本，散与人间，江南诸寺各留一本。永公住吴兴永欣寺，积年学习，后有秃笔头十瓮，每瓮皆数石。人来觅书，并请题额者如市，所居户限为之穿穴，乃用铁叶裹之，人谓为'铁门限'。后取笔瘗之，号为'退笔冢'，自制铭志。"退笔，用旧的笔，秃笔。[3] 读书万卷：出自杜甫《奉赠韦左丞丈二十二韵》"读书破万卷，下笔如有神"，意在读书很多。[4] 元和脚：脚，指笔形中的捺，俗称捺脚，代指书法。"元和脚"者，柳公权书法自成一家，流行元和脚，故云。唐刘禹锡《酬柳柳州家鸡之赠》诗："柳家新样元和脚，且尽姜芽敛手徒。"这是刘禹锡戏称柳宗元的书法。用'元和脚'借指柳家书法艺术的高超。[5] 家鸡：喻指家传之学、家传之艺。语出《南史·王僧虔传》："庾征西翼书，少时与右军齐名。右军后进，庾犹不分，在荆州与都下人书云：'小儿辈贱家鸡，爱野雉，皆学逸少书，须吾下当比之。'"

【导读】

本诗共四句，每句都恰到好处地运用了典故。起首两句，言及勤学、博学的重要意义。用陈、隋间书法家智永事，化用杜诗典故。后两句侧重说明学习的方法和途径，"元和脚"用柳家事，又借语《南史》，表明既要重视家传之艺，更要注意向他人学习、求教。以典为诗，化用自如，此乃东坡用典之风采也。

【名家点评】

国初之诗，尚沿袭唐人……至东坡、山谷始自出己法以为诗，唐人之风

变矣。(宋·严羽《沧浪诗话》)

三代以下诗人,无过屈子、渊明、子美、子瞻者。此四子者,若无文学之天才,其人格亦自足千古。故无高尚伟大之人格,而有高尚伟大之文章者,殆未有之也。(王国维《文学小言》)

以诗书礼乐之教转化其风俗,变化其人心,听书声之琅琅,弦歌四起,不独"千山动鳞甲,万谷酣笙钟",辟南荒之诗境也。(清·王国宪《重修儋县志叙》)

### 【鉴赏链接】

左国华:《浅论苏轼的书法美学观》,《美与时代》2007年第5期。

莫砺锋:《苏轼的艺术气质与文艺思想》,《中国韵文学刊》2008年第2期。

# 神 童 诗[1]

宋·汪 洙

朝为田舍郎[2],暮登天子堂。将相[3]本无种,男儿当自强[4]。

### 【注释】

[1]《神童诗》:一卷,旧传宋代汪洙撰。后人以汪洙的部分诗为基础,再加进其他人的诗,而编成《神童诗》。[2] 田舍郎:指乡野村夫,平民百姓。[3] 将相:将帅和丞相,亦泛指文武大臣。[4] 自强:指自己努力图强。

### 【导读】

《神童诗》为北宋神童汪洙的劝学诗,五言绝句,文词通俗易懂,非常适合儿童记诵,与《三字经》等同被誉为"古今奇书"。此为节选诗句,虽不乏读书做官、光宗耀祖的功利思想,但适合用来启蒙学童。

### 【鉴赏链接】

汪圣铎:《汪洙及〈神童诗〉考辨》,《中国典籍与文化》2003年第2期。

# 示 子 遹

宋·陆 游

我初学诗日,但欲工藻绘[1]。中年始少悟,渐若窥宏大[2]。怪奇[3]亦间出,如石漱湍濑[4]。数仞李杜[5]墙,常恨欠领会。元白[6]才倚门,温李[7]真自郐[8]。正令[9]笔扛鼎[10],亦未造三昧[11]。诗为六艺[12]一,岂用资狡狯[13]?汝果欲学诗,工夫在诗外。

【注释】

[1]藻绘:文辞;文采。[2]宏大:巨大;宏伟。[3]怪奇:怪异奇特,语出王充《论衡·奇怪》:"帝王之生,必有怪奇,不见于物,则效于梦矣。"[4]湍濑:指水浅流急处。[5]李杜:唐李白与杜甫的并称。见韩愈《调张籍》诗:"李杜文章在,光焰万丈长。"[6]元白:唐代诗人元稹、白居易的并称。见《旧唐书·元稹传》:"稹聪警绝人,年少有才名,与太原白居易友善,工为诗,善状咏风态物色,当时言诗者称元白焉。"[7]温李:晚唐诗人温庭筠、李商隐的并称。见唐裴庭裕《东观奏记》卷下:"词赋诗篇,冠绝一时,与李商隐齐名,时号'温李'。"[8]自郐:以"自郐以下"表示自此以下的不值得评论。[9]正令:即使;纵使。[10]扛鼎:比喻有才,能负重任。[11]三昧:指奥妙。[12]六艺:指儒家的"六经",即《诗》《书》《礼》《易》《乐》《春秋》。[12]狡狯:晋人谓戏为狡狯,指儿戏,游戏。

【导读】

南宋嘉定元年(1208年),84岁的陆游闲居山阴,为其幼子陆遹写下此诗。前两联以己为诗之经验开篇,暗合宋诗"唯造平淡难"之美学;三联"怪奇亦间出,如石漱湍濑"是放翁自评诗风之语,四联言及李杜诗歌之雄壮,赞誉其功夫;五六联历览元白温李诸家,指陈中唐以后诗歌未达"三昧",表达了他对整个唐诗的看法。第七联指出《诗》为六艺之首,要有感而发,缘情而起。尾联提出"工夫在诗外"的诗学思想,既跳出江西诗派雕琢的藩篱,又能契合理学"格物致知"思想,将才智、学养、操守、社会锻炼熔为一炉,实为得诗家三昧。此诗洞悉诗学内外结合的思想,押韵工整,娓娓叙来,实为他晚年平淡诗之典范。

**【名家点评】**

模写事情俱透脱,品题花鸟亦清奇。(明·袁宗道《白苏斋诗集》)

及乎晚年,则又造平淡,并从前求工见好之意亦尽消除。(清·赵翼《瓯北诗话》)

**【鉴赏链接】**

莫砺锋:《陆游"读书"诗的文学意味》,《浙江社会科学》2003年第2期。

莫砺锋:《陆游诗中的学者自画像》,《南京师范大学文学院学报》2003年第2期。

# 劝　　学[1]

宋·朱　熹

少年易老学难成,一寸光阴不可轻。未觉池塘春草梦[2],阶前梧叶已秋声[3]。

**【注释】**

[1]题目或作"偶成"。偶成,偶然有所感触而写成的诗。[2]池塘春草梦:是一个典故,"谢方明之子惠连,年十岁能属文,族兄灵运嘉赏之,云:'每有篇章,对惠连辄得佳话。'尝于永嘉西堂思诗,竟日不就,忽梦见惠连,即得'池塘生春草',大以为工。常云:'此语神功,非吾语也。'"(《南史·谢方明传》)"池塘生春草,园柳变鸣禽"是谢灵运《登池上楼》中的诗句,后被赞誉为写春意的千古名句,此处活用其典,意谓美好的青春年华将很快消逝,如同一场春梦。[3]秋声:秋时西风作,草木凋零,多肃杀之声。

**【导读】**

此诗年代不详,约为绍兴末年(1162年)所作。一说日本盛传此诗,传朱熹所作,姑且存之。短短四句,劝学惜时之语。前两句以时间为维度,自年少跨越至暮年,劝人惜时,直白通俗;后两句笔锋一转,借物喻人,化池塘春草梦典故,极显岁月仓促。"未觉"对"已","池塘"对"阶前","春草"对"梧桐",一个"声"字用得极妙,秋声起而未收获,只得"徒伤悲",尾二句可称为妙句。

### 【名家点评】

雅正明洁,断推南宋一大家。(清·李重华《贞一斋诗说》)

音节从陶、韦、柳中来,而理趣过之。(宋·李省卿《文章精义》)

道学宗师,于书无所不通,于文无所不能,诗其余事,而高古清劲,尽扫余子,又有一朱文公。(宋·方回《送罗寿可诗序》)

### 【鉴赏链接】

朱祥:《中国古代劝学思想及其现代价值》,《社会科学家》2012年第4期。

## 书 院

宋·刘过

力学如力耕,勤惰尔自知。但使书种[1]多,会有岁稔[2]时。

### 【注释】

[1]书种:犹言读书种子。世代相承的读书人。[2]岁稔(rěn):年成丰熟。唐·白居易《泛渭赋》序:"上乐时和岁稔,万物得其宜。"

### 【导读】

此诗为南宋文学家刘过的劝学诗,诗意通俗流畅,语言直白简洁,以耕种喻求学读书,劝导学子勤勉学业,赢得学业的丰收。是古代劝学诗中较为直露浅白的一首,适作蒙学读物。

### 【名家点评】

多壮语,盖学稼轩也。(宋·黄升《花庵词选》)

南宋的词人有两大派。一派承接北宋白话词的遗风,能免去柳永、黄庭坚一班人的淫亵习气,能加入一种高超的意境与情感,却仍能不失去白话词的好处。这一派,我们可以用辛弃疾、陆游、刘过、刘克庄做代表。(胡适《白话文学史》)

**【鉴赏链接】**

张宏生:《豪放的多面折光——刘过诗新论》,《徐州师范学院学报》1995年第3期。

周淑芳:《漫谈中国古典诗歌中的治学诗》,《株洲师范高等专科学校学报》2001年第1期。

# 论诗十绝(其十)

宋·戴复古

草就篇章只等闲[1],作诗容易改诗难。玉经雕琢方成器[2],句要丰腴字妥安[3]。

**【注释】**

[1]只等闲:平常,寻常,轻易。[2]玉经雕琢方成器:玉石经过雕琢才能精美。《礼记·学记》:"玉不琢,不成器。人不学,不知道。"[3]妥安:稳定。《新唐书·韦云起传》:"臣愚以为不若戢兵务农,须关中妥安,士气余饱,然议讨伐,一举可定。"

**【导读】**

此诗为戴复古《论诗十绝》之一。提出作诗要反对因袭,重视精细,切忌草率。运用对比、比喻、用典等手法,诗意明了,理论深刻。本诗集中体现了戴氏诗学理念。

**【名家点评】**

其诗清苦而不困于瘦,丰融而不豢于俗,豪健而不役于粗,闲放而不流于漫,古淡而不死于枯,工巧而不露于斫。(宋·吴子良《〈石屏诗后集〉序》)

石屏诗心思力量、皆非晚宋人所有,以其寿长入晚宋。屈为晚宋之冠。(陈衍《宋诗精华录》)

其识见却有比(严羽)《沧浪诗话》高明的地方。(王运熙、顾易生《中国文学批评史》)

**【鉴赏链接】**

何方形:《戴复古诗艺试论》,《台州学院学报》2010年第4期。

胡传志:《元好问与戴复古论诗绝句比较论》,《文学遗产》2012年第4期。

# 明　日　歌

清·钱鹤滩

明日复[1]明日,明日何其[2]多。我生待明日,万事成蹉跎。世人若被明日累[3],春去秋来老将至。朝看东流水,暮看日西坠[4]。百年明日能几何？请君听我《明日歌》。

**【注释】**

[1]复:又。[2]何其:多么。[3]若:一作"苦"。累(lèi):牵累,妨碍,使受害。意为世上的人都因"待明日"思想而蹉跎光阴。[4]日西坠:太阳向西落下。"水东流""日西坠"都表示时间过得极快。

**【导读】**

《明日歌》作者存疑,一传为明代文嘉所作,另传为明代钱鹤滩作,历来众说纷纭。此诗有七次提及"明日",反复告诫人们要珍惜时间,莫要虚度光阴,以春秋、东水西日相对,凸显光阴易逝,结尾处颇有弹唱味道,诗意浅显,语言直白,说理通俗易懂。

**【名家点评】**

家鹤滩先生有《明日歌》,最妙。(清·钱泳《履园丛话》)

**【鉴赏链接】**

郭皓政:《明代吴文化与馆阁文化的交流与碰撞——从钱福〈明日歌〉谈起》,《名作欣赏》2010年第6期。

王佳伟:《〈明日歌〉的作者不是清代人》,《咬文嚼字》2013年第11期。

# 【述志明德】

　　树有主干,人有脊梁,"志"就是人之脊梁,人无志而不立,人无志则德亏。社会复杂,世相万千,在诸多的诱惑面前,人们常用"人各有志"来放弃抵抗,为堕落寻找借口。所以,古往今来,世间并不缺大智宏才之人,但是其中常有被人所诟病、所不耻者,原因大多因为他们无志、无德。志和德是为人处世的界限,其底线是"出淤泥而不染",其上行线是"人生自古谁无死,留取丹心照汗青"。其实一个人的志和德固然可以"述",向他人表白,然而人们更多的是看你的行为。

# 大　风　歌[1]

汉·刘　邦

大风起兮云飞扬,威[2]加[3]海内[4]兮归故乡,安得猛士兮守四方!

**【注释】**

[1]大风歌:这是汉高祖还乡时所唱的歌。[2]威:威望,权威。[3]加:施加。[4]海内:四海之内,即"天下"。

**【导读】**

这是一首成功者的凯歌,充满着一种成王者可以呼风唤雨、无所不能的霸王之气,表达了刘邦渴望招纳贤才、维护天下统一的豪情壮志。全诗气势宏伟,格调昂扬。

**【名家点评】**

《大风》《鸿鹄》之歌,亦天纵之英作业。(南北朝·刘勰《文心雕龙》)

风起云飞,以喻群雄竞逐,而天下乱也。威加四海,言已静也。夫安不忘危,故思猛士以镇之。(唐·李善注《文选(汲古阁本)》)

自千载以来,人主之词,亦未有若是其壮丽而奇伟者也。呜呼,雄哉!(宋·朱熹《楚辞集注》)

千秋气概之祖。(明·胡应麟《诗薮》)

**【鉴赏链接】**

黄晓芳:《〈大风歌〉研究》,《北方文学(下半月)》2011年第5期。

范天成:《刘邦〈大风歌〉情感底蕴新探——兼论汉初翦灭异姓诸侯王之得失》,《人文杂志》1994年第4期。

# 咏怀（其八）

三国·阮　籍

昔闻东陵瓜[1]，近在青门[2]外。连畛[3]距[4]阡陌[5]，子母[6]相钩带[7]。五色[8]曜朝日，嘉宾[9]四面会。膏火自煎熬[10]，多财为患害。布衣可终身，宠禄岂足赖？

## 【注释】

[1]东陵瓜：汉初人邵平所种的瓜。因邵平曾任秦国的东陵侯，故其所种之瓜被称为"东陵瓜"。[2]青门：即霸城门，门青色，故称"青门"。[3]畛：田间的埂界。[4]距：至，达。[5]阡陌：田间小路。[6]子母：比喻小瓜大瓜。[7]钩带：互相串联着。[8]五色：指各种颜色的瓜。[9]嘉宾：指买瓜吃瓜的人们。[10]膏火自煎熬：比喻有才学的人因才得祸。

## 【导读】

前四句咏邵平事；"五色"以下四句咏萧何事；"布衣"二句收束全篇，点出主题。以邵平、萧何事迹的对比向世人表明心志：贪图荣禄犹如膏火自煎，保持平民本色方可安享天年。诗歌有史有论，构思新颖，结构完备，言近旨远。

## 【名家点评】

言在耳目之内，情寄八荒之表。（南北朝·钟嵘《诗品》）

黄初以后，惟阮籍《咏怀》之作，极为高古，有建安风骨。（宋·严羽《沧浪诗话》）

此言（曹）爽溺富贵将亡，不能如召平之犹能退保布衣。（清·方东树《昭昧詹言》）

阮嗣宗咏怀，其旨固为渊远，其属辞之妙，去来无端，不可踪迹。后来如射洪《感遇》，太白《古风》，犹瞻望弗及矣。（清·刘熙载《艺概·诗概》）

## 【鉴赏链接】

鲁红平：《论阮籍〈咏怀诗〉的生命情结》，《湖南大学学报（社会科学版）》2001年第2期。

刘上江：《苦闷的象征——论阮籍〈咏怀诗〉的心理体验及叙说方式》，《齐鲁学刊》2005年第3期。

# 拟古九首（其二）

晋·陶渊明

辞家夙[1]严驾[2]，当往至无终[3]。问君今何行？非商[4]复非戎[5]。闻有田子泰[6]，节义[7]为士雄[8]。斯人久已死，乡里习其风[9]。生有高世名[10]，既没传无穷。不学狂驰子[11]，直[12]在百年中[13]。

## 【注释】

[1]夙：早晨。[2]严驾：整治车马，准备出行。[3]无终：古县名，在今河北省蓟（jì）县。[4]商：经商，做买卖。[5]戎：从军。[6]田子泰：即田畴，字子泰，东汉无终人。田畴以重节义而闻名。[7]节义：气节信义。[8]士雄：人中豪杰。士，古代对男子的美称。[9]习其风：谓继承了他重节义的遗风。[10]高世名：在世上声誉很高。[11]狂驰子：指为争名逐利而疯狂奔走的人。[12]直：只，仅。[13]百年中：泛指人活一世的时间。

## 【导读】

这首诗颂扬节义之士田子泰的高洁行径，表达对趋炎附势、争名逐利之徒的嘲讽和厌恶。诗人以田子泰自喻，既表明自己的隐逸心迹，也流露出济世之志。全诗叙议结合、结构紧凑、感情奔放。

## 【名家点评】

渊明诗初读若散缓，熟视之有奇趣。（宋·惠洪《冷斋夜话》引苏东坡语）

此九章专感革运。(明·黄文焕《陶诗析义》)

陶公此诗,正指汉末田子泰而言,观其出处之正,真可谓节义之雄者,而陶公平生出处,亦与之相类。(清·邱嘉穗《东山草堂陶诗笺》)

【鉴赏链接】

景蜀慧:《陶渊明〈拟古〉九首新解》,《文学遗产》1994年第6期。

范子烨:《〈拟古〉九首的艺术建构和思想旨趣》,《名作欣赏》2013年第19期。

# 代出自蓟北门行[1]

南北朝·鲍照

羽檄[2]起边亭[3],烽火入咸阳[4]。征师屯[5]广武,分兵救朔方。严秋[6]筋竿劲,虏阵[7]精且强。天子按剑怒,使者遥相望。雁行[8]缘石径,鱼贯[9]度飞梁。箫鼓流汉思,旌甲被胡霜。疾风冲塞起,沙砾自飘扬。马毛缩如猬,角弓不可张。时危见臣节,世乱识忠良。投躯报明主,身死为国殇[10]。

【注释】

[1]《代出自蓟北门行》是乐府旧题,属杂曲歌辞。蓟,古代燕国京都,在今北京市西南。[2]羽檄(xí):古代的紧急军事公文。[3]边亭:边境上的瞭望哨。[4]咸阳:秦曾建都于此,借指京城。[5]屯:驻兵防守。[6]严秋:肃杀的秋天。[7]虏阵:指敌方的阵容。[8]雁行:比喻排列整齐而有次序。[9]鱼贯:比喻一个挨一个地依序进行。[10]国殇:为国牺牲的人。

【导读】

这首诗通过对北方边境战事紧急和环境恶劣的渲染,表现了壮士从军卫国、赴敌投躯的热情,表达了诗人慷慨报国、不畏生死的豪情壮志。全诗格调雄浑悲壮、慷慨激昂。"缘""度""流""被"精确传神。

## 【名家点评】

是当时政令躁急,臣下有不任者,故借此以寓意。言平日无谋虑,边隙一启,曰征骑、曰分兵,皆临时周章,以敌阵之精强故也。天子之怒,固是怒敌,亦是怒将士之不灭此朝食。故从战之士,相望于道。当斯时也,虽有李牧辈为将,亦不暇谋矣。死为国殇,何益于国哉!(清·吴淇《六朝选诗定论》)

明远能为抗壮之音,颇似孟德。(清·沈德潜《古诗源》)

此拟立功边塞之作。前八用逆笔先就边境征兵,胡强主怒叙起,为壮士立功之会写一排场。中八落出从军,铺写途路劳苦。朔方早寒,故多在寒上设色。后四,收到立节效忠,偏以不吉祥语,显出无退悔心,悲壮淋漓。(清·张玉榖《古诗赏析》)

此从军出塞之作,蓟北多烈士,故托言之。起四句,叙题有原委,简洁。……起边师,救朔方,皆分明交代题事。"严秋"十二句,写边塞战场情景,激壮苍凉悲慨,使人神魂飞越。"雁行"以下,一字不平转。"时危"四句,收作归宿,为豪宕,不为凄凉,以解为悲,从屈子来,陈思、杜公皆同。(清·方东树《昭昧詹言》)

## 【鉴赏链接】

吕寅炡:《鲍照对李白和杜甫诗歌的影响》,《文史哲》1999 年第 5 期。

关永利:《鲍照边塞诗论略》,《乐山师范学院学报》2004 年第 4 期。

# 临洞庭湖赠张丞相[1]

*唐·孟浩然*

八月湖水平,涵虚混太清[2]。气蒸云梦泽[3],波撼岳阳城。欲济[4]无舟楫,端居[5]耻圣明[6]。坐观垂钓者[7],徒有羡鱼情[8]。

## 【注释】

[1] 张丞相:指张九龄。[2] 虚、太清:均指天空。[3] 云梦泽:古时云、

梦为二泽,分列长江南北,后变干变淤,成为平地,并称为云梦泽,约为今洞庭湖北岸一带地区。[4]济:渡。[5]端居:闲居。[6]耻圣明:有愧于圣明之世。[7]垂钓者:喻仕人。[8]羡鱼情:喻己入仕之愿。

**【导读】**

诗人选取洞庭湖为切入点,首联描写洞庭湖全景。颔联描写湖水声势。颈联转入抒情。尾联化用典故,卒章显志。诗人托物抒怀,曲笔擒旨,表达想要入仕从政的志向。"蒸""撼""耻",遣词准确精练。"舟楫""垂钓者""羡鱼情",比喻恰当,婉曲传旨。

**【名家点评】**

洞庭天下壮观,自昔骚人墨客,题之者众矣……然未若孟浩然"气蒸云梦泽,波撼岳阳城",则洞庭空旷无际,气象雄张如在目前。至读子美诗,则又不然,"吴楚东南坼,乾坤日夜浮",不知少陵胸中吞几云梦也。(宋·胡仔《苕溪渔隐丛话》引蔡涤《西清诗话》)

为诗须有章法、句法、字法……如"气蒸云梦泽,波撼岳阳城","蒸"字、"撼"字,何等响,何等确,何等警拔也!(清·何世璂《燃灯记闻》)

起法高深,三、四雄阔,足与题称。读此诗知襄阳非甘于隐遁者。语云"临渊羡鱼,不如退而结网",意外望张公之援引也。(清·沈德潜《唐诗别裁集》)

结,推开说。垂钓者,比出仕之人。钩必得鱼,仕必得行其道。乃我无钓具,徒有羡其得鱼之情而已。原注谓垂钓者不能利济天下,乃竟坐视旁观,徒然贪禄。如此解诗,成何言语?(清·章燮《唐诗三百首注疏》)

**【鉴赏链接】**

苏峰:《至苦而无迹　就近而意远——试析〈望洞庭湖赠张丞相〉和〈闺意献张水部〉》,《陕西师范大学学报(哲学社会科学版)》1998年第S2期。

孙浩宇:《〈望洞庭湖赠张丞相〉新解——兼谈"羡鱼"二说》,《名作欣赏》2012年第34期。

# 芙蓉楼[1]送辛渐

唐·王昌龄

寒雨[2]连江[3]夜入吴[4],平明[5]送客楚山孤[6]。洛阳亲友如相问,一片冰心[7]在玉壶[8]。

**【注释】**

[1]芙蓉楼:原名西北楼,在今江苏省镇江市西北。[2]寒雨:秋冬时节的冷雨。[3]连江:雨水与江面连成一片,形容雨很大。[4]吴:古代国名,这里泛指江苏南部、浙江北部一带。[5]平明:天亮的时候。[6]孤:独自,孤单一人。[7]冰心:比喻纯洁的心。[8]玉壶:玉制的壶。

**【导读】**

此诗构思新颖,名为送别,实是明志。前两句写景,烘托送别时的凄凉孤寂之情;后两句以冰壶自喻,表明自己坚守廉洁的志节和光明磊落的品质。全诗语警词工,构思精巧,寓情于景,含蓄蕴藉。"洛阳亲友如相问,一片冰心在玉壶"二句冰清玉洁,传唱千古。

**【名家点评】**

神骨莹然如玉。(明·周珽《唐诗选脉会通评林》)

炼格最高。"孤"字自作一语。后二句别有深情。(明·陆时雍《唐诗镜》)

古诗"清如玉壶冰",此自喻其志行之洁,却将古句运用得妙。(清·黄生《唐诗摘钞》)

上二句送时情景,下二句托寄之言,自述心地莹洁,无尘可滓。本传言少伯"不护细行",或有所为而云。(清·黄叔灿《唐诗笺注》)

**【鉴赏链接】**

杨抱朴:《"一片冰心在玉壶"别解——读王昌龄〈芙蓉楼送辛渐〉札记》,《社会科学辑刊》1990年第4期。

巩本栋:《深情幽怨　意旨微茫——说王昌龄〈芙蓉楼送辛渐〉》,《古典文学知识》2014年第2期。

# 南陵[1]别儿童入京

唐·李 白

白酒新熟山中归,黄鸡啄黍秋正肥。呼童烹鸡酌白酒,儿女嬉笑牵人衣。高歌取醉欲自慰,起舞落日争光辉。游说[2]万乘[3]苦不早[4],著鞭跨马涉远道。会稽愚妇轻买臣[5],余亦辞家西入秦[6]。仰天大笑出门去,我辈岂是蓬蒿人[7]。

**【注释】**

[1]南陵:一说在东鲁,曲阜县南有陵城村,人称南陵;一说在今安徽省南陵县。[2]游说:战国时,有才之人以口辩舌战打动诸侯,获取官位,称为游说。[3]万乘:君主。周朝制度,天子地方千里,车万乘,后称皇帝为万乘。[4]苦不早:恨不能早些年头见到皇帝。[5]会稽愚妇轻买臣:用朱买臣典故。朱买臣早年家贫,但酷爱读书,后做了会稽太守。"会稽愚妇",指嫌弃朱买臣贫穷的妻子。[6]秦:指唐时首都长安,春秋战国时为秦地。[7]蓬蒿人:草野之人,比喻没有入仕为官的人。

**【导读】**

前四句描写丰收景象;中间四句抒写欢乐心情;后四句表达入仕为官、辅佐帝王的远大抱负。诗歌直陈其事,赋比兼用;由表及里,层层推进,把欢乐的情感表现得酣畅淋漓。"仰天大笑出门去,我辈岂是蓬蒿人"句,诗人自负、率直、天真的神态跃然纸上。

**【名家点评】**

笔落惊风雨,诗成泣鬼神。(唐·杜甫《寄李十二白二十韵》)

诗总不离乎才也,有天才,有地才,有人才。吾于天才得李太白,于地才得杜子美,于人才得王摩诘。太白以气韵胜,子美以格律胜,摩诘以理趣胜。太白千秋逸调,子美一代规模。(明·徐增《而庵说唐诗》)

然杜虽独有千古,而李之名终不因此稍减。读者但觉杜可学而李不敢

学,则天才不可及也。(清·赵翼《瓯北诗话》)

**【鉴赏链接】**

陶新民:《李白〈南陵别儿童入京〉浅说》,《安徽教育学院学报(哲学社会科学版)》1994年第3期。

李睿、魏青平:《李白咏南陵诗歌新证》,《古籍研究》2013年第1期。

# 浪淘沙[1]（其八）

唐·刘禹锡

莫道谗言[2]如浪深,莫言迁客[3]似沙沉。千淘万漉[4]虽辛苦,吹尽狂沙始到金。

**【注释】**

[1]浪淘沙:唐代教坊曲名,创自刘禹锡。后用为词牌名。原词九首,这是第八首。[2]谗言:毁谤的话。[3]迁客:指被贬谪的官员。[4]淘、漉:过滤。

**【导读】**

诗的前两句表明诗人不畏谗言、不惧贬谪,正直不屈、顶天立地的凛然气概;后两句用淘沙取金比喻清白正直的人虽历尽辛苦,终将显出英雄本色,表现出诗人在逆境中的乐观情绪和坚定信念。诗歌巧用比兴寄托手法,委婉含蓄。"如浪深""似沙沉""吹尽黄沙始到金"比喻具体形象。

**【名家点评】**

彭城刘梦得,诗豪者也,其锋森然,少敢当者。予不量力,往往犯之。(唐·白居易《刘白唱和集解》)

诗以意法胜者宜诵,以声情胜者宜歌。(清·刘熙载《艺概·诗概》)

【鉴赏链接】

韩富军:《论刘禹锡诗词的人格魅力》,《辽宁师专学报(社会科学版)》2005年第5期。

郭亚丽:《从〈浪淘沙〉九首看刘禹锡其人其诗》,《鸡西大学学报》2014年第7期。

# 画 菊

宋·郑思肖

花开不并[1]百花丛[2],独立疏篱[3]趣未穷。宁可枝头抱香死,何曾吹落北风中。

【注释】

[1]并:并列。[2]花丛:丛集的群花。[3]疏篱:稀疏的篱笆。

【导读】

此诗表面赞美菊花不随俗不媚时、傲骨凌霜的品质,实际是托物言志,借菊花表达自己坚守高尚节操,宁死不肯向元朝投降的决心。"宁可枝头抱香死,何曾吹落北风中"是诗人不屈不移、忠于故国的誓言。语言质如璞玉,却蕴含思辨色彩。

【名家点评】

郑思肖疾亟时,嘱其友唐东屿曰:"思肖死矣,烦为书一牌,当云'大宋不忠不孝郑思肖'。"语讫而绝,享年七十八岁。盖公之意,谓不能死国与无后也。自赞其像曰:"不忠可诛,不孝可斩,可悬此头于洪洪荒荒之表,以为不忠不孝之榜样。"(元·卢熊《郑所南小传》)

宋之亡也,文天祥、陆秀夫身殉社稷,而谢翱、方凤、龚开、郑思肖彷徨草泽之间,卒与文陆并垂千古。(明·黄宗羲《余恭人传》)

【鉴赏链接】

史金城:《铁铸忠臣骨 微尘亦不休——南宋遗民画家郑思肖诗歌风

格》,《南京艺术学院学报(美术与设计版)》1986年第3期。

鲁同群:《宋末爱国诗人郑思肖》,《苏州大学学报》1989年第1期。

刘晓甜:《郑思肖的诗文:衰落时代的遗民印记》,《韶关学院学报》2007年第1期。

# 无　题

明·于　谦

名节重泰山,利欲轻鸿毛。所以古志士,终身甘缊袍[1]。胡椒八百斗[2],千载遗腥臊[3]。一钱付江水[4],死后有余褒[5]。苟图身富贵,胶剥[6]民脂膏。国法纵未及,公论[7]安所逃。

【注释】

[1]缊(yùn)袍:以乱麻为絮的袍子,古为贫者所服。[2]胡椒八百斗:典出唐代元载。元载为政腐败,仅胡椒就贪污八百斛,总重约今60余吨。[3]遗腥臊:遗臭万年。[4]一钱付江水:典出东汉时会稽太守刘宠。刘宠清正廉洁,不收百姓一文钱,因而芳名远播。[5]有余褒:流芳百世。[6]胶剥:比喻残酷地盘剥。[7]公论:社会舆论。

【导读】

前四句说为官应有的德行;中间四句是鲜明的对比;最后四句反面论证,点明主旨。诗人认为有志之士都应该甘于清贫,看重名节。全诗结构紧凑、论证有力。"名节重泰山,利欲轻鸿毛"句流传万口,现实意义极强!

【名家点评】

为文有奇气而主于理,诗词清逸流丽,人争颂之。(明·于冕《先肃愍公行状》)

为文有奇气,诗词清丽,在江西时和祭酒胡顺庵山居十咏,在河南时和冯海栗梅花百咏诗,皆顷刻而就,脍炙人口。(明·倪岳《太傅忠肃于公神道碑》)

少保负颖异之才,蓄经伦之识,诗如河朔少年儿,无论风雅,颇自奕奕快爽。(明·王世贞《明诗评》)

少保社稷之臣,其诗特多秀句……皆意态自然,不烦雕琢。……观其持论,造诣深矣。(清·朱彝尊《静志居诗话》)

**【鉴赏链接】**

左东岭:《论于谦的诗歌创作与诗学史地位》,《北方论丛》2010年第4期。

# 讽喻劝诫

　　没有哪个社会是完全公平的,也没有哪个统治者没有过错,所以,朝廷有谏官,民间有直人。讽喻诗早在《诗经》中就有,《硕鼠》《相鼠》便是,到了中唐出现了以白居易为首的讽喻诗派。讽喻之诗文的出现得有两个条件,一是社会特别是朝廷的允许,即使不提倡也是宽容的,而不是围剿;二是要有胆识有智慧的讽劝之人,他发言出于公心,方法则比较委婉。所以,讽喻诗多的社会倒不一定是社会黑暗,而有可能是政治清明,相反,那些不见讽喻诗的时代,倒是很危险的,"万马齐喑究可哀"就是针对它说的。

# 相 鼠

周·《诗经·国风·鄘风》

相[1]鼠有皮,人而无仪。人而无仪[2],不死何为[3]?相鼠有齿,人而无止[4]。人而无止,不死何俟[5]?相鼠有体[6],人而无礼[7]。人而无礼,胡不遄[8]死?

**【注释】**

[1]相:视也。[2]仪:威仪,指人的举止作风大方正派而言,具有尊严的行为外表。[3]何为:为何,为什么。[4]止:假借为"耻",廉耻。[5]俟(sì):等。"何俟"为"俟何",宾语前置。[6]体:肢体。[7]礼:礼仪,指知礼仪,或指有教养。[8]遄(chuán):速,快,赶快。

**【导读】**

《诗经》有不少讽刺暗喻之作,本诗可谓其中代表。全诗用比喻的手法,论及作为人应具备正直的威仪、美好的德行和良好的教养。如果丧失了这些,就没有资格称为人,甚至人不如鼠,不如早点死去。警诫人们注重自身的节操礼仪修养。语言虽然苛刻但有很好的教益。

**【名家点评】**

痛呵之词,几于裂眦。(清·牛运震《诗志》)

意在笔先,一波三折。(清·陈震《读诗识小录》)

**【鉴赏链接】**

殷恺、李玉民:《〈诗经〉中的牙齿审美思想》,《南开学报(哲学社会科学版)》2014年第6期。

雷抒雁:《相鼠:圣人之师——读〈诗经·鄘风·相鼠〉》,《诗刊》2010年第3期。

# 长 歌 行[1]

汉·《乐府诗集》

青青园中葵[2],朝露[3]待日晞。阳春布德泽[4],万物生光辉。常恐秋节[5]至,焜黄华叶衰[6]。百川东到海,何时复西归?少壮[7]不努力,老大[8]徒伤悲。

**【注释】**

[1] 长歌行:汉乐府曲牌名。[2] 葵:"葵"作为蔬菜名,指我国古代重要蔬菜之一。[3] 朝露:清晨的露水。[4] 阳春:温暖的春天。布:布施,给予。[5] 秋节:秋季。[6] 焜(kūn)黄:形容草木凋落枯黄的样子。华:同"花"。[7] 少壮:年轻力壮,指青少年时代。[8] 老大:年老。

**【导读】**

世间万物,春华秋实。百川归海,逝者如斯。古人很早就懂得岁月流逝,光阴难再,他们的诗歌中也不断地警醒自己和世人。人也像园中青葵一般,不趁着年少时努力开花,那就只有等老去面对一堆无用黄叶,追悔莫及。

**【名家点评】**

言荣华不久,当努力为乐,无至老大乃伤悲也。(唐·吴兢《乐府古题要解》)

长歌、短歌,言人寿命长短,各有定分,不可妄求。(宋·郭茂倩《乐府诗集》引崔豹《古今注》)

全于时光短处写长。(清·吴淇《选诗定论》)

**【鉴赏链接】**

源流:《比喻的妙用——论乐府民歌〈长歌行〉的艺术特点》,《齐齐哈尔师范学院学报(哲学社会科学版)》1983年第3期。

叶德水:《催人奋进的惜时之歌》,《教育教学论坛》2014年第8期。

# 劝诫诗（其一）

唐·王梵志

恶人远相离，善者近相知[1]。纵使天无雨，云阴自润[2]衣。结交须择善，非谙莫与心[3]。若知管鲍[4]志，还共不分金[5]。

**【注释】**

[1] 相知：相好相亲。[2] 润：沾湿、湿润。[3] 谙：指充分的了解。与：给予、交付。[4] 管鲍：管仲与鲍叔之合称。管仲（？—前645年），春秋时齐国人，名夷吾，字仲。初事公子纠，后相齐桓公，主张通货积财，富国强兵，九合诸侯，一匡天下，使桓公成为春秋五霸之首。鲍叔，又称鲍叔牙，春秋时齐国人。与管仲交，知管仲贤，力荐管仲任齐桓公之相，使管仲得以辅桓公成霸业。管仲尝曰："生我者父母，知我者鲍子也。"后人因称知交友情为管鲍。[5] 分金：管仲家贫，鲍叔分财以助其学。

**【导读】**

作为出家人，看破红尘。梵志对于人间的世情百态有一种超然物外深刻的理解，然而表现出来却又一针见血。人在江湖飘，哪能不挨刀。在家靠父母，出门靠朋友。而选择什么人作为自己的知己挚友，怎样才能辨别是非善恶，从善如流？梵志语重心长地告诉人们，"恶人远相离，善者近相知"，这才是人需要真正习得的功课。

**【名家点评】**

（"梵志翻着袜"诗）一切众生颠倒，类皆如此，乃知梵志是大修行人也。（宋·黄庭坚《豫章黄先生文集》）

知梵志翻着袜法，则可以作文；知九方皋相马法，则可以观文章。（宋·陈善《扪虱新话》）

**【鉴赏链接】**

朱迥远：《拿起另一把钥匙——王梵志诗巧解》，《辽宁大学学报（哲学社会科学版）》1995年第2期。

邱瑞祥:《王梵志诗训世化倾向的文化解析》,《贵州师范大学学报》2003年第5期。

## 题木居士[1]（其一）

唐·韩　愈

火透波穿[2]不计春,根如头面干如身。偶然题[3]作木居士,便有无穷求福人。

【注释】

[1]木居士:唐耒阳鳌口寺内供奉的人形树根,被人神化为居士。[2]火透波穿:经过火烧和水波冲刷。[3]题:命名。

【导读】

人是世界上最聪明的,但有时人的行为又表现为世间难以解释的愚昧。他们自作聪明地创造了一个木头神仙,然后奇怪地跪拜于这段木头的脚下,请求它赐予自己各种好处和实现内心愿望。真是可悲可笑之极。

【名家点评】

退之云:"偶然题作木居士,便有无穷求福人。"可谓切中时弊。凡世之趋附权势以图身利者,岂问其人贤否果能为国为民哉？（宋·黄彻《碧溪诗话》）

【鉴赏链接】

龙迪勇:《论韩愈诗歌"以丑为美"的审美倾向》,《学习与探索》2003年第6期。

张幼军:《梵文、佛典与韩愈诗歌的佛禅韵味》,《北方论丛》2015年第2期。

# 过华清宫[1]（其一）

唐·杜 牧

长安回望绣成堆[2]，山顶千门[3]次第开。一骑[4]红尘妃子笑，无人知是荔枝来。

**【注释】**

[1]华清宫：故址在今陕西临潼骊山，是唐明皇与杨贵妃游乐之地。[2]绣成堆：花草林木和建筑物像一堆堆锦绣。[3]千门：形容山顶宫殿壮丽，门户众多。[4]一骑：指一人骑着一马。

**【导读】**

华清宫依山而建，气势恢宏，皇家气派，绣阁绮梁。美女如云，更有六宫粉黛无颜色的杨贵妃，如同盛开的牡丹照耀华清宫的每个角落。一国之君，为博美人一笑，不惜劳民伤财，快马日夜千里奔驰，只为送美人一篮她爱吃的新鲜荔枝，不知者无谓，知者忧。

**【名家点评】**

词意虽美而失事实。（宋·胡仔《苕溪渔隐丛话》引《遁斋闲览》）

诗贵有含蓄不尽之意，尤以不著意见声色故事议论者为最上。（明·吴乔《围炉诗话》）

语带恢谐，妙绝千古。（唐·史承豫《唐贤小三昧集续集》）

**【鉴赏链接】**

于进海：《妃子破颜 血流千载——杜牧〈过华清宫〉之一析说》，《殷都学刊》1984年第3期。

曹中孚：《吊古伤今 感时愤世——读杜牧〈过华清宫绝句三首〉》，《名作欣赏》1981年第5期。

# 贾　　生[1]

唐·李商隐

宣室求贤访逐臣[2]，贾生才调[3]更无伦。可怜[4]夜半虚前席，不问苍生问鬼神[5]。

**【注释】**

[1] 贾生：贾谊，西汉著名的政论家，力主改革弊政，提出许多重要政治主张，但却遭谗被贬，一生抑郁不得志。[2] 宣室：汉未央宫前殿的正室。逐臣：被放逐之臣，指贾谊曾被贬谪。[3] 才调：才华气质。[4] 可怜：可惜，可叹。[5] 问鬼神："上因感鬼神事，而问鬼神之本。贾生因具道所以然之状。至夜半，文帝前席。"（《史记·屈原贾生列传》）

**【导读】**

中国知识分子似乎有一种集体意识的普遍悲哀，自古有之，贯通不同时代文人的血脉。皇上偶然也会大发慈悲，大老远把一个被人遗忘的朝臣接进宫廷礼遇有加，促膝谈心，通宵达旦。可是臣子滚热的心却一寸寸凉下来，皇上和他面对面坐着，可是心中所思竟如此遥远。

**【名家点评】**

魏晋以降，多工赋体，义山犹存比兴。（清·贺裳《载酒园诗话》）

义山近体，襞绩重重，长于讽喻。中多借题摅抱，遇时之变，不得不隐也。（清·沈德潜《说诗晬语》）

**【鉴赏链接】**

谭志永：《讽君主昏聩　悲自身不遇——谈李商隐〈贾生〉的主题》，《语文知识》2003年第11期。

康社教：《沉郁情深婉　悲壮意朦胧——试论李商隐的咏史诗》，《湘潭师范学院学报》2007年第1期。

马郓：《从李商隐〈贾生〉的诗评中看文人志气》，《安徽文学（下）》2015年第9期。

# 贫　女

### 唐·秦韬玉

蓬门未识绮罗香[1]，拟托良媒[2]益自伤。谁爱风流高格调[3]，共怜时世俭梳妆[4]。敢将十指夸偏巧[5]，不把双眉斗[6]画长。苦恨年年压金线[7]，为他人作嫁衣裳。

## 【注释】

[1] 蓬门：用蓬茅编扎的门，指穷人家。绮罗：华贵的丝织品或丝绸制品，指富贵妇女的华丽衣裳。[2] 拟：打算。托良媒：拜托好的媒人。[3] 风流高格调：指格调高雅的妆扮。风流，指意态娴雅。高格调，很高的品格和情调。[4] 怜：喜欢，欣赏。时世俭梳妆：当时妇女的一种妆扮。[5] 偏巧：灵巧，手工精美。[6] 斗：比较，竞赛。[7] 苦恨：非常懊恼。压金线：用金线绣花。

## 【导读】

寒酸士子如同贫穷的女孩，两者有颇多相似之处。贫家女子朴实无华，洁身自好，永夜不寐，压线刺绣，却没有办法因自己的技艺高超找到一个好的归宿。寒士才华出众，枯守陋室，乏人问津，怀才不遇。诗歌寓意深刻，含蓄丰富。

## 【名家点评】

语语为贫士写照。（清·沈德潜《唐诗别裁集》）

此篇语语皆贫女自伤，而实为贫士不遇者写牢愁抑塞之怀。（俞陛云《诗境浅说》）

## 【鉴赏链接】

富寿荪：《读唐诗随笔——读秦韬玉〈贫女〉诗》，《文学遗产》1980年第1期。

徐乐军：《秦韬玉〈贫女〉诗发微》，《中国韵文学刊》2010年第1期。

# 题临安邸[1]

宋·林升

山外青山楼外楼,西湖歌舞几时休[2]？暖风熏得游人醉[3],直[4]把杭州作汴州。

【注释】

[1]临安:南宋的都城,今浙江省杭州市。邸:府邸,官邸,旅店,客栈。这里指旅店。[2]休:暂停、停止、罢休。[3]暖风:这里不仅指自然界和煦的春风,还指由歌舞所带来的令人痴迷的"暖风",暗指南宋朝廷的靡靡之风。游人:既指一般游客,更是特指那些忘了国难,苟且偷安,寻欢作乐的南宋贵族。[4]直:简直。

【导读】

作者的情绪是复杂的。春光正好,东风和暖,歌动云霄,快乐放纵的人们无休无止,似乎并没有人意识到有什么不对,偏安杭州,失掉半壁江山,可是那又有什么关系？游人之肆意狂欢足见南宋君臣的忘性之大。诗人笔尖直指痛处,不落痕迹。

【名家点评】

杨伯子东山先生尝言:"士大夫清廉,便是七分人了。"(宋·罗大经《鹤林玉露》)

宋人以文为诗,主议论。(明·叶燮《原诗·外篇》)

宋人率以议论为诗。(清·潘德舆《养一斋诗话》)

【鉴赏链接】

朱沫苏:《林升何许人也?》,《文学遗产》1985年第3期。

申君:《抨击时政的爱国诗——析无名氏〈题壁〉及林升〈题临安邸〉》,《名作欣赏》1981年第2期。

# [中吕]卖花声·怀古（其二）

元·张可久

美人自刎乌江岸[1]，战火曾烧赤壁山[2]，将军空老玉门关[3]。伤心秦汉[4]，生民涂炭[5]，读书人一声长叹。

【注释】

[1]"美人"句：言楚汉相争时项羽战败自刎乌江。[2]"战火"句：言三国时曹操惨败于赤壁。[3]"将军"句：言东汉名将班超垂老思归。[4]秦汉：泛指历朝历代。[5]涂炭：比喻受灾受难。涂，泥涂；炭，炭火。

【导读】

这首元曲和张养浩的《山坡羊·潼关怀古》被称为元曲的双璧之作。哀叹朝权更迭，民生疾苦。曲子连用了三个著名典故，以古喻今，表现了文人感时伤世，忧国忧民，但又无计可施的无力和无奈。

【名家点评】

乐府之有乔张，犹诗家之有李杜。（明·李开先《乔梦符张小山二家小令》）

元张小山、乔梦符为曲家翘楚。（清·刘熙载《艺概》）

【鉴赏链接】

孙蓉蓉：《伤心秦汉　怀古叹世——张可久［卖花声］〈怀古〉赏析》，《古典文学知识》2001年第3期。

# 杂　感

清·黄景仁

仙佛茫茫两未成，只知独夜不平鸣。风蓬[1]飘尽悲歌气，泥絮[2]沾来薄幸[3]名。十有九人堪白眼，百无一用是书生。莫因诗卷愁成谶[4]，春鸟秋虫自作声。

**【注释】**

[1]风蓬:蓬草随风飘转,比喻人被命运拨弄,踪迹不定。[2]泥絮:被泥水沾湿的柳絮,比喻不会再轻狂。[3]薄幸:对女子负心。[4]谶(chèn):将来会应验的话。

**【导读】**

这是一个最好的时代,这是一个最坏的时代。一个读书人,纵使满腹经纶,上下求索,也没有一扇为之打开的大门。别人笑我太疯癫,我笑他人看不穿。看惯了这世上太多人对清贫的读书人掩面而笑,指指点点。心中堆积无限愤懑:"百无一用是书生!"这是对自己的一个莫大嘲讽。难道因为我的牢骚,真的要变为读书人惨烈的现实?

**【名家点评】**

咽露秋虫,舞风病鹤。(清·洪亮吉《北江诗话》)

乾隆六十年间,论诗者推为第一。(清·包世臣《齐民四术》)

古今诗人……众人共有之意,入之此手而独超;众人同有之情,出之此笔而独隽?……有味外之味……有音外之音……夫是之谓天才,夫是之谓仙才,自古一代无几人,近求之,百余年以来,其惟黄仲则乎。(清·张维屏《听松庐文钞》)

**【鉴赏链接】**

孟祥荣、徐振锋:《文化的牺牲与生命的自我意识——论黄仲则及其诗歌》,《晋东南师范专科学校学报》2000年第4期。

敖运梅:《从〈杂感〉看黄仲则诗歌的思想蕴涵和艺术特质》,《社科纵横》2003年第1期。

蒋寅:《文人的绝望——说黄景仁〈杂感〉》,《文史知识》2011年第12期。

# 【修身养性】

古代修身养性的典籍首推"四书",修养的基本标准是孔子的"己所不欲勿施于人",修养的较高境界则是孟子的"我善养吾浩然之气",他并且解释道:"其为气也,至大至刚,以直养而无害,则塞于天地之间。其为气也,配义与道;无是,馁也。"修身养性不可一蹴而就,而是一种水磨的功夫,靠长时间一点点积累和修炼。它可以从书中来,也可以打坐冥想,但又不光从书本和冥想中来,儒家让人从洒扫、进退的外在的礼仪的遵行中,而获得仁心,佛教让人从吃饭、洗碗、砍柴中悟得真如。

# 杂诗(其一)

晋·陶渊明

人生无根蒂[1],飘如陌[2]上尘。分散逐风转,此已非常身[3]。落地[4]为兄弟,何必骨肉亲!得欢当作乐,斗[5]酒聚比邻。盛年[6]不重来,一日难再[7]晨。及时当勉励,岁月不待人。

### 【注释】

[1]蒂:指瓜果与枝茎相连处。[2]陌:东西的路,这里泛指路。[3]非常身:即不再是盛年壮年之身。[4]落地:刚生下来。[5]斗:酒器。[6]盛年:壮年。[7]再:第二次。

### 【导读】

这首诗起笔四句即感叹人生无常、命运莫测,读来使人沉痛、悲怆。继而四句稍稍振起,在困厄中寻找欢乐,给人一线希望。终篇慷慨激越,勉励年轻人抓住有限时光,奋发向上,增加生命的宽度和厚度,与时间抗衡、与命运抗争。风格苍凉并不颓废,用语质朴但内蕴丰厚。"飘""逐""聚"等字精确传神。

### 【名家点评】

不拘流例,遇物即言。(唐·李善《文选注》)

十二首中愁叹万端,第八首专叹贫困,余则慨叹老大,屡复不休,悲愤等于《楚辞》。(明·黄文焕《陶诗析义》)

案读陶诗者有二蔽:一则惟知《归园》《移居》及田间诗十数首,景物堪玩,意趣易明。至若《饮酒》《贫士》便已罕寻。《拟古》《杂诗》意更难测。徒以陶公为田舍之翁,闲适之祖,此一蔽也。(清·陈沆《诗比兴笺一则》)

追言曩时千里从仕也。(清·马璞《陶诗本义》)

**【鉴赏链接】**

齐益寿:《伤老悲志中的省思——陶渊明〈杂诗〉前八首析论》,《中国韵文学刊》2005 年第 3 期。

郭艳萍:《盛年不重来,一日难再晨——赏析陶渊明〈杂诗·其一〉》,《现代语文(文学研究)》2010 年第 6 期。

# 感遇（其十九）

唐·陈子昂

圣人[1]不利己,忧济[2]在元元[3]。黄屋[4]非尧意,瑶台[5]安可论？吾闻西方化[6],清净道弥敦[7]。奈何穷金玉,雕刻以为尊？云构[8]山林尽,瑶图珠翠烦。鬼工尚未可,人力安能存？夸愚[9]适增累[10],矜智道逾昏。

**【注释】**

[1]圣人:指贤君。[2]忧济:关心,救助。[3]元元:百姓。[4]黄屋:车名,古帝王所乘,车盖用黄缯作里子。[5]瑶台:用玉石装饰的台子。[6]西方化:指佛教的教化。[7]敦:敦厚,淳厚。[8]云构:指高耸入云的建筑群。[9]夸愚:指夸耀劳民伤财的行为实际上很愚蠢。[10]累:即"物累",佛道二家视不能超然物外的行为为"物累"。

**【导读】**

这首诗开头四句开宗明义立论,标举儒家仁政思想,揭露武则天劳民伤财的弊政;中间四句用一个反问怒斥崇佛者的虚伪;接着四句对新建佛寺的宏伟规模与奢华布局进行描绘和评论;结尾正面着笔,批判昏乱之"道"。篇章结构严密,说理透辟有力,指出君主不应为一己谋利,而应以俭养德,以德养身,以仁养天下万物,以道养大卜万世。

**【名家点评】**

有才继《骚》《雅》,哲匠不比肩。公生杨马后,名与日月悬。……终古立忠义,《感遇》有遗篇。(唐·杜甫《陈拾遗故宅》)

子昂《感遇》,尽削浮靡,一振古雅,唐初自是杰出。(明·胡应麟《诗薮》)

古之作者篡绪造端,沧澜百变,而其中必有根柢焉……伯玉《感遇》三十八首,伯玉之根柢焉。(清·朱鹤龄《愚庵诗文集》)

**【鉴赏链接】**

鲍鹏山:《陈子昂〈感遇〉诗与〈庄子〉的哲学关联》,《上海师范大学学报(哲学社会科学版)》2012年第3期。

彭慧慧:《陈子昂张九龄〈感遇〉诗比较论》,《桂林师范高等专科学校学报》2014年第2期。

# 感遇(其一)

唐·张九龄

兰叶春葳蕤[1],桂华[2]秋皎洁。欣欣此生意[3],自尔[4]为佳节[5]。谁知林栖者[6],闻风[7]坐[8]相悦。草木有本心[9],何求美人[10]折。

**【注释】**

[1]葳蕤:草木茂盛枝叶纷繁的样子。[2]桂华:桂花,"华"同"花"。[3]生意:生机勃勃。[4]自尔:自然地。[5]佳节:美好的季节。[6]林栖者:栖居山林的隐士。[7]闻风:闻到芳香。[8]坐:因为。[9]本心:天性。[10]美人:指林栖者,山林高士、隐士。

**【导读】**

此诗前四句写兰桂,不写人。五、六句以"谁知"急转引出与兰桂同调的山中隐者。末两句点出无心与物相竞的情怀。诗歌起承转合自然,结构严谨。善用比兴手法，诗意冲和温雅，于咏物背后，表现出恬淡超脱、不求人知的襟怀，寄寓着高洁雅致的生活情趣。

**【名家点评】**

张曲江公《感遇》等作，雅正冲淡，体合《风》《骚》，骎骎乎盛唐矣。（明·高棅《唐诗品汇》）

"草木有本心，何求美人折"，想见君子立品，即昌黎"不采而佩，于兰何伤"意。（清·沈德潜《唐诗别裁集》）

此寄志幽栖，无用世之意也。（清·章燮《唐诗三百首注疏》）

曲江（张九龄）之《感遇》出于《骚》，谢洪（陈子昂）之《感遇》出于《庄》，缠绵超旷，各有独至。（清·刘熙载《艺概·诗概》）

**【鉴赏链接】**

王艳艳：《张九龄〈感遇〉诗与陈子昂〈感遇〉诗比较》，《社科纵横》2007年第12期。

丁放：《论张九龄的诗品与人品》，《合肥师范学院学报》2008年第5期。

# 赠韦侍御黄裳[1]（其一）

唐·李 白

太华[2]生长松，亭亭[3]凌霜雪。天与百尺高，岂为微飙[4]折？桃李卖阳艳[5]，路人行且迷。春光扫地尽，碧叶成黄泥。愿君学长松，慎勿作桃李。受屈[6]不改心，然后知君子。

**【注释】**

[1] 韦黄裳：韦黄裳在天宝年间曾任殿中侍御史，屈附于御史大夫兼京兆尹王铁，后王铁被赐死，韦黄裳也受株连被贬官。[2] 太华：西岳华山。[3] 亭亭：直立不阿貌。[4] 微飙：小旋风。[5] 卖阳艳：在春天艳丽的阳光下卖弄颜色。[6] 受屈：受到挫折与打击。

## 【导读】

友人蒙冤受屈,诗人赠诗规劝,鼓励友人以前世为鉴,改行君子之道,在逆境中坚守气节。前八句比较长松和桃李的不同品性,后四句直抒胸臆,点明题旨。风格大气磅礴,语言流转自然。"凌""卖"等字笔力遒劲。

## 【名家点评】

歌诗之风,荡来久矣。大抵丧于南朝,坏于陈叔宝……吾唐来有是业者,言出天地外,思出鬼神表,读之则神驰八极,测之则心怀四溟,磊磊落落,真非世间语者,有李太白。(唐·皮日休《刘枣强碑》)

国朝为能歌诗者不少,独李太白为称首。(唐·吴融《禅月集序》)

李太白所拟,篇幅之短长,音节之高下,无一与古人合者,然自是乐府神理。(清·沈德潜《说诗晬语》)

## 【鉴赏链接】

张保宁:《试论李白诗歌中的人格意象》,《荆州师范学院学报》2002年第1期。

郑凯歌:《论李白诗歌中"桃花"和"松树"的形象》,《绥化学院学报》2011年第4期。

# 新制布裘

唐·白居易

桂布[1]白似雪,吴绵[2]软于云。布重绵且厚,为裘有余温。朝拥[3]坐至暮,夜覆眠达晨。谁知严冬月,支体[4]暖如春。中夕[5]忽有念,抚裘起逡巡[6]。丈夫贵兼济[7],岂独善[8]一身。安得万里裘,盖裹周[9]四垠[10]。稳暖皆如我,天下无寒人。

## 【注释】

[1]桂布:即唐代"桂管"地区(今广西)所产木棉织成的布,尚不普遍,十分珍贵。[2]吴绵:当时吴郡苏州产的丝绵,非常著名。[3]拥:抱,指披在

身上。[4]支体:"支"同"肢",即四肢与身体,意谓全身。[5]中夕:半夜。[6]逡巡:有所思虑而徘徊。[7]兼济:兼济天下,做利国利民之事。[8]独善:注重个人的思想品德修养。[9]周:遍。[10]四垠:四边,即全国以内,普天之下。

**【导读】**

诗歌前八句描写新制棉衣的材质及穿上的感受,后六句推己及人,表达爱民如我的思想情感,抒写了大丈夫兼济天下的抱负和修养,表达了作者超越自我、乐施"仁政"的人道主义精神。全诗构思精巧、虚实相生。

**【名家点评】**

或谓:子美诗意,宁苦身以利人;乐天诗意,推身利以利人。二者较之,少陵为难。然老杜饥寒而悯人饥寒者也,白氏饱暖而悯人饥寒者也。忧劳者易生于善虑,安乐者多失于不思。乐天宜优。(宋·黄彻《碧溪诗话》)

本朝苏文忠公不轻许可,独敬爱乐天,屡形诗篇。盖其文章皆主辞达,而忠厚好施,刚直尽言,与人有情,于物无着,大略相似。谪居黄州,始号东坡,其原必起于乐天忠州之作也。(宋·周必大《二老堂诗话》)

**【鉴赏链接】**

李国良、段其胜:《两首制衣诗 一脉忧民情》,《山西师院学报(社会科学版)》1982年第3期。

谢虹光:《从"制裘诗"看白居易前后期思想的一致性》,《山西广播电视大学学报》2001年第3期。

# 酬乐天咏老见示

### 唐·刘禹锡

人谁不顾老,老去有谁怜。身瘦带频减[1],发稀冠自偏。废书[2]缘惜眼,多灸[3]为随年。经事还谙事[4],阅人如阅川。细思皆幸矣,下此[5]便翛然[6]。莫道桑榆[7]晚,为霞[8]尚满天。

**【注释】**

[1]频减:多次缩紧。[2]废书:放下书本,不再读书。[3]灸(jiǔ):艾灸,中医治疗方法之一。[4]谙事:深刻透彻地理解很多事。[5]下此:放下对衰老的忧虑和担心。[6]翛(xiāo)然:自由自在,心情愉悦的样子。[7]桑榆:太阳落下时,余光留于桑榆上,故以桑榆晚比喻人到晚年。[8]霞:晚霞。

**【导读】**

这是年逾花甲的刘禹锡写给至交白居易的一首答诗。诗篇先自悲自怜老年的苦况;后笔锋陡转,肯定老年人值得自豪自傲之处。尤其是末两句,道出了心性修养的真谛:无论何时都应保持豁达乐观、积极进取的人生态度。诗歌风格俊朗、见解精辟。

**【名家点评】**

元和以后,诗人之全集可观者数家,当以刘禹锡为第一。其诗入选及所脍炙不下百首矣。(明·杨慎《升庵诗话》)

无体不备,蔚为大家。(清·管世铭《读雪山房唐诗钞》)

**【鉴赏链接】**

平倩文:《刘禹锡咏老诗略论》,《绥化师专学报》1989年第3期。

马增昌:《"微霞尚满天"?》,《咬文嚼字》2009年第2期。

# 金　缕　衣[1]

唐·无名氏

劝君莫惜金缕衣,劝君惜取少年时。花开堪[2]折直须[3]折,莫待[4]无花空折枝。

**【注释】**

[1]金缕衣:缀有金线的衣服,比喻荣华富贵。[2]堪:可以,能够。[3]直须:不必犹豫。直,直接,爽快。[4]莫待:不要等到。

【导读】

上联用赋,下联用喻,反复咏叹"珍惜时光"的主题,劝诫世人及时进取。全诗结构简单,节奏迂回徐缓。修辞别致新颖:赋中有兴,先赋后比,先情语后景语。"劝君莫惜金缕衣"一句是赋,而以物起情,又有兴的作用;"无花空折枝"一句是比,是景语,更是情语。

【名家点评】

序中说:"杜秋,金陵女也。年十五,为李锜妾。"诗中写道:"京江水清滑,生女白如脂;其间杜秋者,不劳朱粉施。老濞即山铸,后庭千蛾眉;秋持玉斝醉,与唱《金缕衣》。"后面自注说:"劝君莫惜金缕衣……李锜长唱此词。"(唐·杜牧《杜秋娘诗并序》)

【鉴赏链接】

姜火明:《杜秋娘与〈金缕衣〉》,《文化月刊》1999年第8期。

孙敏:《〈杜秋娘诗〉系年考》,《西南民族大学学报(人文社科版)》2004年第11期。

# 秋　日

宋·程　颢

闲来无事不从容[1],睡觉[2]东窗日已红。万物静观[3]皆自得[4],四时[5]佳兴与人同。道通天地有形外,思入风云变态中。富贵不淫[6]贫贱乐,男儿到此是豪雄。

【注释】

[1] 从容:不慌不忙。[2] 觉:醒。[3] 静观:仔细观察。[4] 自得:安逸舒适的样子。[5] 四时:指春、夏、秋、冬四季。[6] 淫:放纵。

【导读】

这首诗是秋日偶成,诗人超越了一己的得失和现实的困境,静观万物四时消长,从容应对荣衰宠辱,富贵不淫、贫贱不哀,从更高更远的层面上提升人生的境界。诗歌语言活泼生动,又充满思辨色彩。

**【名家点评】**

诗人能言义理者,自三百篇而后,恒不多见,唯韩昌黎、程明道、邵康节、朱晦庵数君子能言之。(明·蒋冕《琼台诗话》)

河南二程子以持敬之学教学者。其旨以严恭俨恪为要,其功始于动容貌、正颜色、出辞气之间,而推之至于尽性达天知命,盖作圣之基,学者无时而可离者也。(明·姜宸英《湛园集》)

自尧舜以来,圣圣相传,不越一敬。敬者,彻上彻下,成始成终之道也。……二程既以一敬接千圣之传,而伊川则特为主一无适之解,又从而反复发明之,庶几学者有所持守,以为超凡入圣之地。朱子谓程氏之有功于后学,最是主敬得力。(明·熊赐履《学统》)

**【鉴赏链接】**

吴河清:《论理学家程颢程颐的诗歌创作》,《商丘师范学院学报》2002年第6期。

韩立平:《程颢诗学思想新论》,《中国文学研究》2008年第2期。

罗旻:《程颢的精神世界与其诗歌意趣之观照》,《宁夏大学学报(人文社会科学版)》2012年第6期。

# 定 风 波[1]

宋·苏 轼

三月七日,沙湖[2]道中遇雨,雨具先去,同行皆狼狈[3],余不觉。已而遂晴。故作此。

莫听穿林打叶声[4],何妨吟啸且徐行。竹杖芒鞋[5]轻胜马,谁怕?一蓑[6]烟雨任平生。 料峭春风吹酒醒,微冷,山头斜照却相迎。回首向来萧瑟[7]处,归去,也无风雨也无晴。

**【注释】**

[1]定风波:词牌名。[2]沙湖:在今湖北黄冈东南三十里,又名螺丝店。[3]狼狈:进退皆难的困顿窘迫之状。[4]穿林打叶声:指大雨点透过树林打在树叶上的声音。[5]芒鞋:草鞋。[6]一蓑(suō):蓑衣,用棕制成的雨披。[7]萧瑟:风雨吹打树叶声。

**【导读】**

此词为醉归遇雨抒怀之作。上片着眼于对待风雨的态度,下片着眼于雨后的回味和总结。词作于简朴中见深意,于寻常处生奇景,表现出蔑视风雨的无畏精神和追求心灵平静的达观哲学。全词即景生情,语言诙谐。"何妨"二字透出一点俏皮,"风雨"二字一语双关,结句"回首向来萧瑟处,归去,也无风雨也无晴"极富人生哲理。

**【名家点评】**

壬戌相田至沙湖道中遇雨作。(清·王文诰《苏诗总案》)

东坡词颇似老杜诗,以其无意不可入,无事不可言也。若其豪放之致,则时与太白为近。太白(《忆秦娥》)声情悲壮。晚唐、五代惟趋婉丽。至东坡始能复古。后世论词者,或转以东坡为变调,不知晚唐、五代乃变调也。(清·刘熙载《艺概》)

此足征是翁坦荡之怀,任天而动。琢句亦瘦逸,能道眼前景,以曲笔直写胸臆,倚声能事尽之矣。(清·郑文焯《手批东坡乐府》)

**【鉴赏链接】**

康佳琼:《寄妙理于空灵之中——析〈定风波〉探索苏轼旷达心境》,《时代文学(上半月)》2012年第2期。

张鑫:《论苏轼〈定风波〉的理趣》,《文学教育(上)》2013年第8期。

# 水调歌头·黄州快哉亭赠张偓佺

宋·苏 轼

落日绣帘卷,亭下水连空。知君为我新作,窗户湿青红[1]。长记平山堂[2]上,欹枕[3]江南烟雨,杳杳没孤鸿。认得醉翁[4]语,"山色有无中"。 一千顷,都镜净,倒碧峰[5]。忽然浪起,掀舞一叶[6]白头翁[7]。堪笑兰台公子[8],未解庄生[9]天籁,刚道[10]有雌雄。一点浩然气[11],千里快哉风。

【注释】

[1]湿青红:指漆色鲜润。[2]平山堂:宋仁宗庆历八年(1048年)欧阳修在扬州所建。[3]欹(qī)枕:谓卧着可以看望。[4]醉翁:欧阳修别号。[5]倒碧峰:碧峰倒影水中。[6]一叶:指小舟。[7]白头翁:指老船夫。[8]兰台公子:指战国楚辞赋家宋玉,相传曾作兰台令。[9]庄生:战国时道家学者庄周。[10]刚道:硬说。[11]浩然气:指的是一种主观精神修养。

【导读】

上片主要描写快哉亭下及其远处的胜景;下片主要表现作者超然物外的潇洒胸襟以及对心性修养的不懈追求。全词虚实相生,写景、抒情、议论浑然一体,结构开合有致,风格雄奇奔放。"湿"字颇为传神;"一点浩然气,千里快哉风"句可谓惊世骇俗之语。

【名家点评】

其精微超旷,真足以开拓心胸,推倒豪杰。(清·刘熙载《艺概·诗概》)

此等句法,使作者稍稍矜才使气,便入粗豪一派。妙能写景中人,又生出无情思。(清·郑文焯《手批东坡东府》)

**【鉴赏链接】**

王慧敏:《苏轼的名胜词》,《盐城师范学院学报(人文社会科学版)》2006年第2期。

李玲珑:《词中有画　情理融化——品苏轼〈水调歌头·黄州快哉亭赠张偓佺〉》,《名作欣赏》2013年第11期。

# 【隐逸游仙】

  中国文化给每个人设计了两条路：一条是儒家的路，有为，进取，是人生的油门；另一条是道家的路，无为，退隐，是人生的刹车。这二者看上去矛盾、对立，但却很好地统一在中国文化中，落实在中国人，尤其是读书人的身上。人生不总是一帆风顺，不总能志得意满，而常常遇到挫折，受到打击。大多数中国人在这种情况下不会呼天抢地，寻死觅活，因为他们有退路。他们在心灵上可以退到老庄哲学中，去读《逍遥游》，去揣摩"福兮祸所伏，祸兮福所倚"。在行动上，则遍访名山，学道求仙，希望从虚无缥渺的神仙世界得到精神的解脱。

# 招隐诗（其一）

### 晋·左 思

杖策招[1]隐士，荒涂横[2]古今。岩穴无结构，丘中有鸣琴。白云停阴冈[3]，丹葩曜阳[4]林。石泉漱琼瑶[5]，纤鳞[6]或浮沉。非必丝与竹，山水有清音。何事待啸歌，灌木自悲吟。秋菊兼糇粮[7]，幽兰间[8]重襟。踌躇[9]足力烦，聊欲投吾簪[10]。

**【注释】**

[1]杖：持着。策：树木的细枝。招：寻找。[2]涂：通"途"。横：塞。[3]阴冈：较低而平的山脊的北面。[4]曜：照耀。阳：山之南、水之北为阳。[5]漱：激荡。琼瑶：美玉。[6]纤鳞：小鱼。纤，细小。[7]糇（hóu）粮：干粮。[8]间：杂置。[9]踌躇：犹豫。[10]投吾簪：丢下固冠用的簪子，比喻弃官，不再仕进。投，投弃。

**【导读】**

开篇点题，继而渲染隐居环境之宁静幽美，突出隐士高洁情怀。"白云""丹葩"优美如画，"石泉""纤鳞"洁净无尘，山水清音，引人神往。结句抒怀，为点睛之笔。写景简淡素朴，语言古朴峻洁。

**【名家点评】**

（左思）苦天下混浊，故将招寻隐者，欲以退不仕。（唐·刘良《文选注》）

此首叙偶然入山，招寻隐士，慕其自得，因欲投簪也。（清·张玉榖《古诗赏析》）

**【鉴赏链接】**

罗荷芳：《左思、陆机之招隐诗研究》，《沧桑》2009年第5期。

蒋述卓:《山水有清音——读左思〈招隐诗〉(其一)》,《国学》2007年第9期。

# 游仙诗(其十二)

晋·郭　璞

纵酒蒙汜[1]滨。结驾寻木末[2]。翘手攀金梯[3]。飞步登玉阙[4]。左顾拥方目[5]。右眷极朱发[6]。

【注释】

[1]蒙汜:古代神话中指日入之处。[2]驾:马车。寻木:大木。末:大木的最高处。[3]金梯:登天的梯子。[4]玉阙:传说中神仙居住的宫殿。[5]方目:方形瞳孔,大而有神,为神仙之特征,道家认为眼方者寿千岁。[6]朱发:即黑发,长生不老的神仙特征。

【导读】

《游仙诗》是郭璞创作的组诗,今存完整篇十首。此六句诗为残篇,表现诗人远离现实社会寻仙求长生之趣。诗中用"金梯""玉阙""方目""朱发"等仙家术语,想象奇特,富有浪漫主义气质。

【名家点评】

《游仙》之作,辞多慷慨,乖远玄宗,……乃是坎壈咏怀,非列仙之趣也。(钟嵘《诗品》)

景纯《游仙》,殆《杂诗》《咏怀》之流,类多风刺时事。钟记室讥少列仙之趣。王弇州亦云"奕奕佳丽,第少玄旨",真门外语耳。(清·佚名《静居绪言》)

郭璞《游仙诗》铺陈瑰异,如数家珍,实有冥契,非关琦托。(清·叶矫然《龙性堂诗话》)

景纯本以仙姿游于方内,其超越恒情,乃在造语奇杰,非关命意。《游仙》之作,明属寄托之词。如以"列仙之趣"求之,非其本旨矣。(清·陈祚明《采菽堂古诗选》)

**【鉴赏链接】**

刘启云:《试论郭璞游仙诗的创作意向与审美表现》,《理论月刊》2002年第5期。

赵沛林:《郭璞〈游仙诗〉的主题及其思想特征》,《北京大学学报(哲学社会科学版)》2013年第6期。

# 野　　望

唐·王　绩

东皋薄暮望[1],徙倚欲何依[2]。树树皆秋色,山山唯落晖[3]。牧人驱犊[4]返,猎马带禽[5]归。相顾无相识,长歌怀采薇[6]。

**【注释】**

[1]东皋:在山西绛州龙门一带,为诗人隐居之所,诗人自号东皋子。薄暮:傍晚。薄,迫近。[2]徙倚(xǐ yǐ):徘徊。欲何依:化用曹操《短歌行》中"月明星稀,乌鹊南飞,绕树三匝,何枝可依"之意,表现诗人无处可依的彷徨心情。[3]落晖:落日。[4]犊:小牛,诗中指牛群。[5]禽:鸟兽,代指猎物。[6]薇:巢菜,俗名野豌豆,蔓生,茎叶似小豆,可生食或做羹。相传周武王灭商,伯夷、叔齐耻之,义不食周粟,隐于首阳山采薇而食,最后饿死。后世以"采薇"代指隐居生活。诗人借怀念采薇而食的伯夷、叔齐,抒发抑郁苦闷的心境。

**【导读】**

诗歌写薄暮时所望所感,山林秋色图萧瑟恬静,牧人晚归图则连用四个动词,画面流畅,情景交融。诗人在田园牧歌式的氛围中流露出惆怅孤寂的情绪。语言自然朴素,清新流畅,一洗六朝以来的浮艳诗风。

**【名家点评】**

此诗格调最清,宜取以压卷。视此,则律中起承转合了然矣。(清·王尧衢《古唐诗合解》)

王无功,隋之遗老也。"欲何依""怀采薇",可以见其志矣。(清·顾安

评选、何文焕增评《唐律消夏录》）

五言律前此失严者多，应以此章为首。（清·沈德潜《唐诗别裁集》）

【鉴赏链接】

刘明华：《审美距离中的田园之乐——从王绩〈野望〉、王维〈渭川田家〉谈起》，《西南大学学报（社会科学版）》2007年第5期。

施蛰存：《王绩〈野望〉赏析》，参见《唐诗百话》，华东师范大学出版社2011年版。

# 宴梅道士山房[1]

### 唐·孟浩然

林卧[2]愁春尽，开轩览物华[3]。忽逢青鸟[4]使，邀我赤松[5]家。金灶[6]初开火，仙桃[7]正落花。童颜若可驻，何惜醉流霞[8]。

【注释】

[1]诗题或作"清明日宴梅道士山房"。[2]林卧：林下高卧，指隐居。[3]轩：窗。物华：自然景物。[4]青鸟：神话中鸟名，西王母使者。后世以青鸟比喻传信的使者。[5]赤松：赤松子，传说中的仙人。诗中借指梅道士。[6]金灶：道家炼丹的炉灶。[7]仙桃：传说西王母曾以仙桃赠汉武帝，称此桃三千年才结实。[8]驻：保持。流霞：仙酒名。"童颜"两句：意谓如果仙酒真能使容颜不老，那就不惜一醉。

【导读】

诗人隐居山中，颇有失意之愁，应道士邀请而作客，盛情赞美道士生活，巧用"金灶""仙桃""驻颜""流霞"等道家术语和"青鸟""赤松子"等仙家典故，涉笔成趣，自然贴切。

【名家点评】

孟诗淡而不幽，时杂流丽，闲而匪远，颇觉清扬，可取者，一味自然。（明·胡应麟《诗薮》）

浩然五言古诗,近体清新高妙,不下李杜。(明·谢榛《四溟诗话》)

【鉴赏链接】

程晨:《论孟浩然诗歌中的道家情怀》,《北方文学(下半月)》2011年第8期。

宁松夫:《论孟浩然隐逸思想的成因》,《襄樊学院学报》2004年第4期。

# 终南别业[1]

### 唐·王 维

中岁颇好道[2],晚家南山陲[3]。兴[4]来每独往,胜事空[5]自知。行到水穷处,坐看云起时。偶然值林叟[6],谈笑无还期[7]。

【注释】

[1] 终南:即终南山,道教的发祥地之一,又名太乙山、中南山、周南山,简称南山,位于秦岭山脉。别业:与"旧业"或"第宅"相对而言,业主往往原有一处住宅,而后另营别墅,称为别业。终南别业,原系唐代诗人宋之问所建,后为王维购得,营建后改为辋川别业。王维晚年隐居于此。[2] 中岁:中年。道:这里指佛教。[3] 晚:晚年。家:安家,居住。南山:即终南山。陲:边缘,旁边,边境。[4] 兴:兴致。[5] 胜事:美好的事。空:只。[6] 值:遇到。林叟:山林中的老翁。[7] 无还期:忘记回去的时间。

【导读】

诗人中年以后信奉佛教,隐居于终南山。诗歌表现了隐居生活的闲适情趣,兴来独游,怡然自乐,随意而行,自由悠闲。颈联二句,既见诗人之悠闲心境,更启人心智,顿悟禅机之妙。

【名家点评】

行所无事,一片化机。(清·沈德潜《唐诗别裁集》)

通首言中岁虽参究此事,不免茫无着落,至晚年方知有安身立命之处。得此把柄,则行止洒落,冷暖自知,水穷云起,尽是禅机,林叟闲淡,无非妙谛

矣。以人我相忘作结,有悠悠自得之意。(清·佚名《唐诗从绳》)

行至水穷,若已到尽头,而又看云起,见妙境之无穷。可悟处世事变之无穷,求学之义理亦无穷。此二句有一片化机之妙。(俞陛云《诗境浅说》)

**【鉴赏链接】**

彭新有:《〈终南别业〉的禅宗色彩分析》,《文学教育(下)》2010年第9期。

胡遂、罗姝:《行到水穷处,坐看云起时——论王维山水诗的"云"、"水"意蕴》,《湖南大学学报(社会科学版)》2009年第3期。

# 独坐敬亭山[1]

唐·李 白

众鸟高飞尽,孤云独去闲。相看两不厌[2],只有敬亭山。

**【注释】**

[1] 敬亭山:在今安徽宣城市北。[2] 厌:满足。

**【导读】**

首句"尽""闲"二字,以动衬静,营造清幽之境,烘托诗人孤寂之感。尾句以拟人手法赋予敬亭山人格色彩,语句平淡,意蕴丰厚,情感强烈。

**【名家点评】**

与寒山一片石语,惟山有耳;与敬亭山相看,惟山有目,不怕聋瞆杀世上人。古人胸怀眼界,真如此孤旷。(宋·严羽评本《李太白诗集》)

首二句已绘出"独坐"神理,三四句偏不从独处写,偏曰"相看两不厌",从不独写出"独"字,倍觉警妙异常。(清·李锳《诗法易简录》)

绝句最贵含蓄。青莲"相看两不厌,只有敬亭山",亦太分晓。钱起"始怜幽竹山窗下,不改青阴待我归",面目尤觉可憎。宋人以为高作,何也?(明·胡应麟《诗薮》)

## 【鉴赏链接】

刘坦宾:《两怀高洁 不厌相看——李白〈独坐敬亭山〉赏析》,《文史知识》1994 年第 7 期。

童庆炳:《李白〈独坐敬亭山〉义证》,《河北学刊》2013 年第 4 期。

# 渔 翁

唐·柳宗元

渔翁夜傍西岩[1]宿,晓汲清湘[2]燃楚竹。烟销日出不见人,欸乃[3]一声山水绿。回看天际下中流[4],岩上无心[5]云相逐。

## 【注释】

[1]傍:靠近。西岩:即西山,指永州(今湖南零陵)境内的西山。[2]汲:取水。湘:湘江。[3]欸(ǎi)乃:摇橹声。[4]下中流:由中流而下。[5]无心:陶渊明《归去来兮辞》"云无心而出岫",一般是表示庄子所说的那种物我两忘的心灵境界。

## 【导读】

诗人借渔翁形象地抒写了自己孤高的品格、旷达的追求。诗歌造语奇特,情趣悠闲,境旷意远。"清湘""楚竹",超凡绝俗,"欸乃"朴实鲜活,打破清寂之境,颇有奇趣。

## 【名家点评】

诗以奇趣为宗,反常合道为趣。熟味此诗,有奇趣。然其尾两句,虽不必亦可。(宋·苏轼《书柳子厚〈渔翁〉诗》)

东坡删去后二句,使子厚复生,亦必心服。(宋·严羽《沧浪诗话》)

## 【鉴赏链接】

秦安红:《追寻洒脱飘逸的智者——柳宗元〈江雪〉、〈渔翁〉中的渔父意蕴浅析》,《名作欣赏》2000 年第 5 期。

张映光:《论柳宗元的渔翁诗——从柳诗渔翁形象的比照看柳宗元永州时期的心态》,《南京社会科学》2007 年第 12 期。

# 游山西村[1]

宋·陆 游

莫笑农家腊酒[2]浑,丰年留客足鸡豚[3]。山重水复疑无路,柳暗花明又一村。箫鼓追随春社近[4],衣冠简朴古风存[5]。从今若许[6]闲乘月,拄杖无时[7]夜叩门。

【注释】

[1]南宋乾道二年(1166年),陆游因主战而被罢官,回山阴居住,次年春作此诗。山西村,在今浙江绍兴鉴湖附近。[2]腊酒:腊月里酿造的酒。[3]足:足够,丰盛。豚:小猪,诗中代指猪肉。[4]箫鼓:吹箫打鼓。春社:古代把立春后第五个戊日作为春社日,拜祭社公(土地神)和五谷神,祈求丰收。[5]古风存:保留着淳朴的古代风俗。[6]若许:如果允许。[7]无时:没有一定的时间,即随时。

【导读】

此篇乃纪游抒情诗,结构严谨,主线突出。赞美农村民风淳朴,对家乡热爱之情溢于言表。额联写山行情景之幽深,虚实相生,情景交融,富有理趣,是为警句。

【名家点评】

有如弹丸脱手,不独善写难状之景。(清·弘历《唐宋诗醇》)

以游村情事作起,徐言境地之幽,风俗之美,愿为频来之约。(清·方东树《昭昧詹言》)

【鉴赏链接】

周懋昌:《迷人的田野风光 醉人的泥土芳香——〈过故人庄〉、〈游山西村〉对读》,《文史知识》1995年第1期。

张书恒、王致涌:《〈游山西村〉的自然背景》,《浙江学刊》1982年第3期。

# 临江仙·夜归临皋

宋·苏 轼

夜饮东坡[1]醒复醉,归来仿佛三更。家童鼻息已雷鸣。敲门都不应,倚杖听江声。 长恨此身非我有,何时忘却营营[2]。夜阑风静縠纹平[3]。小舟从此逝,江海寄余生。

【注释】

[1]东坡:黄州的地名。公元1080年(宋神宗元丰三年),苏轼因乌台诗案,谪贬黄州(今湖北黄冈),住在城南长江边上的临皋亭。后来,又在不远处开垦了一片荒地,种上庄稼树木,名之曰东坡,又筑房屋曰雪堂。这里写从雪堂夜归临皋。[2]营营:纷扰貌。此两句意为:身为名利所牵,故非我有,什么时候才能忘却营营呢?[3]夜阑:夜尽。縠纹:比喻水波细纹。縠,绉纱类丝织品。

【导读】

这是一首即事抒情词,作于苏轼被贬黄州后。上片叙夜饮晚归之事,渲染其醉眼蒙胧之态。下片触景生情,抒写政治失意后归隐江湖的情怀,旷达超脱,浪漫飘逸。

【名家点评】

壬戌九月,雪堂夜饮,醉归临皋作。(清·王文诰《苏诗总案》)

翌日喧传:"子瞻夜作此词,挂冠服江边,拏舟长啸去矣。"郡守徐君猷闻之,惊且惧,以为州失罪人,急命驾往谒,则子瞻鼻鼾如雷,犹未兴也。然此语卒传至京师,虽裕陵亦闻而疑之。(宋·叶梦得《避暑录话》)

【鉴赏链接】

谷卿:《精神退避的意义空间——苏轼〈临江仙·夜归临皋〉》,《名作欣赏》2010年第34期。

周衡:《苏轼〈临江仙·夜归临皋〉心解》,《古典文学知识》2015年第1期。

# 山园小梅

宋·林逋

众芳摇落独暄妍[1],占尽风情向小园。疏影横斜[2]水清浅,暗香浮动月黄昏。霜禽[3]欲下先偷眼,粉蝶如知合[4]断魂。幸有微吟可相狎[5],不须檀板共金樽[6]。

【注释】

[1]众芳:百花。摇落:被风吹落。暄妍:明媚美丽。[2]疏影横斜:梅花疏疏落落,斜横枝干投在水中的影子。[3]霜禽:一指白鹤,二指冬天的禽鸟,与下句中夏天的"粉蝶"相对。[4]合:应该。[5]微吟:低声地吟唱。狎(xiá):亲近而态度不庄重。[6]檀板:演唱时用的檀木柏板,此处指歌唱。金樽:豪华的酒杯,此处指饮酒。

【导读】

咏梅不重花之形迹,侧面烘托,渲染梅之风骨神韵,实是诗人幽独清高、自甘淡泊之人格写照。颔联"疏影""暗香"二词,化用前人诗句,点铁成金,妙尽梅之气质风姿,遂为绝唱。

【名家点评】

人称其梅花诗云"疏影横斜水清浅,暗香浮动月黄昏",曲尽梅之体态。(宋·司马光《温公续诗话》)

江为诗:"竹影横斜水清浅,桂香浮动月黄昏。"林君复改二字为"疏影""暗香"以咏梅,遂成千古绝调。(明·李日华《紫桃轩杂缀》)

和靖"疏影横斜水清浅"一联善矣,而起句"众芳摇落独鲜妍,占尽风情向小园",太杀凡近,后四句亦无高致。(清·吴乔《围炉诗话》)

【鉴赏链接】

孙绍振:《"疏影横斜水清浅,暗香浮动月黄昏"好在哪里?——古诗词经典问答(四)》,《名作欣赏》2010年第28期。

瞿静:《小园匿隐士 孤山葬梅魂——读林逋〈山园小梅〉》,《名作欣赏》2013年第12期。

# 【名胜古迹】

　　古人奉"读万卷书行万里路"为圭臬,是有道理的。因为,自然是比书本更为博大、丰富的书,而自然这本书中最精美的章节就是名胜古迹。在这些名胜古迹中,可以亲眼一睹历史的遗存,亭台楼榭,楹联书画,更可以了解很多的历史传说,比如乘黄鹤而去的仙人,比如为压王气而被秦始皇埋黄金的金陵。文人每到此,难免不发思古之幽情。其实有时真说不清是名胜引发了名诗,还是名诗使胜地名扬,苏州城外有座寒山寺,当年张继落榜经此,夜晚难眠,吟咏了一首《枫桥夜泊》,遂使寒山寺名声大作,至今不衰。

# 滕　王　阁

唐·王　勃

滕王高阁临江渚[1]，佩玉鸣鸾[2]罢歌舞。画栋[3]朝飞南浦[4]云，珠帘暮卷西山[5]雨。闲云潭影日悠悠[6]，物换星移[7]几度秋。阁中帝子[8]今何在？槛[9]外长江空自流。

【注释】

[1]江：赣江。渚(zhǔ)：江中小洲。[2]佩玉鸣鸾：身上佩戴的玉饰、响铃。[3]画栋：有彩绘的栋梁。[4]南浦：地名，在南昌市西南。浦，水边或河流入海的地方(多用于地名)。[5]西山：南昌名胜，一名南昌山、厌原山、洪崖山。[6]日悠悠：每日无拘无束地游荡。[7]物换星移：形容时代的变迁、万物的更替。[8]帝子：指滕王李元婴。[9]槛(jiàn)：栏杆。

【导读】

这首七律是咏滕王阁诗中的上乘之作，前四句写景，状滕王阁居高临远、景色秀美壮丽。但景中含情，诗人览壮景而生感慨。后四句抒情，从时间、空间上抒繁华难再、盛衰无常之概叹。全诗含蓄凝练，情景交融，意境深远。

【名家点评】

只一结语，开后来多少法门。(明·凌宏宪《唐诗广选》)

三、四高迥，实境自然，不作笼盖语致。文虽四韵，气足长篇。(明·陆时雍《唐诗镜》)

王子安《滕王阁》诗，俯仰自在，笔力所到，五十六字中，有千万言之势。(清·周容《春酒堂诗话》)

萧亭答：若短篇，词短而气欲长，声急而意欲有余，斯为得之。短篇如王

子安《滕王阁》,最有法度。(清·郎廷槐《师友诗传录》)

【鉴赏链接】

聿人:《王勃和〈滕王阁诗〉》,《江西教育学院学刊》1981年第2期。

莫道才:《〈滕王阁序〉与〈滕王阁诗〉——异文体文本的互文性对读》,《古典文学知识》2014年第5期。

# 次[1]北固山[2]下

唐·王 湾

客路青山[3]外,行舟绿水前。潮平两岸阔,风正[4]一帆悬。海日生残夜,江春入旧年。乡书何处达?归雁洛阳边。

【注释】

[1]次:住宿,这里指船停泊。[2]北固山:在今江苏镇江市北,三面临江,形势险固,因以为名。[3]青山:指北固山。[4]风正:风顺。

【导读】

这首五律首联破题,交代行踪,点明北固山之山清水秀。颔联、颈联写舟中所见、山上静观之景,一动一静,境界阔大,气势恢宏。"平""阔""正""悬""生""入"六字,字字珠玑,生动传神。尾联抒思乡之情,呼应开头。

【名家点评】

"海日生残夜,江春入旧年",诗人已来,少有此句。张燕公手题政事堂,每示能文,令为楷式。(唐·殷璠《河岳英灵集》)

徐充曰:此篇写景寓怀,风韵洒落,佳作也。"生"字、"入"字淡而化,非浅浅可到。(明·周珽《唐诗选脉会通评林》)

形容景物,妙绝千古。(明·胡应麟《诗薮》)

【鉴赏链接】

郭杰:《睹新春之景 咏乡思之情——读王湾的〈次北固山下〉》,《名作欣赏》2001年第1期。

王志清:《盛唐诗歌的极品——〈次北固山下〉赏析》,《古典文学知识》2011年第1期。

## 望天门山[1]

### 唐·李　白

天门中断[2]楚江[3]开,碧水东流至此[4]回。两岸青山[5]相对出,孤帆一片日边来。

【注释】

[1]天门山:在今安徽省当涂县,长江北的叫西梁山,长江南的叫东梁山,两山隔江对峙,形同天设的门户,天门由此得名。[2]中断:江水从中间隔断两山。[3]楚江:长江流经战国时楚国的一段,李白称其为楚江。[4]至此:意为东流的江水在这转向北流。[5]两岸青山:分别指东梁山和西梁山。

【导读】

这首七绝,前两句写天门山扼江回流的雄伟气势和长江汹涌奔腾、千回百转的神观。山依水立,水由山出,想象雄奇,景象壮丽。第三句"出"字化静为动,绘天门山对峙如门的雄姿。结句点"望"之所在,藏喜悦之情于其中。

【名家点评】

一幅绝好画意。(明·李攀龙《唐诗直解》)

此及"朝辞白帝"等作,俱极自然,洵属神品,足以擅场一代。(明·胡应麟《诗薮》)

以山相对,照应"中断";以水流回,承应"江开",意调出自天然。(明·周珽《唐诗选脉会通评林》)

语无深意,写景逼真。(清·黄生《唐诗摘钞》)

【鉴赏链接】

韩大伟:《辨"日边来"　识"真太白"——〈望天门山〉新解》,《文学遗产》2003年第1期。

黄德生:《〈望天门山〉的主题与表现手法》,《绥化师专学报》1986年第3期。

# 登庐山五老峰[1]

### 唐·李 白

庐山东南五老峰,青天削出金芙蓉[2]。九江[3]秀色可揽结[4],吾将此地巢云松[5]。

【注释】

[1]五老峰:庐山东南部相连的五座山峰,形状如五位老人并肩而立,山势险峻,是庐山胜景之一。李白曾在此地筑舍读书。[2]芙蓉:莲花。[3]九江:九江在庐山北面。[4]揽结:采集、收取。[5]巢云松:隐居。

【导读】

这是一首咏庐山的七律,首句紧扣诗题,点明吟咏对象。次句想象大胆,"削"字极妙,突显五老峰峭拔险峻;比喻传神,"金芙蓉"状其金光耀眼、秀丽多姿。第三句秀水与名山相携,美不胜收!末句绾结全篇,抒发心志,水到渠成。

【名家点评】

纯用古调,次句亦秀削天成。(清·弘历《唐宋诗醇》)

芙蓉,莲花也,山峰秀丽,可以比之,其色黄,故曰金芙蓉也。(清·王琦注《李太白全集》)

【鉴赏链接】

乔根:《同咏庐山胜迹 各抒胸中块垒——李白〈望庐山五老峰〉与钱起〈江行望庐山〉之比较》,《黄山高等专科学校学报》2002年第1期。

# 终 南 山[1]

### 唐·王 维

太乙[2]近天都[3],连山接海隅[4]。白云回望合,青霭[5]入看无。

分野[6]中峰[7]变,阴晴众壑殊。欲投人处宿,隔水问樵夫。

**【注释】**

[1]终南山:又名中南山或南山,秦岭山峰之一。[2]太乙:终南山的主峰,亦为终南山别名。[3]天都:天帝所居,这里指帝都长安。[4]海隅:海边。终南山并不到海,此为夸张之词。[5]青霭:山中的云气。[6]分野:我国古代天文学家把天上的星宿(二十八个星宿)和地上的区域联系起来,地上的某一区域都划定在星空的某一范围之内,称为分野。[7]中峰:指主峰太乙。这句指以太乙为标志,东西两边就分属不同星宿的分野了。

**【导读】**

这首五律是唐代写终南山最具代表性的作品,诗人或远眺,或近观,或俯察,描绘了终南山的巍峨壮丽、绵延起伏及白云、青霭的万千气象。尾联"隔水问樵夫"别具动感,突显诗人流连忘返、向往山水之情,是点睛之笔。

**【名家点评】**

语不必深辟,清夺众妙。(宋·刘辰翁《王孟诗评》)

右丞不独幽闲,乃饶奇丽,但一出其口,自然清冷,非世中味耳。(明·邢昉《唐风定》)

"欲投人处宿,隔水问樵夫",则山之辽廓荒远可知,与上六句初无异致,且得宾主分明,非独头意识悬相描摹也。(明·王夫之《姜斋诗话》)

"近天都"言其高,"接海隅"言其远,"分野"二句言其大,四十字中无所不包,手笔不在杜陵下。……或谓末二句似与通体不配。今玩其语意,见山远而人寡也,非寻常写景可比。(清·沈德潜《唐诗别裁集》)

**【鉴赏链接】**

霍松林:《"意余于象"一例——说王维〈终南山〉》,《文艺理论研究》1983年第3期。

徐伯鸿:《诗是无形画——析王维〈终南山〉诗》,《信阳师范学院学报(哲学社会科学版)》1988年第2期。

曾坤:《杜甫〈望岳〉与王维〈终南山〉之比较》,《语文知识》2015年第1期。

# 望 岳

唐·杜 甫

岱宗[1]夫如何？齐鲁[2]青未了[3]。造化[4]钟[5]神秀,阴阳[6]割昏晓[7]。荡胸生曾云,决眦[8]入归鸟。会当凌绝顶,一览众山小。

**【注释】**

[1] 岱宗:泰山别名岱山,因居五岳之首,故尊为岱宗。[2] 齐鲁:春秋战国的两个国家,在今山东境内,这里代指山东地区。[3] 青未了:指郁郁苍苍的山色无边无际,难以尽言。[4] 造化:大自然。[5] 钟:聚集。[6] 阴阳:阴指山的北面,阳指山的南面。这里指泰山的南北。[7] 昏晓:黄昏和早晨。[8] 决眦:形容极力张大眼睛远望,眼角像要决裂开了。眦(zì),眼角。

**【导读】**

这首五律以设问开头,描绘泰山绵延、巍峨之独尊气势。三、四句极言其钟灵毓秀、气象万千,五、六句用衬托手法状泰山的巍峨高峻、神奇秀丽。最后两句抒发诗人凌顶小天下的慨叹,气魄恢宏,意境高远,真乃神来之笔。

**【名家点评】**

《望岳》一题,若入他人手,不知作多少语,少陵只以四韵了之,弥见简劲。"齐鲁青未了"五字,囊括数千里,可谓雄阔。(清·施补华《岘佣说诗》)

只此五字,可以小天下矣,何小儒存乎见少也(首二句下)。"割"字奇("阴阳"句下)。"入"字又奇,然"割"字人尚能用,"入"字人不能用("决眦"句下)。(清·黄周星《唐诗快》)

"齐鲁青未了"五字,已尽太山。(清·沈德潜《唐诗别裁集》)

**【鉴赏链接】**

陈卓:《说杜甫〈望岳〉诗"会当"两句的意蕴》,《杜甫研究学刊》1999年第4期。

郭杰:《仰望泰山 志在高远——杜甫〈望岳〉赏读》,《古典文学知识》2001年第6期。

周相录:《杜甫〈望岳〉新解》,《古典文学知识》2011年第3期。

# 夔州歌十绝句（其一）

唐·杜 甫

中巴之东[1]巴东山[2]，江水开辟流其间。白帝[3]高为三峡镇，瞿塘[4]险过百牢关。

【注释】

[1]中巴之东：东汉末刘璋占据蜀国，分其地为三巴，有中巴、西巴、东巴。夔州为巴东郡，在"中巴之东"。[2]巴东山：即大巴山，在川、陕、鄂三省边境。诗中特指三峡两岸连山。[3]白帝：即白帝城，在夔州之东的北岸高峰顶上。[4]瞿塘：即瞿塘峡，两岸如削，岩壁高耸。

【导读】

本诗是杜甫写夔州的一首七绝。首句写山，巴东山之高、险，隐而不露。次句写水，"开辟"二字刻画滚滚长江，开山辟岭，奔腾咆哮。三、四句写白帝城之高，瞿塘峡之险，极有气势。全诗一句一景，景中含情。

【名家点评】

第一首写其形势，便堪为夔吐气。（明·王嗣奭《杜臆》）

第一首，领全势。"高为峡镇"，顶首句，就本地形胜作意；"险过百牢"，顶次句，以他处地险相形。（清·浦起龙《读杜心解》）

前二首记形胜，兼入感慨。（清·杨伦《杜诗镜铨》）

【鉴赏链接】

章起：《杜甫〈夔州歌〉小笺》，《安庆师范学院学报》1991年第2期。

金启华：《〈夔州歌十绝句〉笺释》，《杜甫研究学刊》2010年第2期。

# 题破山寺[1]后禅院

唐·常 建

清晨入古寺,初日照高林。曲径通幽处,禅房[2]花木深。山光悦鸟性,潭影空人心。万籁[3]此俱寂,但余[4]钟磬[5]音。

【注释】

[1]破山寺:即兴福寺,今江苏常熟市北。[2]禅房:僧人居住修行的地方。[3]万籁:各种声音。[4]但余:只留下。也作"惟余",又作"惟闻"。[5]钟磬(qìng):佛寺中诵经时敲打的乐器,钟响开始,磬响停止。

【导读】

这首诗是盛唐诗人常建五律中的名篇,全诗写诗人入寺的所见所感。颔联写景,平中见奇,礼赞禅房的幽静美妙。颈联是全诗的警策之句,"悦""空"用字极妙,极言禅院之幽净怡悦。结句以声衬静,极富禅理,韵味无穷。

【名家点评】

吾尝喜诵常建诗云"曲径通幽处,禅房花木深",欲效其语作一联,久不可得,乃知造意者为难工也。(宋·欧阳修《题青州山斋》)

五六写一时佳景,澄潭莹净,万象森罗。"影"字下得妙,形容心体妙明,无如此语。(明·程元初《唐诗绪笺》)

但写幽情,不着一赞羡语,而赞羡已到十分。次写景真,句法又活。(清·屈复《唐诗成法》)

鸟性之悦,悦以山光;人心之空,空因潭水:此倒装句法。通体幽绝。(清·沈德潜《唐诗别裁集》)

【鉴赏链接】

桑宝靖:《杳渺、深幽、宁静——常建〈题破山寺后禅院〉赏析》,《世界宗教文化》2003年第2期。

陆可爱:《深幽宁静 雅致灵慧——〈题破山寺后禅院〉赏析》,《写作》2005年第10期。

# 春题湖上

唐·白居易

湖上春来似画图,乱峰[1]围绕水平铺。松排山面千重翠,月点波心一颗珠。碧毯线头抽[2]早稻,青罗裙带展新蒲[3]。未能抛得杭州去,一半勾留[4]是此湖。

【注释】

[1]乱峰:形容山峰很多。西湖三面环山,有南高峰、北高峰、葛岭等。[2]抽:抽出、拔出。[3]蒲:香蒲,湖中生长的一种水草。[4]勾留:稽留,耽搁。

【导读】

这是一首描写西湖春景的七律,"似画图"总领前六句写景,凸显西湖春天风光旖旎。首联、颔联比喻精妙传神,为景增色添韵。尾联抒情,以"一半勾留"抒发诗人眷恋之情,真可谓"处处回头尽堪恋,就中难别是西湖"。

【名家点评】

物态新出("碧毯线头"二句下)。万千赞叹,尽此二句(末二句下)。(清·毛奇龄、王锡《唐七律选》)

"画图"二字是诗眼,下五句皆实写画图中景;以不舍意作结,而曰"一半勾留",言外正有余情。(清·弘历《唐宋诗醇》)

以"湖"字起结,奇极。"一半勾留",湖未尝留人,时人自不能抛舍。兴之所适也;然亦只得"一半",那一半当别有瞻恋君国去处,若说全被勾留,岂不是个游春郎君,不是白傅口中语矣(末二句下)。前解写山月之胜,后解写物色之胜,总写得"湖上春"三字。(清·王尧衢《古唐诗合解》)

【鉴赏链接】

覃俏丽:《浅谈白居易的山水诗》,《广西社会科学》1998年第1期。

谢虹光:《歌诗献西子 多情白刺史——白居易杭州山水诗十首提点》,《名作欣赏》2001年第3期。

# 题 君 山[1]

唐·雍 陶

烟波[2]不动影沉沉,碧色全无翠色深。疑是水仙[3]梳洗处,一螺青黛[4]镜中心。

**【注释】**

[1]君山:又名湘山,处于洞庭湖畔。[2]烟波:指洞庭湖的湖面。[3]水仙:传说中本帝尧之二女、舜之二妃,即娥皇、女英。相传二妃没于湘水,遂为湘水之神。[4]一螺青黛:青黛色的螺髻。这里诗人以青螺比喻君山。

**【导读】**

诗歌构思巧妙,起笔别致,侧面写君山倒影,将君山与洞庭湖一并托出。次句承上句,细笔描摹湖光山色。第三句笔锋一转,以神话点染洞庭湖之秀美,为末句写君山作铺垫。结句巧设比喻,浪漫传神。

**【名家点评】**

刘(禹锡)尚书有望洞庭之句,雍使君陶有咏君山之诗,其如作者之才,往往暗合。刘望洞庭诗曰:"湖光秋月两相和,潭面无风镜未磨。遥望洞庭山翠色,白银盘里一青螺。"雍咏君山诗曰:"烟波不动影沉沉……"(五代·何光远《鉴诫录》)

**【鉴赏链接】**

郭象:《视角有别 秀色各具——刘禹锡、雍陶、程贺"君山"诗比析》,《古典文学知识》1999年第1期。

胡媛:《洞庭山水一绝句——评雍陶〈题君山〉》,《名作欣赏》2015年第4期。

# 【时令节气】

  中国有着农耕传统,历代统治者也往往以农业作为立国之本。于是,造就了中国人对自然气候的关注,并早在春秋战国时期就创造了二十四节气来指导农事。其实,农事即人事,节气之变更也引动人的心情、性情的变化,于是节气就着上文化色彩,变成节日。比如清明,原本是春耕春种的好时节,但由于与寒食节相联,人们由纪念介子推衍变为祭祀祖先。吟咏时节的诗文,不仅有凝聚一家庭、一家族的功用,更有凝聚一国家、一民族的价值。在节气之外,先民们又衍化出与此相关的其他节日,如端午、中秋、重阳等节日,致使中国佳节多多,而人们则"每到佳节倍思亲"。

# 丰乐亭游春[1]（其三）

宋·欧阳修

红树青山日欲斜[2]，长郊草色绿无涯[3]。游人不管春将老[4]，来往亭前踏落花。

**【注释】**

[1]丰乐亭：在今安徽省滁县西南琅琊山幽谷泉上，是欧阳修任滁州太守时所建。[2]日欲斜（xiá）：太阳将要偏西。[3]长郊：广阔的郊野。无涯：没有边际。[4]春将老：春天将结束。

**【导读】**

此篇写惜春之情。一二两句写景，视野广阔。红树青山、艳阳斜照、芳草连天，状难写之景如在目前。三四两句由远而近，以游人在丰乐亭前尽情游春赏景，踩踏落花的"无情"写自己恋春、惜春的"有情"，借景抒情，意在言外。

**【名家点评】**

六一诗只欲平易耳。（宋·魏庆之《诗人玉屑》引《雪浪斋日记》）

欧公诗，始矫昆体，专以气格为主，故其诗多平易疏畅。（宋·叶梦得《石林诗话》）

**【鉴赏链接】**

王充闾：《来往亭前踏落花》，《文化学刊》2009年第2期。

叶洪珍：《略论欧阳修滁州诗歌》，《滁州学院学报》2012年第4期。

# 初夏淮安道中

元·萨都剌

鱼虾泼泼[1]初出网,梅杏青青已著枝[2]。满树嫩晴春雨歇[3],行人[4]四月过淮时。

【注释】

[1]泼泼:拟声词,形容鱼虾在网中跳跃时发出的声音。[2]著(zhuó)枝:挂在枝头。著,附着。[3]嫩晴:指春日雨后初晴。歇:停止。[4]行人:赶路的人,这里指诗人自己。

【导读】

本诗描写初夏时节诗人经过水乡淮安时所见到的乡间景色。泼泼甩尾的网中鱼虾,挂满枝头的青绿梅杏,雨后初晴的清新气象,在诗人笔下构成一幅极其生动的图画。诗中用叠音词"泼泼"形容跳动活泼的鱼儿,"青青"形容青嫩可爱的梅杏新果,既有浓郁的生活气息,又朗朗上口,读来颇有韵味。

【名家点评】

其为诗声色相兼,奇正互出,无长吉之奇彩,有长吉之高格,雅溯中原迭代之人,不可多得也。(明·潘是仁《雁门集序》)

惟先生之诗,才藻艳发,词气高浑,信笔所如,自成雅调。(清·林人中《雁门集序》)

【鉴赏链接】

余国钦:《萨都剌诗歌浅说》,《内蒙古师大学报(哲学社会科学版)》1988年第2期。

马燕:《萨都剌诗词创作的审美风格》,《青海民族学院学报》2004年第1期。

# 三 衢 道 中[1]

宋·曾 几

梅子黄时[2]日日晴,小溪泛尽却山行[3]。绿阴不减[4]来时路,添得黄鹂四五声。

**【注释】**

[1] 三衢:即三衢山,在今浙江省衢州市衢江区。[2] 梅子黄时:指农历五月,梅子变黄成熟的时节。[3] 泛尽:泛舟到了尽头。却山行:又改走山路。[4] 不减:没有减少。

**【导读】**

首句点明时令与天气。"黄梅时节家家雨",今年却是"日日晴",则诗人内心的喜悦不言自明。次句写出行路线。小溪泛尽而游兴未尽,于是舍舟登岸,继续览胜。一个"却"字,尽显其高涨的游兴。三、四两句写"山行"所见,有声有色,动中显静。全诗节奏明快,四句皆景,而对大自然的钟爱之情跃然纸上。

**【名家点评】**

赵仲白题曾文清公诗集云:"清于月出初三夜,淡似汤烹第一泉。咄咄逼人门弟子,剑南已见一灯传。""剑南",谓放翁也。(宋·魏庆之《诗人玉屑》)

**【鉴赏链接】**

邵湘泉:《探险猎奇 融入自然——〈三衢道中〉诗赏析》,《文史知识》1996 年第 6 期。

周欣展:《自然高妙之妙——曾幾〈三衢道中〉读后》,《古典文学知识》2008 年第 1 期。

# 入若耶溪[1]

南北朝·王　籍

舻舡何泛泛[2]，空水共悠悠[3]。阴霞生远岫[4]，阳景[5]逐回流。蝉噪林逾[6]静，鸟鸣山更幽。此地动归念，长年悲倦游。

**【注释】**

[1]若耶溪：在今浙江省绍兴南若耶山下。[2]舻舡(yú huáng)：同"余皇"，大舰名，此泛指船。泛泛：形容船行无阻。[3]空水：天空与溪水。共悠悠：形容溪水长流，遥接远空。[4]阴霞：这里指云霞。岫(xiù)：山。[5]阳景：日影。[6]逾：通"愈"，更加。

**【导读】**

本诗开篇点题，写泛舟溪上，水天一色，渺远无际。三四句写溪上所见，"生""逐"二字化静为动，极富情趣。五六句以动衬静，以声显幽，是千古名句。末二句因景而感，抒倦游思归之情。全诗绘景精致，情景并茂。

**【名家点评】**

古人诗有"风定花犹落"之句，以谓无人能对。王荆公以对"鸟鸣山更幽"。……"风定花犹落，鸟鸣山更幽"，则上句乃静中有动，下句动中有静。（宋·沈括《梦溪笔谈》）

颜之推标举王籍"蝉噪林逾静，鸟鸣山更幽"，以为自小雅"萧萧马鸣，悠悠旆旌"得来，此神契语也。（清·王士禛《带经堂诗话》）

**【鉴赏链接】**

张文勋：《析王籍〈入若耶溪〉》，《名作欣赏》1989年第2期。

邹志方：《以动写静　文外独绝——读王籍〈入若耶溪〉》，《文史知识》1996年第7期。

# 苏 幕 遮

宋·周邦彦

燎沉香[1],消溽暑[2]。鸟雀呼晴,侵晓[3]窥檐语。叶上初阳干宿雨[4],水面清圆,一一风荷举。 故乡遥,何日去?家住吴门[5],久作长安[6]旅。五月渔郎相忆否?小楫轻舟,梦入芙蓉浦[7]。

**【注释】**

[1]燎:燃烧。沉香:一种名贵的香料,以入水能沉得名。[2]溽(rù)暑:盛夏闷热而潮湿的天气。[3]侵晓:拂晓。[4]宿雨:昨夜的雨。[5]吴门:苏州的别名,借指作者的故乡钱塘(今浙江杭州)。[6]长安:今陕西西安,汉唐都城,此借指北宋都城汴京(今河南开封)。[7]芙蓉:荷花。浦:此指池塘。

**【导读】**

上片写眼前之景,下片言思乡之情。"叶上"三句,描摹夏日雨后风荷的神态极为传神,为词人之名句。下片追忆故乡、亲人,又不知何日方能归去,只好在梦中乘小舟重返故乡。此词炼字极见功力,"呼""窥""举"皆贴切而自然,可谓"着一字而境界全出"。

**【名家点评】**

美成模写物态,曲尽其妙。(宋·强焕《清真词序》)

邦彦能得骚人意旨,此其词格之所以特高欤。(宋·王灼《碧鸡漫志》)

美成青玉案(当作《苏幕遮》)词:"叶上初阳干宿雨,水面清圆,一一风荷举。"此真能得荷之神理者。(王国维《人间词话》)

**【鉴赏链接】**

杨亚丽、朱荣梅:《周邦彦〈苏幕遮〉探赏》,《文学教育(上)》2007年第3期。

杨建新、俞建蓉:《典雅风致 神思飞越——周邦彦〈苏幕遮〉赏析》,《语文月刊》2012年第1期。

# 积雨辋川庄作[1]

唐·王 维

积雨空林烟火迟[2],蒸藜炊黍饷东菑[3]。漠漠[4]水田飞白鹭,阴阴[5]夏木啭黄鹂。山中习静观朝槿[6],松下清斋折露葵[7]。野老与人争席罢[8],海鸥何事更相疑[9]。

**【注释】**

[1]积雨:久雨。辋(wǎng)川庄:即辋川别墅,诗人晚年隐居于此。[2]迟:烟气缭绕不散的样子(空气湿润时炊烟与雨缠绕罩在林梢是雨天常见的景象)。[3]藜(lí):一年生草本植物,嫩叶可食。黍(shǔ):即黄米,为古代北方农村的主要粮食。饷(xiǎng):送饭。菑(zī):已开垦一年的土地,此处泛指田亩。[4]漠漠:水田广阔貌。[5]阴阴:幽暗。[6]习静:习养静寂的心性。朝槿(jǐn):木槿花,朝开暮落,故称朝槿。此句言喜爱幽静,在山中观看槿花朝开暮落,因而参悟出人生无常的真谛。[7]清斋:吃素(王维好佛,晚年斋食)。露葵:葵,一种野菜,霜露时味道鲜美,故称露葵。[8]野老:作者自谓。争席:《庄子》载,杨朱去见老子时,旅舍主人欢迎他,铺席请他坐下,其他客人给他让座。待他学道返回时,旅客们不再对他敬而远之,而是同他毫无隔阂地争席。这里比喻自己与人无争。[9]"海鸥"句:《列子》载,有一人住在海边,与海鸥相习相亲。后来他父亲要他捉几只回家,他再到海边时,海鸥像猜到了他的心事,"舞而不下"了。

**【导读】**

夏天,正是雨水丰沛的时节。此诗前两联写辋川山庄久雨后的景象,后两联写隐居禅寂生活,表明自己已绝去俗念,与世无争。颔联写景尤为精妙,"飞""啭"二字,一状动态,一摹其声;又以叠音词"漠漠"画出雨雾中的水田苍茫空阔的情状,"阴阴"写出夏木浓绿茂盛的生机,有此四字,画面显得开阔、幽深,境界全出。苏轼说王维"诗中有画",实为的评。

【名家点评】

杜少陵诗云"两个黄鹂鸣翠柳,一行白鹭上青天。"王维诗云"漠漠水田飞白鹭,阴阴夏木啭黄鹂。"极尽写物之工。(宋·魏庆之《诗人玉屑》)

诗下双字极难……唐人记"水田飞白鹭,夏木啭黄鹂"为李嘉祐诗,王摩诘窃取之,非也。此两句好处,正在添"漠漠""阴阴"四字,此乃摩诘为嘉祐点化,以自见其妙。如李光弼将郭子仪军,一号令之,精彩数倍。不然,嘉祐本句但是咏景耳,人皆可到。(宋·叶梦得《石林诗话》)

朱叙重尝曰:王右丞水田白鹭、夏木黄鹂之诗,即画也。(明·朱存理《铁网珊瑚》)

不知无此四字,便成死语,有此四字,乃现活相。(清·施补华《岘佣说诗》)

【鉴赏链接】

颜景琴:《略谈王维〈积雨辋川庄作〉中的"窃句"问题》,《齐鲁学刊》1987年第2期。

李建邡:《一首空灵淡远、充满禅意的田园诗——王维〈积雨辋川庄作〉品鉴》,《语文知识》2014年第8期。

# 水 调 歌 头

宋·苏 轼

丙辰[1]中秋,欢饮达旦,大醉,作此篇兼怀子由[2]。

明月几时有?把酒问青天。不知天上宫阙[3],今夕是何年。我欲乘风归去,又恐琼楼玉宇[4],高处不胜[5]寒。起舞弄清影,何似在人间! 转朱阁[6],低绮户[7],照无眠。不应有恨,何事长向别时圆?人有悲欢离合,月有阴晴圆缺,此事古难全。但愿人长久,千里共婵娟[8]。

【注释】

[1]丙辰:宋神宗熙宁九年(1076年)。此时作者任密州太守。[2]子

由:苏轼的弟弟苏辙,字子由。[3]天上宫阙(què):指月宫。阙,皇宫门前两边的望楼。[4]琼楼玉宇:指月宫中以白玉砌成的宫殿。琼,美好的玉石。[5]不胜:禁受不住,受不了。[6]朱阁:朱红色的华美楼阁。[7]绮(qǐ)户:雕花的门窗。[8]婵娟:美人。此指嫦娥,实指月亮。

**【导读】**

上片写醉中望月。以问句起首,开篇奇崛。"我欲"以下数句,回环跌宕,表现了词人内心的波澜,"何似"一句是最后的答案,说明他仍钟情于现实世界。下片写对月怀人。先写月下之离人辗转难眠的情态。"不应"两句,明为怨月,实则蕴含对兄弟无限的思念。"人有"三句,以月为喻,自我宽解,见出词人旷达洒脱的个性。篇末祝福天下所有人,情真意挚。此词奇逸高旷,舒卷自如,是历来中秋词中境界最高、流传最广的一首。

**【名家点评】**

中秋词自东坡《水调歌头》一出,余词尽废。(宋·胡仔《苕溪渔隐丛话》)

清空中有意趣,无笔力者未易到。(宋·张炎《词源》)

缠绵惋恻之思,愈转愈曲,愈曲愈深,忠爱之思,令人玩味不尽。(清·黄蓼园《蓼园词选》)

"人有"三句,大开大合之笔,他人所不能。(清·王闿运《湘绮楼词选》)

**【鉴赏链接】**

秦凌燕:《儒道互补咏中秋——苏轼〈水调歌头〉赏析》,《安徽文学(下半月)》2008 年第 10 期。

周宝东:《爱,是不能忘记的——苏轼〈水调歌头·明月几时有〉》,《名作欣赏》2010 年第 24 期。

# 秋词(其一)

### 唐·刘禹锡

自古逢秋悲寂寥[1],我言秋日胜春朝。晴空一鹤排云上[2],便引诗情到碧霄[3]。

【注释】

[1]寂寥:寂静,空旷。[2]排云上:冲破云雾,凌空直上。[3]碧霄:湛蓝的天空。

【导读】

此诗一反常调。前两句写自己与前人迥然不同的对于秋天的感受,出语平淡。后两句突出一幅动人的图景,其中,"一"字写鹤之孤独,更显示其卓尔不群;"排云上"实以鹤凌厉矫健的英姿喻逆境中的诗人永不低头、昂扬向上的进取精神。全诗气势雄浑,意境壮美,读来令人精神振奋。

【名家点评】

刘梦得诗豪者也,其锋森然,少敢当者。(唐·白居易《刘白唱和集解》)

【鉴赏链接】

杨伟平:《刘禹锡〈秋词〉文化底蕴初探》,《青海师专学报·教育科学》2005年第S1期。

孙绍振:《面对秋天的多种不同情感(五)》,《福建论坛(社科教育版)》2006年第6期。

# [双调]大德歌[1]·冬景

元·关汉卿

雪粉华,舞梨花[2],再不见烟村[3]四五家。密洒堪图画[4],看疏林噪晚鸦。黄芦掩映[5]清江下,斜揽着钓鱼艖[6]。

【注释】

[1]双调:宫调名。大德歌:曲牌名。[2]雪粉华,舞梨花:形容洁白的雪花像梨花一般漫天飞舞。粉,白色。华,同"花"。[3]烟村:炊烟缭绕的村庄。[4]堪图画:值得画下来。堪,值得。[5]掩映:互相映照。[6]揽:拴。

艖(chā):小船。

**【导读】**

本小令描绘冬日傍晚江村雪景,宛如一幅层次分明的水墨画。起首三句写雪势之大、雪景之美,视线由近及远;"看疏林"以下三句,写眼前近景,晚鸦——黄芦——钓鱼艖,视线由高到低。语言生动、传神,借用岑参咏雪名句"忽如一夜春风来,千树万树梨花开"浑然天成,"舞""洒""噪""斜揽"等动词的运用极为不俗,颇堪玩味。

**【名家点评】**

关汉卿一空依傍,自铸伟词,而其言曲尽人情,字字本色,故当为元人第一。(王国维《宋元戏曲史》)

**【鉴赏链接】**

蒲向明:《关汉卿散曲的思想艺术价值》,《毕节师专学报》1994年第3期。

# 青玉案·元夕[1]

### 宋·辛弃疾

东风夜放花千树[2],更吹落、星如雨[3]。宝马雕车[4]香满路。凤箫[5]声动,玉壶[6]光转,一夜鱼龙舞[7]。　蛾儿雪柳黄金缕[8],笑语盈盈暗香去。众里寻他千百度,蓦然[9]回首,那人却在,灯火阑珊[10]处。

**【注释】**

[1] 元夕:农历正月十五为元宵节,又称元夕、元夜。[2] 花千树:形容灯火之多如千树花开。[3] 星如雨:形容满天的焰火像繁星撒落。[4] 宝马雕车:装饰华丽的车马。[5] 凤箫:箫的美称。[6] 玉壶:玉雕的灯。一说指月亮。[7] 鱼龙舞:舞动鱼形、龙形的灯。[8] 蛾儿雪柳黄金缕:都是观灯女子所戴的头饰,用纸或绢做成。[9] 蓦(mò)然:突然。[10] 阑珊:零落稀少。

**【导读】**

上片极力渲染元宵灯会繁华热闹的场面,过片"蛾儿""笑语"两句以特写镜头表现一群妇女结伴赏灯的欢乐情景,既补叙上片,更为下文作铺垫。"众里"以下四句,是全词的核心。那位不慕繁华,静立于"灯火阑珊处"的佳人,正是词人的自况,表达了他不愿趋炎附势,孤高自赏的高尚品格。

**【名家点评】**

稼轩"蓦然回首,那人却在,灯火阑珊处。"秦、周之佳境也。(清·彭孙遹《金粟词话》)

自怜幽独,伤心人别有怀抱。(梁启超《艺蘅馆词选》)

古今成大事业、大学问者,必经过三种境界……"众里寻他千百度,蓦然回首,那人却在,灯火阑珊处。"此第三境也。(王国维《人间词话》)

**【鉴赏链接】**

赵菲:《辛弃疾〈青玉案·元夕〉主旨探析》,《潍坊教育学院学报》2012年第1期。

陈婧:《英雄无觅处　词中遣悲辛——辛弃疾之〈青玉案·元夕〉赏析》,《现代语文》2012年第12期。

# 【知己唱和】

　　人的一生会与他人结成各种各样的关系,亲戚、朋友、同学、同事等,在诸多关系中,却难得一知己。所以古往今来,人们对于高山流水的故事津津乐道,也特别向往。知己是指彼此相互了解且情谊深厚者,这种了解不因地位而阻隔,这种情谊也不因时空而淡漠,彼此的思念甚至不因生死而断绝。"莫愁前路无知己,天下谁人不识君",这是对知己的祝愿;"海内存知己,天涯若比邻",这是对知己的宽慰;"酒逢知己千杯少,话不投机半句多",这是对知己的怀想。

# 和晋陵[1]陆丞早春游望

唐·杜审言

独有宦游人[2]，偏惊物候[3]新。云霞出海曙，梅柳渡江春。淑气[4]催黄鸟，晴光转绿蘋[5]。忽闻歌古调[6]，归思[7]欲沾巾。

**【注释】**

[1]晋陵：现江苏省常州武进。[2]宦游人：离家做官的人。[3]物候：指自然界的气象和季节变化。[4]淑气：和暖的天气。[5]绿蘋(pín)：浮萍。[6]古调：指陆丞写的诗，即题目中的《早春游望》（晋陵陆丞《早春游望》原诗流失不存）。[7]思：读音sì。

**【导读】**

这首诗里的写景真是极美，跳跃活泼，如同巨大的花布闪过不同变幻的色彩与声音。出门在外的游子，对于外物的细微变化的捕捉总是那样敏感、轻灵。全诗结句却又忽而低沉，有众人欢喜我向隅的惆怅若失，体现了诗歌的曲折委婉。

**【名家点评】**

律诗初变，大率中四句言景，尾句乃以情缴之。起句为题目。审言于少陵为祖，至是始千变万化云。起句喝咄响亮。（元·方回《瀛奎律髓》）

三、四如精金百炼。"云霞出海曙，梅柳渡江春"，"曙""春"一字一句，古人琢意之妙，起结意势冲盈。（明·陆时雍《唐诗镜》）

初唐五言律，杜审言《早春游望》《秋宴临津》《登襄阳城》《咏终南山》，陈子昂《次乐乡》，沈佺期《宿七盘》，宋之问《扈从登封》，李峤《侍宴甘露殿》，苏颋《骊山应制》，孙逖《宿云门寺》，皆气象冠裳，句格鸿丽。初学必从此入门，

庶不落小家窠臼。(明·胡应麟《诗薮》)

【鉴赏链接】

张传曾:《谈〈和晋陵陆丞早春游望〉的结构和语音形式美》,《齐鲁学刊》1987年第5期。

## 送魏万之京[1]

### 唐·李颀

朝闻游子唱离歌[2],昨夜微霜初渡河[3]。鸿雁不堪愁里听,云山况是客中过[4]。关城树色催寒近[5],御苑砧声向晚多[6]。莫见长安行乐处,空令岁月易蹉跎[7]。

【注释】

[1]之京:去京城。[2]游子:指魏万。离歌:离别的歌。[3]初渡河:刚刚渡过黄河。[4]"鸿雁"二句:设想魏万在途中的寂寞心情。[5]关城:指潼关。树色:有的版本作"曙色",黎明前的天色。催寒近:寒气越来越重,一路上天气愈来愈冷。[6]御苑:皇宫的庭苑。这里借指京城。砧声:捣衣声。向晚多:愈接近傍晚愈多。[7]"莫见"句:勉励魏万及时努力,不要虚度年华。蹉跎:此指虚度年华。

【导读】

这首诗写得极为工整练达,用心遣词造句,树叶在季节中颜色的渐变,鸿雁穿云的哀哀鸣叫,黄昏如在耳畔女子的捣衣声,营造出一个偏于冷色调的氛围。朋友之间的相聚总是那样短暂,如同天光云影的偶遇。最后两句最为贴心,你去向京城,请多珍重。

【名家点评】

此篇起语平平,接句便新,初联优柔,次联奇拔,结蕴可兴,含蓄不露,最为佳作。(明·顾璘《批点唐音》)

颐华玉曰:不知多少宛转。(明·凌宏宪《唐诗广选》)

言昨夜微霜,游子今朝渡河耳,却炼句入妙。中四情景交写,而语有次第。三四送别之情。五六渐次至京。收句勉其立身立名。初唐人只以意兴温婉轻轻赴题,不著豪情重语。杜公出,乃开雄奇快健,穷极笔势耳。(清·方东树《昭昧詹言》)

### 【鉴赏链接】

李聪亮:《盛唐诗人李颀思想中的进策与退谋》,《时代文学(下半月)》2012年第4期。

柯贞金:《李颀〈送魏万之京〉的时空艺术》,《文学教育(上)》2015年第12期。

## 赠孟浩然

唐·李　白

吾爱孟夫子[1],风流[2]天下闻。红颜弃轩冕[3],白首卧松云[4]。醉月频中圣[5],迷花[6]不事君。高山[7]安可仰,徒此揖清芬[8]。

### 【注释】

[1]孟夫子:孟浩然。[2]风流:古人以风流赞美文人,主要是指有文采,善词章,风度潇洒。[3]轩冕:指官职。[4]松云:隐居。[5]中圣:醉酒。[6]迷花:迷恋花草,此指陶醉于自然美景。[7]高山:言孟浩然品格高尚,令人敬仰。[8]徒此揖清芬:只有在此向您清高的人品致敬了。

### 【导读】

唐代的那些大诗人之间有令人景仰的友谊。互相致意,真挚诚恳,态度从容洒脱,并不讳言心中喜爱之情并且颇多溢美之词。"我"真羡慕你,因为"我"多想成为你。这种友谊因为高尚纯净,后人反复诵之,如同荷之清芬。

【名家点评】

严沧浪曰：矫然不变，三四十字尽一生。（日本·近藤元粹《李太白诗醇》）

白于律，犹为古诗之遗，情深而词显，又出乎自然，要其旨趣所归，开郁宣滞，特于风骚为近焉。（清·应时《李诗纬》）

【鉴赏链接】

吕华明：《李白与孟浩然中后期交游新考论》，《吉首大学学报（社会科学版）》2003年第1期。

邝健行：《从李白〈赠孟浩然〉看李白对孟浩然的认识》，《吉林师范大学学报（人文社会科学版）》2012年第1期。

# 春日忆李白

唐·杜 甫

白也诗无敌，飘然思不群[1]。清新庾开府[2]，俊逸鲍参军[3]。渭北[4]春天树，江东[5]日暮云。何时一尊酒，重与细论文[6]。

【注释】

[1]不群：不平凡，高出于同辈。[2]庾开府：指庾信，北周文学家。[3]鲍参军：指鲍照，南朝宋文学家。[4]渭北：渭水北岸，借指长安（今陕西西安）一带，当时杜甫在此地。[5]江东：指今江苏省南部和浙江省北部一带，当时李白在此地。[6]论文：即论诗。

【导读】

这是一位伟大诗人对另一位伟大诗人的想念与告白。他们有幸生于同时，各自用自己如画的彩笔刺绣唐诗的美好春天。诗中用典故用比喻形容李白之超凡脱俗。如此佳友，今在何方？何日重逢，思之惘然。因为懂得，所以慈悲。

**【名家点评】**

才超一代者李也,体兼一代者杜也。李如星悬日揭,照耀太虚。杜若地负海涵,包罗万汇。李唯超出一代,故高华莫并,色相难求。杜唯兼综一代,故利钝杂陈,巨细咸蓄。又曰:李才高气逸而调雄,杜体大思精而格浑。超出唐人而不离唐人者,李也。不尽唐调而兼得唐调者,杜也。(明·胡应麟《诗薮》)

首句自是阅尽甘苦上下古今,甘心让一头地语。窃谓古今诗人,举不能出杜之范围;惟太白天才超逸绝尘,杜所不能压倒,故尤心服,往往形之篇什也。(明·杨伦《杜诗镜铨》)

五句寓言己忆彼,六句悬度彼忆己,七八遂明言之。(清·黄生《杜诗说》)

写景而离情自见。(清·沈德潜《唐诗别裁集》)

**【鉴赏链接】**

李炎:《以景寓意 情韵绵绵——杜甫〈春日忆李白〉辨析》,《宜宾学院学报》1990年第4期。

刘树勋:《"重与细论文":杜甫要向李白说什么?——兼论注杜诸家的解说》,《汉江大学学报(社会科学版)》1989年第3期。

# 寄李儋元锡[1]

唐·韦应物

去年花里逢君别,今日花开又一年。世事茫茫难自料,春愁黯黯[2]独成眠。身多疾病思田里[3],邑有流亡愧俸钱[4]。闻道欲来相问讯[5],西楼望月几回圆。

**【注释】**

[1]李儋(dān):字元锡,是作者的朋友。[2]春愁:因春季来临而引起的愁绪。黯黯:低沉暗淡。一作"忽忽"。[3]田里:田园乡里,即归隐。[4]邑有流亡:指在自己管辖的地区内还有百姓流亡。愧俸钱:感到惭愧的是自己食国家的俸禄,而没有把百姓安定下来。[5]问讯:探望。

**【导读】**

花开一年,花落一年。世事本无常,聚散如浮萍。朋友天各一方,每个人都有自己难以为他人道也的苦衷。几回月圆月缺,如同命运不知深浅。诗歌体现出委婉隐忍的气质,尤其颔联两句能得世人情感共鸣。

**【名家点评】**

韦苏州《赠李儋》云:"身多疾病思田里,邑有流亡愧俸钱。"《郡斋雨中与诸文士宴集》云:"自惭居处崇,未眠斯民康。"余谓有官君子当切切作此语。彼有一意供祖,专事土木,而视民如仇者,得无愧此诗乎?(宋·黄彻《碧溪诗话》)

朱文公盛称此诗五、六好,以唐人仕宦多夸美州宅风土,此所谓"身多疾病""邑有流亡"。贤矣。(元·方回《瀛奎律髓》)

"身多疾病思田里,邑有流亡愧俸钱""不负心语"。(清·沈德潜《唐诗别裁集》)

**【鉴赏链接】**

吴惠敏:《论韦应物诗歌的生命意识》,《江淮论坛》2010年第3期。

王林玉:《邑有流亡愧俸钱》,《语文知识》2006年第10期。

# 酬[1]乐天扬州初逢席上见赠

唐·刘禹锡

巴山楚水[2]凄凉地,二十三年弃置身[3]。怀旧空吟闻笛赋[4],到乡翻似烂柯人[5]。沉舟侧畔千帆过,病树前头万木春。今日听君歌一曲,暂凭杯酒长精神[6]。

**【注释】**

[1] 酬:答谢,酬答,这里是指以诗相答的意思。[2] 巴山楚水:古时四川东部属于巴国,湖南北部和湖北等地属于楚国。刘禹锡曾被贬到这些地方做官。[3] 二十三年:从刘禹锡被贬为连州刺史到写此诗时,共22个年头,因第二年才能回到京城,所以说23年。弃置身:指遭受贬谪的诗人自己。

[4] 闻笛赋:指西晋向秀的《思旧赋》。刘禹锡借用这个典故怀念故友。
[5] 烂柯人:指晋人王质。借这个故事表达世事沧桑,人事全非,暮年返乡恍如隔世的心情。[6] 长(zhǎng)精神:振作精神。长,增长,振作。

### 【导读】

这是被抛弃了二十三年时光的才子历经劫难后,如同重生的一首和诗。人生就是一场漫长的跋山涉水,只是谁也没想到自己的荒废带走了人生最好的年华。终究还是回来了。桑榆虽晚,有霞在天。全诗情感曲折变化,终化为一首迟到的春歌。

### 【名家点评】

"沉舟侧畔千帆过,病树前头万木春。"以为有神助,此不过学究之小有致者。(明·王世贞《艺苑卮言》)

"沉舟"二语,见人事不齐,造化亦无如之何!悟得此者,终身无不平之心矣。(清·沈德潜《唐诗别裁集》)

### 【鉴赏链接】

王振汉:《试论〈酬乐天扬州初逢席上见赠〉》,《郑州大学学报(哲学社会科学版)》1979 年第 1 期。

林东海:《古诗哲理意义的新创造——刘禹锡名句"沉舟侧畔千帆过,病树前头万木春"赏析》,《名作欣赏》1998 年第 3 期。

### 【附】

#### 唐·白居易《醉赠刘二十八使君》

为我引杯添酒饮,与君把箸击盘歌。诗称国手徒为尔,命压人头不奈何。举眼风光长寂寞,满朝官职独蹉跎。亦知合被才名折,二十三年折太多。

# 酬曹侍御过象县见寄[1]

唐·柳宗元

破额山前碧玉流[2],骚人遥驻木兰舟[3]。春风无限潇湘意[4],欲采蘋花不自由[5]。

【注释】

[1] 侍御:侍御史。象县:唐代属岭南道,今广西象州。[2] 碧玉流:形容江水澄明深湛,如碧玉之色。[3] 骚人:一般指文人墨客,此指曹侍御。木兰:古人以之为美木,这里称朋友所乘之船为木兰舟,是赞美之意。[4] 潇湘:湖南境内二水名。"潇湘意"既有怀友之意,也有迁谪之意。[5] 此句言欲采蘋花赠给曹侍御,但却无此自由。这是在感慨自己谪居的处境险恶,连采花赠友的自由都没有。

【导读】

这首诗显得非常朴素婉约。山环水绕,百折千回。诗人面对美景的心意化为相赠的诗文,这份情谊其实深切,所以欲采摘香花寄予,却又突然抽回手,又是一种怎样的耐人寻味的情怀呢?

【名家点评】

山前水碧,侍御停舟于此,我之感春风而怀无限之思者,正欲采蘋潇湘,以图自献,乃拘于官守不自由也。(明·唐汝询《唐诗解》)

欲采蘋花相赠,尚牵制不能自由,何以为情乎?言外有欲以忠心献之于君而末由意,与《上萧翰林书》同意,而词特微婉。(清·沈德潜《唐诗别裁集》)

【鉴赏链接】

韩立平:《柳宗元〈酬曹侍御过象县见寄〉新解》,《衡阳师范学院学报》2010 年第 5 期。

张笑难:《欲采蘋花不自由——柳宗元〈酬曹侍御过象县见寄〉解读》,《名作欣赏》2009 年第 26 期。

韩立平:《柳宗元〈酬曹侍御过象县见寄〉新解》,《衡阳师范学院学报》2010 年第 10 期。

# 和子由渑池怀旧[1]

宋·苏 轼

人生到处知何似[2],应似飞鸿踏雪泥。泥上偶然留指爪,鸿飞那复计东西。老僧已死成新塔[3],坏壁[4]无由见旧题。往日崎岖还记否,路上人困蹇驴[5]嘶。

**【注释】**

[1]子由:苏轼弟弟苏辙。渑(miǎn)池:今河南渑池县。这首诗是和苏辙《怀渑池寄子瞻兄》而作。[2]"人生"句:此是和作,苏轼依苏辙原作中提到的雪泥引发出人生之感。[3]"老僧"句:旧时和尚死后,尸体火化,造塔安放骨灰。[4]坏壁:指奉闲僧舍。[5]蹇(jiǎn)驴:蹇跛脚。苏轼注,当年赴考,马死后骑驴到渑池。

**【导读】**

人对自身生命的思考从来没有停止过。不同朝代不同的人都有自己独到和深刻的发现、理解、领悟。苏轼在诗中用了一个飞鸿踏雪缥渺轻盈的比喻,说明人生的来去无定。人生在世,聚散离合,生老病死,都是起点,都是终点。生命如寄,向前眺望,不诉离殇。

**【名家点评】**

前四句单行入律,唐人旧格;而意境恣逸,则东坡本色。(清·纪昀《始己评苏诗》)

**【鉴赏链接】**

李黎、李寅生:《苏轼〈和子由渑池怀旧〉诗中"雪泥鸿爪"原义探析》,《惠州学院学报(社会科学版)》2008年第4期。

陶文鹏:《雪泥鸿爪喻人生——苏轼〈和子由渑池怀旧〉》,《文史知识》2011年第1期。

【附】

宋·苏辙《怀渑池寄子瞻兄》

相携话别郑原上,共道长途怕雪泥。归骑还寻大梁陌,行人已度古崤西。曾为县吏民知否?旧宿僧房壁共题。遥想独游佳味少,无言骓马但鸣嘶。

# 赠刘景文

宋·苏 轼

荷尽[1]已无擎雨盖[2],菊残犹有傲霜枝。一年好景君[3]须记,最是橙黄橘绿时[4]。

【注释】

[1]荷尽:荷花枯萎。[2]擎雨盖:托住雨珠的叶子。诗中比喻荷叶。[3]君:您,古代对人的尊称。[4]橙黄橘绿时:指橙子发黄、橘子将黄犹绿的时候,指农历秋末冬初。

【导读】

这首诗可谓一目了然,前两句描写秋天荷残菊傲的自然精致,后两句笔锋转换,如同突然转身,露出一个明媚的笑容。如此秋日,怡黄快绿,营造出明快亮丽的心境。令人心情舒畅,神清气爽。

【名家点评】

此诗咏初冬景致,"曲尽其妙"。(宋·胡仔《苕溪渔隐丛话》)

【鉴赏链接】

吴小如:《析苏轼〈赠刘景文〉》,《名作欣赏》1989年第1期。

李鹏:《试论苏轼绝句艺术风格》,《贵州工业大学学报(社会科学版)》2008年第1期。

# 金缕曲·赠梁汾[1]

清·纳兰性德

德[2]也狂生耳。偶然间,缁尘[3]京国,乌衣门第。有酒惟浇[4]赵州土,谁会[5]成生此意。不信道[6]、遂成知己。青眼[7]高歌俱未老,向尊[8]前、拭尽英雄泪。君不见,月如水。　共君此夜须沉醉。且由他,蛾眉[9]谣诼[10],古今同忌。身世悠悠[11]何足问,冷笑置之而已。寻思起、从头翻悔。一日心期[12]千劫在,后身缘[13]、恐结他生里。然诺重,君须记。

### 【注释】

[1] 梁汾:指纳兰性德的朋友顾贞观。[2] 德:作者自称。[3] 缁尘:黑尘,喻污垢。此处作动词用,指混迹。[4] 浇:浇酒祭祀。[5] 会:理解。[6] 不信道:万万没有想到。[7] 青眼:器重之眼光,此指青春年少。[8] 尊:同"樽"。酒杯。[9] 蛾眉:亦作"娥眉",喻才能。[10] 谣诼,造谣毁谤。[11] 悠悠:遥远而不定貌。[12] 心期:以心相许,情投意合。[13] 后身缘:来生情缘。

### 【导读】

其实词人自认不是别人眼中不问世事,锦衣玉食,倚红偎翠的豪门公子,那是多大的误读。侠骨柔情、江湖道义、纵横四海的气度,词人非常向往。只是这世间,没有人懂得,才这样孤独。知己到来,好像黑暗中突然点亮的灯火,温暖了心窝。纵酒高歌,千杯不醉。无论今生来世,我们一直携手为友,漫步生命的每个角落。

### 【名家点评】

长调要操纵自如,忌粗率,能于豪爽中著一二精微语,绵婉中著一二激厉语,尤见错综。(清·沈谦《填词杂说》)

僻事实用,熟事虚用。学有余而约以用之,善用事者也。乍叙事而间以

理言,得活法者也。(清·刘熙载《艺概》引姜夔语)

纳兰容若以自然之眼观物,以自然之舌言情。(王国维《人间词话》)

**【鉴赏链接】**

宋公然:《缕缕情丝篇中来——说纳兰容若〈金缕曲·赠梁汾〉》,《绥化师专学报》1986年第4期。

姜云霞:《从〈金缕曲〉二首看纳兰词的"以真传世"》,《现代语文(学术综合版)》2013年第11期。

# 【琴棋书画】

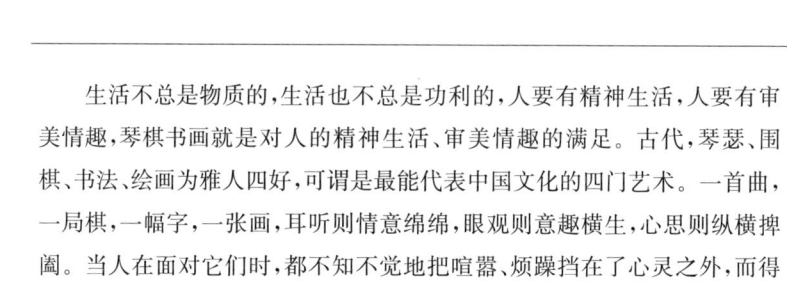

　　生活不总是物质的,生活也不总是功利的,人要有精神生活,人要有审美情趣,琴棋书画就是对人的精神生活、审美情趣的满足。古代,琴瑟、围棋、书法、绘画为雅人四好,可谓是最能代表中国文化的四门艺术。一首曲,一局棋,一幅字,一张画,耳听则情意绵绵,眼观则意趣横生,心思则纵横捭阖。当人在面对它们时,都不知不觉地把喧嚣、烦躁挡在了心灵之外,而得到一种洗礼和净化。即使不为这四门艺术的传扬,单为了让今天的人多点风雅,少点粗俗,也应该让琴棋书画走进我们的家庭和学校。

# 竹　里　馆[1]

唐·王维

独坐幽篁[2]里,弹琴复长啸[3]。深林[4]人不知,明月来相照[5]。

**【注释】**

[1]竹里馆:辋川别墅胜景之一,房屋周围有竹林,故名。[2]幽篁(huáng):幽深的竹林。[3]长啸:撮口而呼,这里指吟咏、歌唱。古代一些超逸之士常用来抒发感情。魏晋名士称吹口哨为啸。[4]深林:指"幽篁"。[5]相照:与"独坐"相应,意思是说,左右无人相伴,唯有明月似解人意,偏来相照。

**【导读】**

《竹里馆》是王维晚年隐居蓝田辋川时所作。此诗写山林幽居情趣,属闲情偶寄,遣词造句简朴清丽,传达出诗人宁静、淡泊的心情,表现了清幽宁静、高雅绝俗的境界。全诗短短二十言,但有景有情、有声有色、有静有动、有实有虚,对立统一,相映成趣,是诗人生活态度以及作品特点的绝佳表述。

**【名家点评】**

清幽绝俗。(清·施补华《岘佣说诗》)

幽迥之思,使人神气爽然。(清·吴煊、胡昉辑注《唐贤三昧集笺注》)

一时清兴,适与景会。(宋·刘辰翁《王孟诗评》引顾璘语)

《辋川》诸诗,皆妙绝天成,不涉色相。止录二首(指《鹿柴》及此诗),尤为色籁俱清,读之肺腑若洗。(清·黄叔灿《唐诗笺注》)

**【鉴赏链接】**

刘浏:《以王士禛"神韵说"品读王维〈竹里馆〉》,《文学教育(上)》2010年第3期。

李治仲：《静谧的玄音——王维〈鹿柴〉、〈竹里馆〉赏析》，《古典文学知识》2000年第4期。

邵明珍：《重读王维——从〈竹里馆〉说开去》，《复旦学报（社会科学版）》2001年第4期。

# 画

唐·王 维

远看山有色[1]，近听水无声。春去花还在，人来鸟不惊[2]。

【注释】

[1]色：颜色，也有景色之意。[2]惊：吃惊，害怕。

【导读】

这首诗山水花鸟兼有，非常写意，对照描述画景与实景，读来似违背自然规律，细究竟如设谜，写出惟妙惟肖的画之特点，可谓形神兼备。诗中的画，无疑代表一种可望而不可得之梦想，是诗人忧伤现实，向往美好，寄托怀抱之作，传达出一种难以言说的自然之声。

【名家点评】

味摩诘之诗，诗中有画。观摩诘之画，画中有诗。（宋·苏轼《书摩诘蓝田烟雨图》）

当代诗匠，又精禅上理。（唐·苑咸《酬王维序》）

摩诘心淡泊，本学佛而善画，出则陪岐、薛诸王及贵主游，归则餍饫辋川山水，故其诗于富贵山林，两得其趣。（宋·张戒《岁寒堂诗话》）

昔人谓摩诘诗中有画，画中有诗。若此四语，诗画之痕都化。（清·成书《多岁堂古诗存》）

【鉴赏链接】

孙敬：《王维画史地位辨析》，《作家》2013年第24期。

侯奔奔：《浅析中国画中特有的民族形式——诗书画印对情感的表达》，

《文艺评论》2013年第5期。

杨娜：《王维与苏轼的文人画理论》，《美术观察》2011年第7期。

# 观佽飞[1]斩蛟龙图赞

唐·李 白

佽飞斩长蛟，遗图[2]画中见。登舟既[3]虎啸，激水方龙战[4]。惊波动连山[5]，拔剑曳雷电[6]。鳞摧[7]白刃下，血染沧[8]江变。感[9]此壮古人，千秋若对面。

**【注释】**

[1] 佽(cì)飞：即佽非，春秋楚勇士，后泛指勇士。故事原载《淮南子·道应训》。原文就写得比较生动，反映了古代人民对克服自然灾害的幻想。[2] 遗图：前人遗留下来的画图。[3] 既：即"既……又……"，表示登舟、虎啸两种情况同时存在。[4] 激：阻止水势，使水腾涌飞溅。龙战：古人称群雄争夺天下为龙战。[5] "惊波"句：惊涛骇浪里，巨波汹涌，如连山奔驰。[6] "拔剑"句：刀光剑影中，宝刀挥舞如雷鸣闪电。[7] 鳞：指蛟龙。摧：被动词，被击伤。[8] 沧：同"苍"，青绿色。[9] 感：被动词，被感动。

**【导读】**

这是一首赞画诗。李白的画赞，不显雕琢，状物写貌，能用传神之笔勾勒出画中人物的精神风貌和性格特征，恰与人物的社会地位相吻合。此诗描写佽飞为了保护全船乘客生命，不顾个人安危，奋起下水斩蛟，声势壮烈，使人惊心骇目。结语"感此壮古人，千秋若对面"。画龙点睛，全诗境界得到升华，赋予诗篇以歌颂古人见义勇为的思想意义。

**【名家点评】**

太白以气为主，以自然为宗，以俊逸高畅为贵。（明·王世贞《艺苑卮言》）

【鉴赏链接】

许月娟:《李白题画诗选注(四首)》,《西安美院学报》1983年第1期。

杨成虎、钱志富:《李白与华兹华斯的两首题画诗比较》,《宁波大学学报(人文科学版)》2006年第4期。

# 听蜀僧濬[1]弹琴

唐·李 白

蜀僧抱绿绮[2],西下峨眉[3]峰。为我一挥手[4],如听万壑松[5]。客心洗流水[6],余响入霜钟[7]。不觉碧山暮[8],秋云暗几重[9]。

【注释】

[1]蜀僧濬:即蜀地的僧人名濬的。[2]绿绮(qǐ):琴名。[3]峨眉:山名,在四川省峨眉县。[4]一:助词,用以加强语气。挥手:这里指弹琴。[5]万壑(hè)松:指万壑松声。这是以万壑松声比喻琴声。这句是说,听了蜀僧濬的琴声好像听到万壑松涛雄风。[6]"客心"句:听了蜀僧濬弹的美妙琴声,客中郁结的情怀,像经过流水洗了一样感到轻快。客:诗人自称。流水:语意双关,既是对僧濬琴声的实指,又暗用了伯牙善弹的典故。[7]余响:指琴的余音。霜钟:指钟声。[8]"不觉"句:因为听得入神,不知不觉天就黑下来了。[9]秋云:秋天的云彩。暗几重:意即更加昏暗了,把上句"暮"字意伸足。

【导读】

《听蜀僧濬弹琴》是唐代伟大诗人李白表现音乐的诗作。此诗写听蜀地一位和尚弹琴技艺之高妙,极写琴声之入神。全诗一气呵成,势如行云流水,明快畅达,风韵健爽,在赞美琴声美妙的同时,也寓有知音的感慨和对故乡的眷恋。

【名家点评】

累累如贯珠,泠泠如叩玉,斯为雅奏清音。(清·弘历《唐宋诗醇》)

逸韵铿然、是能得弦外之音者。(清·宋宗元《网师园唐诗笺》)

一气挥洒,中有凝炼之笔,便不流入轻滑。(高步瀛《唐宋诗举要》)

**【鉴赏链接】**

张弢:《唐诗与音乐双生双美》,《新疆社科论坛》2010年第3期。

# 草 书 歌 行

唐·李 白

少年上人号怀素[1],草书天下称独步。墨池飞出北溟鱼,笔锋杀尽中山兔[2]。八月九月天气凉,酒徒词客满高堂。笺麻[3]素绢排数箱,宣州石砚墨色光。吾师醉后倚绳床[4],须臾扫尽数千张。飘风骤雨惊飒飒,落花飞雪何茫茫。起来向壁不停手,一行数字大如斗。怳怳[5]如闻神鬼惊,时时只见龙蛇走。左盘右蹙如惊电,状同楚汉相攻战。湖南七郡[6]凡几家,家家屏障书题遍。王逸少,张伯英[7],古来几许浪得名。张颠[8]老死不足数,我师此义不师古。古来万事贵天生,何必要公孙大娘浑脱舞[9]。

**【注释】**

[1] 怀素:自幼爱好书法,刻苦学习,经禅之余,勤练书法,经长期精研苦练,秃笔成堆,埋于山下,人称"笔冢"。其冢旁有小池,常洗砚水变黑,名为"墨池"。他好饮酒,醉后每遇寺壁及衣带、器皿无不拿来书写,兴到运笔,情随笔转,意随字生。他曾几次外出游历,"谒见当代名公",切磋书技。怀素以草书闻名于世,继承张旭笔法而有所发展,"以狂继颠",并称"颠张醉素"。永州现存怀素的作品有《瑞石帖》《千字文》《秋兴八首》等。[2] 中山兔:《元和郡县志》载,中山在宣州水县东南十五里,出兔毫,为笔精妙。[3] 笺麻:唐代的纸。[4] 绳床:一种可以折叠的轻便坐具。[5] 怳(huǎng)怳:隐隐约约,看不清楚的样子。[6] 湖南七郡:指长沙郡、衡阳郡、桂阳郡、零陵郡、连

山郡、江华郡、邵阳郡,此七郡皆在洞庭湖之南,所以称"湖南七郡"。[7]王逸少:王羲之,东晋书法家。出身贵族,官至右军将军、会稽内史,世称"王右军"。其书法俊逸遒劲,独创圆转流利的风格,擅长隶、草、正、行各体,被奉为"书圣"。张伯英:善草书。韦仲将称他为草圣。[8]张颠:张旭。《旧唐书》载,吴郡张旭善写草书而且喜欢喝酒,每次醉后号呼狂走,索要毛笔挥洒写字,变化无穷,如有神功。时人称为"张颠"。[9]浑脱舞:唐代舞名。

**【导读】**

《草书歌行》是赞扬怀素草书艺术的诗歌。诗中李白以浪漫主义的笔调、奇特的想象力、极其夸张的艺术手法,生动地再现了一幅怀素醉酒后,恣肆张扬、挥笔疾书的场景,细致而惟妙惟肖地刻画出怀素极其张扬的个性特征。怀素的狂放不羁、激情奔涌、痛快淋漓,在李白笔下栩栩如生、活灵活现,无不触动读者的心绪。此诗对后人研究怀素的草书艺术,有重要的参考价值。

**【名家点评】**

太白《怀素草书歌》诚为伪作,而校者不能删削,以无左验故。(明·胡应麟《诗薮》)

此诗本藏真(怀素)自作,驾名太白者。(宋·朱长文《墨池编》)

以一少年上人而故贬王逸少、张伯英以推奖之,大失毁誉之实。至张旭与太白既同酒中八仙之游,而作诗称诩有"胸藏风云世莫知"之句,忽一旦而訾其"老死不足数",太白决不没分别至此。断为伪作,信不疑矣。(清·王琦注《李太白全集》)

**【鉴赏链接】**

蒋晓光:《清代王琦诗学思想述略》,《合肥工业大学学报(社会科学版)》2011年第4期。

方爱龙:《草书歌诗与怀素草书》,《杭州师范学院学报》1992年第4期。

# 饮中八仙[1]歌

唐·杜甫

知章骑马似乘船,眼花落井水底眠。汝阳三斗始朝天,道逢曲车口流涎,恨不移封向酒泉[2]。左相日兴费万钱,饮如长鲸吸百川,衔杯乐圣称避贤[3]。宗之潇洒美少年,举觞白眼望青天,皎如玉树临风前[4]。苏晋长斋绣佛前,醉中往往爱逃禅[5]。李白[6]斗酒诗百篇,长安市上酒家眠,天子呼来不上船,自称臣是酒中仙。张旭三杯草圣传,脱帽露顶王公前,挥毫落纸如云烟[7]。焦遂五斗方卓然[8],高谈雄辩惊四筵。

**【注释】**

[1]饮中八仙:即时称"酒中八仙人"的贺知章、李琎、李适之、崔宗之、苏晋、李白、张旭、焦遂八人。[2]汝阳:汝阳王李琎,唐玄宗的侄子。朝天:朝见天子。酒泉:郡名,在今甘肃酒泉市。[3]左相:指左丞相李适之。长鲸:鲸鱼。衔杯:贪酒。圣:酒的代称。[4]宗之:崔宗之,官至侍御史,也是李白的朋友。觞:大酒杯。白眼:晋阮籍能作青白眼,青眼看朋友,白眼视俗人。玉树临风:崔宗之风姿秀美,故以玉树为喻。[5]苏晋:开元进士。长斋:长期斋戒。绣佛:画的佛像。逃禅:这里指不守佛门戒律。佛教戒饮酒,苏晋长斋信佛,却嗜酒,故曰"逃禅"。[6]李白:以豪饮闻名,而且文思敏捷,常以酒助诗兴。[7]张旭:吴人,唐代著名书法家,善草书,时人称为"草圣"。脱帽露顶:写张旭狂放不羁的醉态。据说张旭每当大醉,常呼叫奔走,索笔挥洒,甚至以头濡墨而书。醒后自视手迹,以为神异,不可复得。世称"张颠"。[8]焦遂:布衣之士,平民,以嗜酒闻名,事迹不详。卓然:神采焕发的样子。

**【导读】**

本诗八句分指八人。此诗将当时号称"酒中八仙人"的李白、张旭等八人从"饮酒"这个角度联系在一起,用追叙的方式,洗练的语言,人物速写的笔法,构成一幅栩栩如生的群像图。和李白比肩出现的重要人物是张旭。他"善草书,好酒,每醉后,号呼狂走,索笔挥洒,变化无穷,若有神助"(《杜臆》卷一),当时人称"草圣"。"脱帽露顶王公前"酣畅地表现了张旭狂放不羁,傲世独立的性格特征。

【名家点评】

蔡绦《西清诗话》云:此歌重叠用韵,古无其体。尝质之叔父元度云:此歌分八篇,人人各异,虽重押韵,无害。亦《三百篇》分章之意也。(明·高棅《唐诗品汇》)

少陵《哀江头》《哀王孙》作法最古,然琢削靡沓,力尽此矣。《饮中八仙》,格力赳拔,庶足当之。(明·谢榛《四溟诗话》)

无首无尾,章法突兀,然非杜之至者。按:此亦西樵评也。……皆谬之甚者。(清·翁方纲《石洲诗话·渔洋评杜摘记》)

李因笃曰:无首无尾,章法突兀妙是,叙述不涉议论,而八人身分自见,风雅中司马太史也。(清·弘历《唐宋诗醇》)

【鉴赏链接】

杨雪:《杜甫〈饮中八仙歌〉形象论析》,《吉林师范大学学报(人文社会科学版)》2010年第6期。

# 宫词[1](选一)

唐·王　建

弹棋玉指两参差,背局临虚斗著危。先打角头红子落,上三金字半边垂。

【注释】

[1] 宫词:专写帝王宫中琐事的诗。

【导读】

王建《宫词》共一百首,描写宫女生活,素材据说得自一位作内侍的宗人王守澄。但它也并非全属纪实性质,翁方纲在《石洲诗话》中说:"其词之妙,则自在委曲深挚中别有顿挫,如仅以就事直写观之,浅矣。"颇中肯綮。以白描见长,语言平易清新,具有民歌风调。尤其因为在明快中见委曲,于流利中寓顿挫,便成为宫词中的佳作。

### 【名家点评】

王建宫词一百首,蜀本所刻者得九十有二,遗其八。近世所传百首皆备,盖好事者妄以他人诗补之,殊为乱真。(明·朱承爵《存余堂诗话》)

读之亦不能通晓也。(清·王士禛《香祖笔记》)

王建《宫词》一百首,多言唐宫禁事,皆史传小说所不载者,往往见于其诗。(宋·欧阳修《六一诗话》)

### 【鉴赏链接】

李慧玲:《王建〈宫词〉分析》,《广西民族学院学报(哲学社会科学版)》2002年第4期。

宋立英:《论王建〈宫词〉所反映的宫中女子们的生活及心理》,《兰州学刊》2011年第1期。

# 琴　　诗

宋·苏　轼

若[1]言琴上有琴声,放在匣中何不鸣?若言声在指头上,何[2]不于君指上听?

### 【注释】

[1] 若:如果。[2] 何:为何。

### 【导读】

这首诗讲了一个弹琴的道理:一支乐曲的产生单靠琴不行,单靠指头也不行,还要靠人的思想感情和技术的熟练。琴不难掌握,指头人人有,但由于人的思想感情和弹琴技术的差异很大,演奏出来的乐曲是否悦耳可就大不一样了。诗里用了两个提问,让读者去思考。其实这是一个复杂的美学问题:产生艺术美的主客观关系。

【名家点评】

《楞严经》:"辟如琴瑟、箜篌、琵琶,虽有妙音,若无妙指,终不能发,汝与众生亦复如是。"又偈云:"声无既无灭,声有亦非生。生灭二缘离,是则常真实。"此诗宗旨大约本此。(清·冯景《苏诗续补遗》)

此随手写四句,本不是诗,搜辑着强收入集,千古诗集有此体否?(清·纪昀《苏文忠公诗集》)

【鉴赏链接】

水汶:《即使戏作亦大作——谈苏轼〈琴诗〉》,《兰台世界》2011年第16期。

# 石苍舒[1]醉墨堂

宋·苏 轼

人生识字忧患始,姓名粗记可以休。何用草书夸神速,开卷惝怳[2]令人愁。我尝好之每自笑,君有此病何年瘳[3]。自言其中有至乐[4],适意不异逍遥游。近者作堂名醉墨,如饮美酒消百忧。乃知柳子语不妄,病嗜土炭如珍羞[5]。君于此艺亦云至,堆墙败笔如山丘[6]。兴来一挥百纸尽,骏马倏忽踏九州[7]。我书意造本无法,点画信手烦推求[8]。胡为议论独见假[9],只字片纸皆藏收。不减钟张君自足,下方罗赵我亦优[10]。不须临池更苦学,完取绢素充衾裯。

【注释】

[1] 石苍舒:字才美,善草隶书。人称"草圣三昧"。[2] 惝恍(chǎng huǎng):模糊不清,这里形容草书变化无端。[3] 瘳(chōu):病愈。[4] 至乐:最大最高层次的快乐。[5] 柳子:柳宗元。这两句说,这才知道柳宗元的

话不差,只有得病的人才会把土炭当作美味。[6]"君于"两句:石苍舒书法造诣也达到了极致,他用坏的笔已堆成了小山,足见工夫之深。[7]"兴来"两句:形容书写神速。[8]意造:以意为之,自由创造。推求:指研究笔法。[9]假:宽容,这里是作者的自谦。[10]方:比。这两句说,不必学张芝临池苦学书法;与其用绢素写字,还不如用作被单。

【导读】

熙宁元年(1068年),苏轼凤翔任满还朝,在石家过年。石苍舒藏有褚遂良《圣教序》真迹,建堂取名"醉墨",邀苏轼作诗。苏轼回到汴京作此诗寄给他。诗中讲求"先有法,后无法,随意自在",此为书法之道,也是诗歌、绘画之道。

【名家点评】

绝无工句可摘,而气格老健,不余不欠,作家本领在此。(清·赵克宜《角山楼苏诗评注汇钞》)

熙宁戊申,公还朝,在长安度岁,与王颐、石才翁会于韩魏公座上。此诗乃京中寄题者也。(清·王文诰《苏文忠公诗编注集成》)

【鉴赏链接】

吕书炜:《出新意于法度中——苏轼书法理论小议》,《东方艺术》2005年第14期。

曹佳骊:《论中国画中诗与画的关系》,《湖南科技大学学报(社会科学版)》2008年第5期。

# 约　　客[1]

宋·赵师秀

黄梅时节家家雨[2],青草池塘处处蛙[3]。有约[4]不来过夜半,闲敲棋子落灯花[5]。

【注释】

[1]约客:约请客人来相会。[2]黄梅时节:农历四、五月间,江南梅子

黄了,熟了,大都是阴雨连连的时候,所以称"黄梅时节"为江南雨季。家家雨:家家户户都赶上下雨。形容雨水多,到处都有。[3]处处蛙:到处是蛙跳蛙鸣。[4]有约:即邀约友人。[5]落灯花:旧时以油灯照明,灯芯烧残,落下来时好像一朵闪亮的小花。

**【导读】**

全诗通过对撩人思绪的环境及"闲敲棋子"这一细节动作的渲染,既写了诗人雨夜候客来访的情景,也写出约客未至的一种怅惘的心情,可谓形神兼备。全诗生活气息较浓,又摆脱了雕琢之习,清丽可诵。

**【名家点评】**

意虽腐而语新。(宋·魏庆之《诗人玉屑》引《柳溪诗话》语)

陈与义《夜雨》:"棋局可观浮世理,灯花应为好诗开",就见得拉扯做作,没有这样干净完整。(钱钟书《宋诗选注》)

**【鉴赏链接】**

吴晓玲:《美丽的失约——〈约客〉赏析兼谈去年高考试题标准答案的一处失当》,《名作欣赏》2001年第2期。

胡宪丽:《赵师秀〈约客〉的独创性新探》,《名作欣赏》2013年第24期。

由兴波:《若问闲情都几许——从刘方平〈月夜〉和赵师秀〈约客〉管窥唐宋诗》,《哈尔滨学院学报》2005年第8期。

# 【文人谐趣】

  谐趣者,诙谐、幽默也。人不可太古板,古板就无趣味,难相处,所以幽默感是一个人很好的品质。诙谐和幽默是一种润滑剂,有时候一个尴尬场面,一句风趣的话,会解救了困境;诙谐和幽默也是一种黏合剂,有时候一场纷争,一个逗乐的故事,会弥合了裂缝。诙谐和幽默是一种机智,从中可以看出人的智慧,它不需要准备,而是灵机一动的反应;诙谐和幽默也是一个人胸襟的表现,往往那些胸襟坦荡,能自嘲的人才会具备。但是,诙谐、幽默要讲究分寸,它与油滑只隔着一层纸。

# 戏 赠 杜 甫

唐·李 白

饭颗山头逢杜甫,顶戴笠子[1]日卓午[2]。借问别来太瘦生[3],总为从前作诗苦。

【注释】

[1]笠子:斗笠。[2]卓午:正午。[3]瘦生:身形消瘦。

【导读】

此诗幽默诙谐,甚至滑稽,类似于打油诗。其实这并不是李白嘲讽杜甫作诗拘束迟缓,更不能说李白看不起杜甫。李白实际上是以此诗劝慰杜甫,不要为了写诗太苦了自己。后两句采用一问一答的形式,新颖别致,给人以亲切之感。

【名家点评】

今杜诗语及太白处,无论数十篇;而太白未尝有与杜子美诗,只有"饭颗"一篇,意颇轻甚。论者谓以此可知子美倾倒太白至难。(宋·陈善《扪虱新话》)

李白论杜甫,则曰:"饭颗山头逢杜甫,头戴笠子日卓午。借问别来太瘦生,总为从前作诗苦。"似讥其太愁肝肾也。……则杜甫诗,唐朝已来一人而已,岂白所能望耶?(宋·葛立方《韵语阳秋》)

【鉴赏链接】

金启华、金小平:《李杜互赠诗赏析》,《名作欣赏》1993年第3期。

李玉红、陈国菊:《诗文"惊天地" 友情"动鬼神"》,《甘肃教育学院学报(社会科学版)》2001年第S1期。

# 戏为六绝句（其二）

唐·杜 甫

王杨卢骆[1]当时体[2]，轻薄[3]为文哂[4]未休。尔曹[5]身与名俱灭，不废江河万古流[6]。

【注释】

[1]王杨卢骆：王勃、杨炯、卢照邻、骆宾王。这四人都是初唐时期著名的作家，时人称之为"初唐四杰"。诗风清新、刚健，一扫齐、梁颓靡遗风。[2]当时体：指四杰诗文的体裁和风格在当时自成一体。[3]轻薄：言行轻佻，有玩弄意味。此处指当时守旧文人对"四杰"的攻击态度。[4]哂(shěn)：讥笑。[5]尔曹：你们这些人。[6]不废：不影响。此句用江河万古流比喻包括四杰在内的优秀作家的名字和作品将像长江黄河那样万古流传。

【导读】

这是《戏为六绝句》组诗中的第二首。在我国文学史上，用绝句这种体裁论诗，这是首创。杜甫批评当时文人相轻的风气，评点精确。因此，不仅他的观点深为后人认可，而且这种以诗论诗的诙谐、雅趣的形式也常为后人效仿。

【名家点评】

此诗非为庾信、王、杨、卢、骆而作，乃子美自谓也。方子美在时，虽名满天下，人犹有议论其诗者，故有嗤点、哂未休之句。（宋·张戒《岁寒堂诗话》）

七绝乃唐人乐章，工者最多。……杜老七绝欲与诸家分道扬镳，故尔别开异径。独其情怀，最得诗人雅趣。（清·李重华《贞一斋诗话》）

【鉴赏链接】

李凤岐：《〈戏为六绝句〉与杜甫文学思想》，《佳木斯大学社会科学学报》2009年第4期。

张少殿:《从〈戏为六绝句〉谈杜甫的诗歌批评》,《华中师范大学研究生学报》2013年第1期。

# 赠李白

唐·杜甫

秋来相顾尚飘蓬[1],未就[2]丹砂[3]愧葛洪[4]。痛饮狂歌空度日,飞扬跋扈[5]为谁雄?

**【注释】**

[1]飘蓬:常用来比喻人的行踪飘忽不定。当时李白、杜甫二人在仕途上都失意,相偕漫游,无所归宿,故以飘蓬为喻。[2]未就:没有成功。[3]丹砂,即朱砂。道教认为炼砂成药,服之可以延年益寿。[4]葛洪:东晋道士,自号抱朴子,入罗浮山炼丹。李白好神仙,曾自炼丹药。杜甫也曾渡黄河访道士华盖君,因华盖君已死,惆怅而归。两人在学道方面都无所成就,所以说"愧葛洪"。[5]飞扬跋扈:此处为褒义词,不守常规,狂放不羁。

**【导读】**

这首诗写尽了李白的精神、神态、性格和嗜好,是一幅形神兼备的"诗仙"李白的生动画像。此诗从表层看杜甫规劝李白要潜心炼丹求仙,不要痛饮狂歌、飞扬跋扈、人前称雄,实为赞叹李白狂与傲的风采与气度。末句用反诘口吻,把全诗推向了最高潮。

**【名家点评】**

白为人,喜任侠击剑。夫士不见则潜,失职不平,祸之招也。下二,写出狂豪失路之态。既伤之,复警之。(清·浦起龙《读杜心解》)

蒋(弱六)云:是白一生小象。公赠白诗最多,此首最简,而足以尽之。(清·杨伦《杜诗镜铨》)

**【鉴赏链接】**

熊言安:《〈赠李白〉主旨新探》,《长治学院学报》2012年第6期。

杨连民:《杜甫〈赠李白〉诗别解》,《杜甫研究学刊》2004年第1期。

# 问刘十九[1]

唐·白居易

绿蚁[2]新醅[3]酒,红泥小火炉。晚来天欲雪,能饮一杯无?

**【注释】**

[1]刘十九:白居易留下的诗作中,多次提到刘二十八、二十八使君。刘二十八就是刘禹锡。刘十九乃其堂兄刘禹铜,系洛阳一富商,与白居易常有应酬。[2]绿蚁:新酿酒未滤清时,酒面浮起酒渣,色微绿,细如蚁,称为"绿蚁"。[3]醅(pēi):酿造。

**【导读】**

诗人雪天邀请友人小饮御寒,促膝夜话,新酿的酒已经摆好了,炉火也烧得旺旺的。全诗没有华丽辞藻,字里行间却洋溢着热烈欢快的色调和温馨炽热的情谊,谓语浅情深,言短味长,是一首尽显文人妙趣的代表作。

**【名家点评】**

信手拈来,都成妙谛。诗家三昧,如是如是。(清·蘅塘退士《唐诗三百首》)

用土语不见俗,乃是点铁成金手段。(清·王文濡《唐诗评注读本》)

末句之"无"字,妙作问语,千载下如闻声口也。(俞陛云《诗境浅说续编》)

**【鉴赏链接】**

张丑平:《暖暖的诗情——读白居易〈问刘十九〉》,《名作欣赏》2005年第11期。

刘洪胜:《〈问刘十九〉魅力的解读》,《语文知识》2014年第1期。

# 洗　儿[1]

宋·苏　轼

人皆养子望聪明,我被聪明误一生。惟愿孩儿愚且鲁[2],无灾无难到公卿。

【注释】

[1]洗儿:旧有"洗儿"风俗,婴儿出生三天或满月,亲朋集会庆贺,给婴儿洗身。[2]愚鲁:愚笨、粗鲁。

【导读】

短短四句,语气戏谑,基调反讽。世人望子聪明,我却望子愚蠢;人聪明就该一生顺利,我却因聪明误了一生;愚鲁的人该无所作为,但却能"无灾无难到公卿"。从而作者的满腔激愤跃然纸上。

# 於潜[1]僧[2]绿筠轩

宋·苏　轼

可使食无肉,不可居无竹。无肉令人瘦,无竹令人俗。人瘦尚可肥,士俗不可医。傍人笑此言,似高还似痴。若对此君[3]仍大嚼,世间那有扬州鹤[4]?

【注释】

[1]於潜:县名,在今浙江省,县南有寂照寺,寺中有绿筠轩。[2]僧:名孜,字惠觉,出家于於潜县的丰国乡寂照寺。[3]此君:晋王徽之酷爱竹子,曾说"何可一日无此君",此君即竹子。[4]扬州鹤:传说有四人谈论平生最快意之事,一人希望多财,一人说宁愿骑鹤作神仙,另一人希望作扬州太守。

最后一人说,腰缠十万贯,骑鹤下扬州。意思是升官、发财、成仙三者得兼。后人就以"扬州鹤"来代表十全十美、完全合乎理想的事物。

【导读】

这首词充满着幽默、谐趣之美,"无肉"与"无竹"对举,富含哲理,写出了物质与精神、美德与美食在比较中的价值:无美食只是"令人瘦";无雅好,那就会"令人俗",且俗不可医。诗末对俗士进行调侃、讽刺,体现了作者厌俗的审美主张和审美理想。

## 乞[1] 猫

宋·黄庭坚

秋来鼠辈欺猫死,窥瓮翻盘搅夜眠。闻道狸奴[2]将数子,买鱼穿柳聘衔蝉[3]。

【注释】

[1]乞:讨要。[2]狸奴:古时人们对猫的称谓。[3]衔蝉:古时对猫的俗称。

【导读】

家里老猫死后,老鼠横行。听说别人家的猫要产仔儿,向人家讨要,并备好猫爱吃的鱼,等待猫仔儿降临。诗歌前两句写鼠患,后两句写待猫厚遇,意象谐谑,表现了宋人"逸"的精神,所以宋诗中多以"戏""嘲"为题的作品。

【名家点评】

虽滑稽而可喜,千岁而下,读者如新。(宋·陈师道《后山诗话》)

山谷云:"作诗正如作杂剧,初时布置,临了须打诨,方是出场。"(宋·王直方《王直方诗话》)

先君读山谷《乞猫》诗,叹其妙。(宋·陆游《老学庵笔记》)

## 【鉴赏链接】

吴晟:《山谷诗词的谐趣品论》,《江西社会科学》1994年第3期。

吴晟:《黄庭坚诗词理趣、禅趣辨味》,《广东教育学院学报》1995年第3期。

杨胜宽:《论"以故为新、以俗为雅"——析苏黄创立"宋调"的一条作诗原则》,《乐山师范高等专科学校学报》1999年第2期。

# 戏呈孔毅父

宋·黄庭坚

管城子[1]无食肉相[2],孔方兄[3]有绝交书。文章功用不经世[4],何异丝窠[5]缀露珠。校书著作[6]频诏除[7],犹能上车问何如。忽忆僧床同野饭,梦随秋雁到东湖。

## 【注释】

[1]管城子:即毛笔。[2]食肉相:即封侯之相。[3]孔方兄:即钱。[4]经世:治理社会。[5]丝窠(kē):这里指蜘蛛网。[6]校书:即校书郎。著作:即著作郎。两者都是位卑言轻的官职。[8]除:授予官职。

## 【导读】

这首诗抒写不得志的苦闷,却采用了自我嘲谑的笔调,开头"管城子""孔方兄",幽默别致。三、四句看似自责,实以反语暗指文章不为世人赏识。五、六句表面上说他尸位素餐,其实是对碌碌无为的官场生活的不满。结尾追忆江湖之乐,暗示无可奈何的归隐之路。

# 永遇乐·戏赋辛字，送茂嘉十二弟赴调

宋·辛弃疾

烈日秋霜[1]，忠肝义胆，千载家谱。得姓何年，细参辛字，一笑君听取。艰辛做就，悲辛滋味，总是辛酸辛苦。更十分、向人辛辣，椒桂捣残堪吐[2]。　世间应有，芳甘浓美[3]，不到吾家门户。比着儿曹，累累却有，金印光垂组[4]。付君此事，从今直上，休忆对床风雨[5]。但赢得、靴纹绉面[6]，记余戏语。

【注释】

[1] 烈日秋霜：比喻性格刚烈正直。[2]"椒桂"句：苏轼《再和曾布〈从驾〉诗》云："最后数篇君莫厌，捣残椒桂有余辛。"这里作者是将"辛辣"视作品格行为的写照。[3] 芳甘浓美：比喻荣华富贵。[4]"比着"句：是说比不上别家子弟世代高官厚禄。[5]"付君"句：望族弟此去戮力政事，青云直上，勿以兄弟情谊为念。[6] 靴纹绉面：面容衰皱如靴纹。

【导读】

辛弃疾送同族兄弟出去做官，"戏赋辛字"，围绕自己姓氏"辛"大发感慨与议论，二人似在聊家常，乍看是妙趣横生的戏语，细细体味而又显得意味深长。全词寓教化于谐，语言风趣优美。

# 西江月·遣兴

宋·辛弃疾

醉里且贪欢笑，要愁那得工夫。近来始觉古人书，信着全无是处[1]。　昨夜松边醉倒，问松"我醉何如"。只疑松动要来扶，以手推松曰"去"。

**【注释】**

[1]"近来"句:出自《孟子·尽心下》"尽信书,则不如无书,吾于《武成》,取二三策而已矣"。[2]"以手"句:出自《汉书·龚胜传》"胜以手推常(夏侯常)曰'去'"。

**【导读】**

这首词是《稼轩集》中最为出奇的一首,不论用语还是立意,均表现出独特的审美意蕴。词上片前两句写饮酒,后两句写读书,透露出不满现实的思想感情。下片具体写醉酒的神态,有对话、动作和神情,从而借诙谐幽默之笔发泄内心的不平。

**【名家点评】**

公之于词亦然:苟不得之于嬉笑,则得之于行乐;不得之于行乐,则得之于醉墨淋漓之际。(宋·范开《稼轩词序》)

非雅词也。于文章余暇,戏弄笔墨,为长短句之诗耳。(宋·张炎《词源》)

**【鉴赏链接】**

李扬:《辛弃疾〈西江月〉词细读》,《古典文学知识》2000年第2期。

陈虹:《醉态思维写醉词——评辛弃疾〈西江月〉》,《运城学院学报》2003年第2期。

黎湘:《傲立天地间的孤独醉客——读辛弃疾〈西江月·遣兴〉》,《古典文学知识》2007年第5期。

# 【南通风物】

　　文化是多元的,不仅表现在国与国之间,也表现在一国之内,此城与彼城,甲地与乙地,风土人情皆有不同,正所谓"十里不同风,百里不同俗"。南通被称为"近代第一城",而其历史最早可以追溯到六千年前。在这片滨江临海的土地上,出现过三国名臣吕岱、宋代教育家胡瑗、明代名医陈实功、清末状元张謇,他们与精美的刺绣、佛教名胜狼山、中国第一所师范学校一起构建了南通地区的独特文化景观。生于斯长于斯的南通人,他们的生命之根源于此,精神之根也源于此,他们一辈子都会带着故乡的文化烙印。

# 胡安定先生[1]像赞

宋·范仲淹

天地储精[2]，山川毓秀[3]。孔孟衣钵[4]，苏湖领袖。道学正传，体用善诱。雅饬化风[5]，泽流于后。

【注释】

[1]胡安定先生：即胡瑗（993—1059年），字翼之，北宋泰州如皋县人，世称安定先生。理学先驱、思想家和教育家。[2]"天地"句：意思是天地的精华孕育出胡先生。[3]"毓秀"句：意思是祖国山河哺育出优秀人物。[4]衣钵：嫡传子弟，正宗门徒。[5]雅饬：品行端正，谨慎勤劳。化风：消除不良学风。

【导读】

这是一首赞词，写得精详，给胡瑗以高度的评价。范仲淹与胡瑗同辈，又系好友，更是知音。胡瑗到苏州郡学，为范仲淹聘邀；到湖州州学，为范仲淹荐举；到京城太学，亦为范仲淹上仁宗皇帝书所推举。诗中谈到胡瑗是孔孟学说的正宗继承者，是苏州学、湖州学带头人。胡瑗主张明体达用，并纠正对儒学著作的巧饰，化解了隋唐以来取士不重经学实用、只重视文章的不良习气。他重视哲学，贡献是巨大的、永恒的。

# 定 惠 寺[1]

宋·史 声[2]

寺名定惠知何代？桥古碑横不记年。古树昏鸦啼晚照，故园新蝶舞春烟。十层宝塔化尘路[3],五色云衢[4]散上天。惟有玉莲池[5]内水,沧浪深处老龙眠。

**【注释】**

[1]定惠寺:该寺在如皋县治东南,历史悠久。唐以来称"定惠寺",至清末慈禧太后改"定慧寺"。寺门北向,建筑仍明清风貌,水环寺,楼抱殿,实为罕见。曾藏大量历史文物。[2]史声:宋代哲宗元祐三年(1088年)进士,如皋人。[3]尘路:犹尘露,风尘雨露,比喻事物微小不足道。[4]云衢:云路,青云之路,常喻仕途。出家人是不言功名、官职的。[5]玉莲池:寺西南侧之放生池。

**【导读】**

这是迄今为止所见最早的一首写定慧寺的诗。主要是吟咏定慧寺今非昔比,一片破落,字里行间流露出诗人逝者如斯的怀旧心情。首联让读者看到了北宋时寺院的景况,今"桥""碑""古树""玉莲池"仍在,物犹如此,人何以堪?诗的主旨在颈联,诗人虽身为进士,并在仕途走过,但北宋政坛混乱,党争激烈,这一切使之伤心,终退居家园,孝养父母而终,实亦无奈之举。尾联亦复如此。

## 如 皋[1]

### 宋·文天祥

如皋县隶[2]泰州有朱省二者,受北命为宰,率其民诘[3]道路。予不知而过之。既有闻,为之惊叹。

雄狐假虎之林皋[4],河水腥风接海涛。行客不知身世险,一窗春梦送轻舠[5]。

**【注释】**

[1]如皋:宋恭宗德佑二年(1276年)三月十一日文天祥一行离开泰州

往通州,途经如皋。《州乘一览》卷三:"(文)跳高邮、历海陵、海安至如皋,匿捍海堤(即范公堤)处士张阿崧家,凡五宿,闻追骑至,崧遣二子戴苇笠卫送出境。"今县城东南十八里建设乡宋家桥村有古"丞相原",即纪念此事。[2] 隶:属。[3] 诘:盘查,追问。[4] 雄狐假虎:活用成语"狐假虎威",其中"狐"指朱省二,泰州人,原南宋如皋县吏,降元后被任为县宰。林皋:长满树木的岸边。此处指如皋。[5] 舠(dāo):小船。通常泛指轻快的船。

**【导读】**

南宋末年,朝廷腐败懦弱,元人铁骑南下,战争形势严峻。蒙古贵族为一己之私利,杀得江淮一带腥风血雨,尸骸相枕。本诗再现了民族英雄逃亡的艰辛,对卖国求荣的小人的鄙视,表达了逃脱危险后的庆幸之情和对抗元正义性的认识。诗人是乐观的,逃过一劫后心情轻松,对未来充满信心。诗歌简洁有力,蕴含深情。

# 湖中阁同王阮亭先生望雨歌

清·冒 襄[1]

我昔游潇湘,最爱潇湘雨。潇湘一别三十年,暮烟欲见青难补。山腰小阁署湘中,四溪一碧将无同。捉麈[2]有人喜深坐,日日来看桃花红。桃花片片嫣红湿,轻烟织水鲛人[3]泣。枝峰蔓壑树槎芽,苍凉绿滴吹窗入。是日幽静不可言,游人履阻空烦喧。推窗忽忆三湘景,米家画[4]里听秋猿。

**【注释】**

[1] 冒襄:(1611—1693年)字辟疆,号巢民,一号朴庵,又号朴巢,私谥潜孝先生,明末清初文学家,今江苏如皋人。一生著述颇丰,传世的有《先世前征录》《朴巢诗文集》《水绘园诗文集》《影梅庵忆语》等。其中《影梅庵忆语》洋洋四千言,回忆了他和董小宛缠绵悱恻的爱情生活,是我国忆语体文字的鼻祖。[2] 麈(zhǔ):一种鹿类动物,尾巴可做拂尘。古人讲学论道,特

别是魏晋人清谈时,手中常持麈尾做的拂尘。[3] 鲛人:传说中的人鱼。[4] 米家画:宋代书画家米芾擅画山水。其子友仁承家学,山水画略变父所为,自具风格,清秀脱俗,世称米家山,传世者有《潇湘奇观》等名画。

【导读】

全诗托情于景,寄托遥深。开头四行追念早年所见潇湘雨景,蕴藏深深的故国之思。接下来四行欣喜浊世中尚保存了一块洁净的土地,主客挥麈清谈,总结历史经验与教训,发泄内心的痛苦与不平。再四行初写雨中园景,好一个水的世界,充满生命力的绿色世界,也是一个洋溢着真、善、美的世界。末尾四行写幽静,点出水绘诗派的旨趣,可谓"此中有真意,欲辩已忘言"。结尾处呼应开头,说雨中的水绘园就是米氏笔下的《潇湘奇观》图,水墨淋漓,不随流俗,意态深远,潇疏不凡,那哀鸣的猿声正是叹故国不存的酸楚心声。

# 凉　州

清·李　渔[1]

似此才称汗漫游[2],今人忽到古凉州。笛中几句关山曲[3],四季吹来总是秋。

【注释】

[1] 李渔:明末清初文学家、戏曲家,祖籍浙江兰溪,他本人出生并成长于江苏如皋。凉州是历史文化名城。自西汉以后,成为"丝绸之路"上东西方文化交流的一处重要驿站。唐时更成为西北除长安以外最大最繁华的城市。著名诗人骆宾王、陈子昂、王维、高适、岑参等都到过凉州,留下了一些脍炙人口的歌咏凉州的诗篇。[2] 汗漫游:极尽兴致的漫游。[3] 关山曲:包括《折杨柳》《关山月》《凉州词》《阳关三叠》等在内的描绘塞外壮美风光、歌咏戍边将士的音乐作品。

【导读】

这首绝句意境苍凉悲壮,继承了汉唐歌咏凉州诗词的传统。意象的使用化实为虚,含蓄蕴藉。全诗构思精巧,起句由自己的漫游过渡而来,并且设置悬念,蓄势垫基;第二句今古对举,抒写自己的感慨;三、四句抓住古老凉州最鲜明的特征——羌笛曲,并且生发开来,把羌笛、春风、秋风、杨柳、《凉州词》等关山曲浓缩其中,既有对凉州文化的品味,也同时暗示自己的怀才不遇。全诗质朴中含精警,简略中有深邃,能引起读者无限的遐思,可谓古诗中歌咏凉州的精品。

## 登范公堤[1]

清·潘世芳

何幸追陪顾虎头[2],平堤远眺豁双眸。乍明若灭烟村树,似断还连水际洲。绿柳行中分港汊,白苹深处聚渔舟。主人更喜能留客,烂醉丰年小麦秋。

【注释】

[1] 范公堤:又名捍海堤。北宋天圣年间(1024—1028年),范仲淹监西溪盐仓,见海潮夺民庄稼,遂在通、泰等州筑堤124里136丈,外盐内稼,民受其利,称"范公堤"。[2] 顾虎头:即东晋大画家顾恺之,其小名虎头。此处指作者追陪的顾浒臣,绍兴人,著名画家。

【导读】

宋代范仲淹修筑堤坝,使江海平原免遭海水淹没之灾,江海人民世世代代感谢他、礼赞他。本诗就是描写范公堤给人民带来的幸福。在诗人眼中,范公堤就是大画家顾恺之以及自己追随的画家顾浒臣描绘的优美画图。堤坝绵延百里,两岸绿树成荫,白苹漂浮水边,水光掠天,天水相映,几叶渔舟飘摇其间。最后两句集中概述了诗歌的主旨:正因有了范公堤,农作物才能顺利成长,取得丰收;正因为有了稻麦,农人才过上了好生活,从而也就好客留客了。

# 崇川竹枝词

清·李　琪

山村好是晚风初,烧火[1]连天锦不如。但祝麻虫能照尽,归来沽酒脍池鱼[2]。

【注释】

[1]烧火:在南通民间有"放烧火"的风俗,起源于远古人们对火和火神的崇拜。其时间有多种说法,农人们回忆的日子有正月半、正月十八、二月二、二月十三、二月十九,等等。[2]沽:买。脍:把鱼、肉切成薄片。

【导读】

这首民歌体小诗说的是南通民间乡野农夫手执火把驱虫赶兽、护卫田禾的情形,场面十分宏大壮观。诗后原注:"元夕放烧火,谓之照麻虫。"史载,元宵节傍晚,农家把田头的稻根杂草堆积燃煨,称之"煨百虫",另将路边、坟地、沟岸、荒地乱草烧掉,谓之"剿虫窝"。入夜"放烧火",用芦苇或茅草,扎成碗口粗细的草把,沿田边挥舞,并疾走高呼"正月半,二月半,家家户户放烧火;别人家的菜长得铜钱大,我家的菜像盘篮大;别人家的菜烂掉了,我家的菜卖掉了;我家的萝卜石碌'壮',别人家的萝卜才在长……"人们以火把的大小、亮暗以及奔跑的速度相比较,还以火之红白颜色来预测该年的水旱情况。这种民俗意在祈祷五谷丰登、国泰民安、天下太平,百姓能安安稳稳地过上好日子,与现实生活中某些地方农民焚烧麦秆的愚昧行为不同。

# 水绘园故址

清·范贞仪[1]

蛛网烟丝户久扃[2],画梁檀板黯歌尘[3]。春归王谢堂前燕[4],

曾忆当年旧主人。野草芊芊[5]暮霭迷,钵洗春水碎玻璃[6]。匿峰庐[7]内无人处,月落苍茫叫子规[8]。

### 【注释】

[1]范贞仪:清代女诗人,字芳筠,号一柏,擅诗工词,有《愁丛集》。[2]扃(jiōng):上闩,关闭。[3]画梁:即梁上以彩色绘有装饰画。水绘园中家班演出场所寒碧堂,画梁雕栋,极为讲究。檀板:檀木制的拍板,唱曲时打拍子用。黯:昏暗,暗淡无光。此作动词用。[4]王谢:东晋时,王、谢等世家大族是政权之支撑,盛极一时。古诗有"旧时王谢堂前燕,飞入寻常百姓家"之说。[5]芊芊:草木茂盛、葱翠的样子。[6]碎玻璃:池水清波粼粼,阳光下似无数活动的碎玻璃在闪闪发光。[7]匿峰庐:在水绘园西,冒辟疆暮年所建,茅屋数椽,菜地数亩而已。[8]子规:鸟名,即杜鹃、布谷。

### 【导读】

水绘园如一颗明珠熠熠发光,以它深厚的人文底蕴吸引了众多海内外游客,为如皋增色不少。但在冒辟疆卒后,曾一度变得荒凉空旷。新中国成立后,经人民政府多方保护与修理,才逐步恢复昔日风采,并成为全国重点文物保护单位。诗歌首联写水绘园中的主体建筑如寒碧堂、小三吾山房、湘中阁等犹存,只不过门都关着,人迹罕至。颔联写主体建筑上的旧燕仍在,并怀念主人。颈联写园中到处是野草榛莽,但洗钵池仍清澈可人,犹有生气。尾联说冒辟疆晚年住的匿峰庐茅屋也无人居住了,夜半只听见布谷鸟的啼鸣。

## 雨中望上饶诸山云气

清·张 謇

将雨山云忽际[1]天,有时山忽上云颠[2]。晚来更被横风[3]扰,万点青苍尽化烟。

【注释】

[1]际:到,接近。王守仁《瘗旅文》:"连峰际天兮,飞鸟不通。"[2]云颠:云层的顶端。[3]横风:即从空中横扫而过的大风。

【导读】

这是一首笔调清新明快、意境空灵开阔的风景诗。前两句中,诗人敏锐地捕捉住将雨之前山中云气变幻迅疾无常的特点,并连用两个"忽"字,以凝练的语言将自己的新鲜感受浓缩在头两句诗里。后两句写雨中的景致,用"青苍"借代山峦,更丰富了画面的色彩感。全诗连用"际""上""扰""化"四个动词,充满了运动感和形象性。四句诗就像用蒙太奇手法组接的四个镜头,各有侧重又连为一体,生动地映现出大自然的万千气象,开拓出空阔奇妙的意境。全诗藏情于景,诗人热爱祖国壮丽山河,为气象万千的大自然所陶醉怡悦的情感充溢于字里行间。

## 张黄港[1]遇大雷雨饮宿江店作

清·沙元炳

江气蒸云划万层,倒翻涛影作棱棱[2]。投舆[3]坐接风波地,轰饮声催霹雳应。豕语吽呀沙户舍[4],鱼睛睒旸堠竿灯[5]。老经荒怪浑[6]闻事,洗足支床雨似绳。

【注释】

[1]张黄港:如皋市长江港口之一,位于今南通市江岸线西端,如皋城西南,与张家港市隔江相对,为"通如门户"之一。[2]棱棱:威严方正的样子。[3]舆:车厢,车;古又解作竹轿。[4]吽(ōu)呀:狗争斗声。沙户:江滩垦区农家。[5]睒(shǎn)旸(yáng):光闪烁。堠(hòu):边境上瞭望敌情的土堡、哨所。[6]浑:全。

【导读】

诗歌首联写雷阵雨到来前之壮观景象,栩栩如生。颔联写狂风大作,干

脆到江店中饮酒,划拳声与天上之雷声相应,轰轰隆隆,滚滚而来,匆匆而去,极有气派。颈联写江村夜景,猪叫、狗吠、电光闪闪、雷鸣轰轰,只有那江防哨所的灯光长驻人间。尾联写诗人饱经风霜,历经世事,置身于大雷雨之夜他一点也不害怕,从容对之,令人钦羡,而"雨似绳"极写雨势之大,可谓飞来神笔,生动传神。